嘘つき村長はわれらの味方

クリスティーヌ・サイモン

金井真弓 訳

早川書房

嘘つき村長はわれらの味方

THE PATRON SAINT OF SECOND CHANCES
by
Christine Simon

First published in the United Kingdom in 2022 by
Sphere, an imprint of Little, Brown Book Group, London
Translated by
Mayumi Kanai
First published 2022 in Japan by
Hayakawa Publishing, Inc.
This book is published in Japan by
arrangement with
Little, Brown Book Group Limited
through Japan Uni Agency, Inc., Tokyo.

装画／中島ミドリ
装幀／岡本歌織（next door design）

「読んで書いて描く《リード・ライト・オア・ドロー》クラブ」の創設メンバーである
ジャック、エミリー、ジュリエット、ゾーイに。

みなさんを愛している。

第一章　配管のために祈るのは誰か？

　人口が二百十二人の衰退しつつある村、プロメットで村長を自認するジョヴァンニーノ・スペランツァは、この世に生まれて六十二年の経験から知っていた。配管工と取り引きする場合、ほんのわずかでも弱みを見せてはならないことを。配管工という奴は家の修理を食い物にするハゲワシみたいなもので、配管のおかげで上流社会もうまく回っているのだという知識をひけらかし、完全にお手上げ状態の哀れで愚かな顧客はみんな、あこぎな配管工の言いなりになってしまう。こういう不埒《ふらち》な輩《やから》は整然と組織化されてもいる。配管工は週末の休業日にでも集まって、自分たちが提供するサービスには最低でも一時間あたり百十五ユーロを請求すべしと決めたのだろう。もし、スペランツァのように今でもリラで考えるなら、それは二十二万二千六百七十リラになるわけだ。その数字を理解すれば、犯罪に等しい金額だとわかるだろう。

　配管工の業界がこんなふうに腐敗していることも、彼らの仲間もみんな知っていたから、この七月の朝、スペランツァは交渉で優位を保とうと細心の注意を払っていた。スペランツァはバスタブの中に立って朝食をとっていたが、言うまでもなく、相手に圧力をかけるためだった。いっぽう、

〈地方水委員会〉から来た下級の配管検査官は浴室のシンク下の漆喰《しっくい》にひどく慎重に穴を開けようとしていた。

「テーブルで食べたほうがもっと快適なんじゃありませんかね？」若い配管検査官は作業することになりそうな環境を思い浮かべながら恐る恐る尋ねた。

「おれはいつも風呂の中で朝めしを食べるんだ」スペランツァは嘘をつき、配管検査官から目をそらさずに〈ウルトラ・ドルチェ・ディ・ガルニエ〉シャンプーのボトルの後ろから塩入れを取り出した。〝さあ、言えよ〟とスペランツァは黒い口髭《くちひげ》を左右にひねりながら思った。〝風呂で朝めしなんて食べるはずはないでしょう〟と言うんだ。

若者は咳払《せきばら》いして視線を落としただけだったので、スペランツァは勝ったぞとばかりに小さく鼻を鳴らした。

スペランツァ夫妻が経営するホテルには十室あり、硬貨投入式のジャクジーと屋上のテラスが備わっていた。スペランツァの妻の両親から相続したホテルで、自分たちの住まいでもあったが、配管検査官が村で最初に訪れた建物ではなかった。実を言うと、最後の訪問先だった。配管検査官はすでに小さなクリップボードを手にしてプロメットをまわり、岩だの崖だのといったあらゆる場所にある家や事務所の検査を無作為に行なっていた。彼がこうしてやってくるまでにはかなり時間がかかった。それどころか、スペランツァは配管検査官を避けるためにあの手この手を使い、これまで二年間、検査を先送りにしてきたのだ。スペランツァが父親から受け継いだ、掃除機のメンテナンスと修理の店である〈スペランツァ・アンド・サンズ〉という村長室も兼ねた建物に電話がかかってきて〈地方水委員会〉の発信者番号が現れるたび、助手のスミルツォを大声で呼んだ。すると、スミルツォは〈フーバー・ウインドトンネル2〉掃除機の店頭見本のコンセントを差し込み、ノズルを受話器まで持ち上げた。

「すみませんが、聞こえないんですよ！」スペランツァは怒鳴ったものだ。**「接続状況が悪いらしい！」**

　検査を先延ばしにするこの方法は魔法のようにうまくいっていたが、勤勉な役人がとうとう書類で知らせてくるまでの話だった。調査の日程が決められた。配管検査官が来て配管を調べる予定だった。破損が見つかった配管はすべて地方自治体の費用負担で修理されることになっていた。修理費用を捻出《ねんしゅつ》する余裕がなく、ローンが適用されない小さな地方自治体は水の供給を打ち切られる。そして〈地方水委員会〉は住む場を失った住民の再定住を手助けするはずだ。

　スペランツァはこの最後の項目についてじっくりと考えた。とりわけ「住む場を失った住民」という言葉が不安のもとだった。書類を脇へ押しやり、こんな緊急時のために机上に備えておいた大きな本を取り出す。本の題名は『完全版：カトリックの聖人と神の祝福を受けた、あるいは列福された人々の事典《コンペンディアム》』。P（Plumbers〔配管工〕がある項）のページを開いて該当する欄に指を走らせ、探していた名前を見つけた――聖ヴィンセンテ・フェレル、配管の守護聖人だ。満足してピシャリと本を閉じ、すぐさま祈り始めた。〝こんにちは《チャオ》、ヴィンチェンツォ〟と両手を組み合わせて祈る――ロザリオはちゃんと持っても、お祈りは形式ばらないものが好きだった。〝スペランツァと申します。お騒がせしてすみませんが、プロメットの配管を調べてくださいませんか？　面倒な仕事なのはわかりますが、うちの村にはお金がないのです〟

　そして今、スペランツァは風呂の中という眺めのいいところから下級の配管検査官をにらみつけていた。おれは見ているだけだよ、とスペランツァはスクランブルエッグの最後の一匙《さじ》をすくって口の中に入れながら思った。若い男は洗面台の脇にしゃがんで、切り開く予定の場所に四角く切った青い粘着テープを慎重に貼っていた。それが終わると、背をそらして作業の出来栄えを点検し、微妙によじれていることに気づいて、辛抱強くテープを剝《は》がしてまた貼り始めた。

「どうして、そいつに一撃を食らわしちまわないんだ？」もう我慢しきれなくなって、スペランツァは尋ねた。

下級の配管検査官は心底驚いた顔になった。「いや、まさか。漆喰壁に一撃を食らわすなんていけません。そんなことをしたら、直すのがうんと大変になります」

スペランツァは天井に目を向けた。村全体が建物解体用の鉄球に直面しているのだ。クリップ式のネクタイをつけて、実用的な四気筒エンジンの車に乗った、でっかい子どもみたいなこの兄《あん》ちゃんの報告書次第というわけだが、まあ、そうだろう。もちろん、漆喰は慎重に扱わなくちゃな。

スペランツァは空になった皿をバスタブの端の上にバランスを取って載せ、そわそわしていた。少なくとも二年間、ホテルのこの階に客を迎えていなかったので、ここのバスルームに入るのは久しぶりだった。下級の検査官に作業させるためにこの部屋を選んだのは、目立たない場所にあるからだ。だが、あたりを見回してスペランツァは眉を寄せた。記憶が蘇《よみがえ》ってくる。水漏れ？　ここで水漏れがあっただろうか？　もしもあったとしたら、どうやって修理した？　スペランツァは四階の床の特徴であるチェック柄のリノリウムをしげしげと眺め、突然、はっと気がついた。シンクの根元あたりの床が膨らんでいる。水でいっぱいの巨大な風船のようになっているのだ。スペランツァの両手は冷や汗でべとついた。

「なんというか」スペランツァは咳払いしながら言った。「キッチンの配管を調べるほうがよくないかな？　あっちのほうがここより涼しい」

下級の配管検査官は驚いたように顔を上げた。「もうテープを貼ってしまいましたよ」

「そうだな」スペランツァはため息をついた。「それは見ていたよ」青いテープが四角く貼られたところを二人して陰鬱《いんうつ》な顔で見つめた。

「さて……」下級の検査官はぎこちない沈黙を破った。彼が鞄《かばん》にかがみ込んだまさにその瞬間、スペランツァには垣間見《かいまみ》えた。なんと、敵の首で輝いているシルバーのメダルに刻まれているのはほかでもない、聖ヴィンセンテ・フェレルのくすんだ像じゃないか！

「シニョーレ」感情が高ぶって声を震わせながらスペランツァはささやくように言った。「きみは聖ヴィンセンテの友人かな？」

下級の検査官はメダルをちょっと見下ろして微笑した。

もう警戒を解いても大丈夫だと感じて、スペランツァはバスタブの端に両肘をつきながら座る姿勢になった。「いや、感心したよ」熱心な口調で言った。「近ごろの若者にはきみほど信心深い人がなかなかいない」

下級の検査官はうなずき、ゴーグルを装着した。「とても大事なことなんですよ。父が言うには、人々は昔ほど物を大切にしなくなったとか。だから、配管のことを誰かが祈らなければならないんです」それから彼は電動のこぎりのスイッチを入れ、漆喰壁に切り込みを入れ始めた。

検査官の言葉は電動のこぎりの騒音と相まって、陶製のバスタブの側面に当たって跳ね返り、スペランツァの耳の中で響くように思われた。〝配管のことを誰かが祈らなければならない〟だと？

村の司祭のロッコ師《ドン・ロッコ》と掃除機について同様の議論をしたことを思い出した。〝神父様、どうしてローマ教皇庁は掃除機を保護する必要性について考えないのですかね？〟毎年の点検の予約をキャンセルした客がまた一人出たとき、掃除機の保護について載っていない以外は〝完全な〟『コンペンディアム』を調べたあと、スペランツァはいらいらして尋ねたことがある。

　スペランツァは息をのんで片手を口に当てた。このとき初めて、何もかも理解できたのだ。この若造の検査官は、スペランツァ自身がやってきたように、共同体の配管が規定の耐用年数よりも長持ちすることを祈っているのではない。違う！　この冷酷な若造は配管が交換されるようにと祈ってきたのだ！

　恐ろしい考えが浮かんだ瞬間、二つのことが起こった。下級の検査官は電動のこぎりのスイッチを切ってゴーグルを押し上げながら、切ったばかりの漆喰の塊を壁からそっと取り外した。白い埃がチョークのシャワーのようにリノリウムの床に降り注ぐと、スペランツァは黒い口髭を震わせながら、洗面台を修理した方法を思い出した。映像さながらに浮かんでくる――シャツ姿のスミルツォがバスタブの端に腰かけ、ピンク色の風船ガムを次から次へと噛んでいた場面が。

　今度は下級の検査官が息をのむ番だった。懐中電灯の光を穴の中に向けたのだ。

「すみません！」彼は大声をあげた。「これは何ですか？」

　スペランツァはこの時点で残っていたわずかな落ち着きを取り戻すと、腕組みしながら穴の中をちらっと覗いて、鼻から息を吐いた。

「たぶん、〈ハバ・ババ〉ガムだろう」

第二章　本当の問題を示そうか？

　そのあと、スペランツァはおとなしくなった。バスタブの中に立ち尽くしていると、下級の検査官は三枚綴《つづ》りの複写になった書類を記入して寄こした。

「これが見積もりですよ。六十日以内に料金を払ってもらえなければ、委員会は村の水を止める予定になっています」

　スペランツァはまじまじと書類を見つめた。検査官は合計金額を青いボールペンで書き、それを丸で囲んでいた。七万ユーロ。数字が紙の上で泳いでいる。七万。百万も同然だった。

「シニョーレ？」どこかとても遠いところから下級の検査官が呼んだ。「ローンを受ける資格があるかどうかを確認したいですか？」

　スペランツァはうなずいたに違いなかった。なぜなら、検査官はクリップボード上の紙をめくって新しい紙を出し、一連の質問をものすごい速さで言い出したからだ。プロメットは何か主要な産業の本拠地ですか？　ショッピングモールがありますか？　観光客を引きつける珍しい、あるいは文化的に重要なものはありますか？　このあたりには天然ガスとか石炭鉱床の類《たぐい》の、鉱山業の可能性が生じるものはありますか？

ない……ない……ない……スペランツァは首を横に振った。プロメットにはそういったものは何一つないのだ。ここは単なる何ということもない土地。どん詰まりの地なのだ。この検査官は地図でプロメットを見たことがないのか？　地図の下のほうにある、小さな染みみたいなところだ。イタリアという細いブーツでタバコを踏み消したら、舗道にぶつかりそうな爪先あたりに。

下級の検査官は返事をせず、チェックマークをつけた欄を確認しているだけだった。作業が終わると、ため息をついてボールペンをポケットに戻した。「大変申し訳ありませんが、あなたの村には現時点でローンを受ける資格に必要な財源がないようです」

スペランツァは茫然《ぼうぜん》と検査官を見ていた。

「お金がないという意味です」若い男はスペランツァの耳が聞こえないかのように大声で言った。「ここにはお金がありませんね。お金が入るチャンスすらないでしょう」

＊

神はいろいろと不可解なことをなさるものだ。スペランツァはかなりあとになるまで、何もかもが終わるまで、それを見抜けなかったが、その日の午後、職場で過ごしていた無気力で腹立たしい時間は彼の人生すべての進路を変える運命となるものだった。

下級の配管検査官が帰ってから三時間後、スペランツァはサンタ・アガータ通りにある、かつて繁盛していた〈スペランツァ・アンド・サンズ〉の奥に腰を下ろしていた。村の全住民の破滅になる恐ろしい秘密を抱えたまま。家を出ていくときは妻のベッタを避けた。彼女は夫の背後から、叔父さんのバースデーパーティのために風船を買ってくるのを忘れないでと声をかけたのだが、その言葉を聞いただけでスペランツァの目には涙がこみ上げた。パーティだと？　何を祝うというんだ？　机の一方の側に村民台帳を開いて置き、隣に『コンペンディアム』を置いた。もはや聖ヴィンセンテ・フェレルとは話していなかった。それどころか神の御前《みまえ》で油性マーカーペンを取り、配管工の守護聖人の名前に線を引いて消していた。配管工の守護聖人なんか信用すべきじゃなかったのだ。

台帳を見ても何も希望が生まれなかった。とっくにわかっていたように、村の金庫にはまったく金がないのだ。店内をざっと見回した。静かに並んでいる掃除機や、ぼんやりと見える交換用のチューブを巻いた束。ため息をついた。ここにもやっぱり金はない。

つい一週間前、この問題をドン・ロッコと話したばかりだった。

「わかってくださいよ、神父様。問題は人口じゃないんだ」カフェでレモネードを飲みながら、彼は司祭に言った。「パーセンテージの問題なんです。もしも、百パーセント――二百十二人ということですが――の人間がうちの店に掃除機を持ってきてくれたら――」ここでスペランツァは感謝の気持ちを表しながら自分の指先にキスした。「チュッ！」

若くて思慮深い司祭のドン・ロッコはグラスの中の氷をかき回していた。「二百十二人ですか、シニョーレ？」額に皺《しわ》を寄せて尋ねた。「ですが、それだと、すべての夫も妻もそれぞれ掃除機を持っていることになりませんか？　さらに、彼らの子どもたちもそれぞれ掃除機を持っていることになるのでは？」

スペランツァは顔をしかめた。「細かいことにこだわりたいなら、そうですがね、神父様。おれが何を言ってるかはわかるでしょう。神父様も同じ問題を抱えているはずです。問題は若い者たちですよ――彼らが問題なんだ。おれたちは、生まれた村に若者をとどまらせることさえできない。奴らにはインターネットのサービスのほうがいいんだ」

ドン・ロッコは眉を寄せた。「プロメットから出ていったからといって、彼らが教会を捨てたわけではありませんよ。自分たちがいる新しい場所でミサに行く可能性はあります」

スペランツァは首を横に振った。「それは実に結構な夢ですよ、神父様。しかし、現実に向き合わなくては。若い者は掃除機なんて気にもかけないし、教会にも行かない。そんなものなんだ。今、ミサに来ている若者が何人いますか?」そう言って片手を上げた。「クリスマスとイースターは除外してくださいよ、神父様。クリスマスとイースターには悪魔だって教会へ行きますからね」

だが、ドン・ロッコは数字の話に引き込まれなかった。「わたしたちの行動の何かが問題なんですよ、シニョーレ」小さな教会を寂しそうに見やった。「やり方がどこか間違っているのです」

スペランツァは考えにふけりながらレモネードを飲んだ。「灰の水曜日を好む人もいる」じっくり考えて言った。「たぶん、それに伴う劇的な事柄を楽しむんだろう。ほかの日にも灰で額に印をつけようと考えてみたことはありますか、神父様? 信者を呼び集められるかもしれませんよ」

そう、確かに若い奴らは責められてしかるべきかもしれない。何百年もの間、プロメットはこんなふうにめちゃくちゃになってはいなかった。今、スペランツァは台帳を閉じて店内の反対側にいる自分の若い助手、スミルツォをじっと見つめた。スミルツォはショールームのキャニスター型掃除機の上に腰かけ、何やらノートに走り書きしていた。集中しているせいで、とがった鼻先がピンク色になっている。

目下のところ、スペランツァと助手の関係は最高にうまくいっているというわけではなかった。一ヵ月ほど前、春の掃除シーズン後には毎年お決まりの商売の落ち込みを受けて、二人は雰囲気を盛り上げるため、店内での悪ふざけという非公式のキャンペーンを始めた。それを始めたのがどっちだったか、今ではスペランツァも思い出せなかったし、実際、偶然に始まったのかもしれなかった――スペランツァかスミルツォのどちらかが塩と砂糖を混ぜこぜにしたとか、そういったことだったのだろう。しかし、先週、スミルツォは悪乗りしすぎてしまった。

スペランツァが地元の経営者の会議を開き、静粛にと呼びかけたときだった。彼はクルミ材で作られた特製の小槌《こづち》と打撃板を持っていて、紺色のベルベット地で裏打ちされたクルミ材の箱に入れていた。それは机の一番上の引き出しにしまってあり、このような特別の場合にだけ持ち出された。スペランツァの机の前に半円形に並べられた椅子に協議会のメンバー全員が座った。協議会の一員ではないが、ノートを取るようにと説得されたスミルツォは部屋の片側で腰を下ろしていた。誰もがおしゃべりに興じていたとき、スペランツァは小槌を軽く打った。

「静粛に。諸君、静粛に」彼は呼びかけた。

部屋はしんと静まり返った。

スペランツァはいい気分で微笑した。「さて」彼は言い、机に身を乗り出した。

ちょうどその瞬間、全員の目と耳がスペランツァに向けられていたとき、それが起こった――どう考えても間違いなく、スペランツァの椅子から音がしたのだ――これまで誰も聞いたことがないほど大きくて、桁外《けたはず》れのおならの音が。

ブウーーーーーーーーーーッ！

「自分の顔をぜひ見るべきでしたね、ボス」ようやく会議が終わったとき、スミルツォは言った。それから彼は倒れ込んで腹を抱えた。たまらなく愉快で、もうどうにもならないという笑いで声も出ないようだった。スペランツァの椅子の裏側に、点滅する赤い光がついた黒い箱がテープで留めてあったことがわかった。それと対になった、ボタンが一つだけついたリモコンがスミルツォのポケットから現れた。

「ほらね、ボス？　簡単なんです」スミルツォは実際にやってみせた。ボタンを押すと、またしても轟《とどろ》くような破裂音がした。

スペランツァはこんな状況で唯一やれることをやった。重いブーツを履いた足で、ズボンに包まれたスミルツォの尻を蹴飛ばしたのだ。あとになって気づいたが、即座にあの箱とリモコンを没収すべきだった。今のスペランツァは恐怖の中で生きているとまではいかないものの、「高まる警戒」という状態で生きていると言っていいだろう。

ため息とともに『コンペンディアム』を閉じ、店の中を気まぐれに歩き回った。スミルツォに近づくと立ち止まり、脛《すね》を軽く蹴った。「今はどんなことが起きているんだ？」ノートのほうを顎《あご》でしゃくりながら尋ねた。

スミルツォは映画の脚本を書いていた。言うまでもなくスペランツァは脚本など好ましいと思わなかったが、本当に起こったことのように何かを書ける能力はなんだか興味深かった。

スミルツォは目を上げ、とがった鼻と顎をした顔を輝かせた。

「きっと信じられないようなことですよ、ボス。竜巻がやってきて家を持ち上げるんです。それから魔法の世界に家を降ろすんですよ」

スペランツァはこれについて考えた。持ち上がった唇が口髭の中に隠れる。「『オズの魔法使い』でルビーの靴がやったようにか？」ようやく尋ねた。

スミルツォはしばらく身じろぎもしなかったが、片目の下の筋肉がぴくっと動くと、さっとノートに戻ってページじゅうを消しゴムでこすった。

スペランツァは天井を仰ぎ、助手の横を回り込んで肩越しに覗いた。

「『主役の女性、二十三歳のアラベッラ登場。長身でほっそりして、黒髪。陽気な性格』」スペランツァは鼻を鳴らした。「こいつはまるで――」

店のドアのてっぺんについた小さなベルが鳴った。目を上げたスミルツォは叫び声をあげるや、顔を三種類のピンク色に染めてノートを尻に敷いた。ちょうどそのとき、アントネッラ・キャプラが店に飛び込んできた。スペランツァが知る中で助手よりも細い体の人間はアントネッラだけだった――さながら歩くスパゲッティだ。今日の彼女は細い手首の両方にそれぞれ五十個ほどのバングルをはめて、巨大なピンク色の輪型のプラスチック製イヤリングをつけていた。イヤリングの片方はたっぷりした黒髪の中にはまって奇妙な角度で突き出している。細面《ほそおもて》の顔を伏せてスマートフォンを覗き込み、恐ろしい速さで何かを入力していた。

「チャオ、おじさん」彼女は言い、目も上げなければ、入力する手も止めずにスペランツァの頬があるほうへ向かって二度、おおざっぱにエアーキスをした。「スミルツォがどこにいるか知りませんか？　掃除機と一緒にあたしの写真を撮ってくれるはずなんですけど。ジョークのつもりでね」

スペランツァの口髭が逆立った。

スミルツォは飛び上がった。「本当のジョークじゃないんですよ、ボス」慌てて言う。「むしろ皮肉な主張といったもので」

アントネッラが顔を上げた。「ああ、そこにいたの」

スペランツァはため息をついた。赤ん坊のころからアントネッラを知っている。今では二十三歳になるアントネッラだが、スペランツァが知るようになってからの二十二年半というもの、会うたびに彼女の顔をまともに見ることができた。だが、今やそれはすっかり変わってしまった。この新しい装置を彼女が手に入れてから、ずっとそうなのだ。

「いったい、そいつで何をやっているんだ？」スペランツァは不機嫌に尋ねた。彼自身は自分の携帯電話を正確に二度、使ったことがあった。一度目は、携帯電話がちゃんと設定されているか確かめるためにベッタが電話をかけてきたとき。二度目は、蜘蛛《くも》を殺そうとして携帯電話を部屋の向こうに投げつけたときだ。「誰かと話しているのか？」

アントネッラはピンク色のプラスチック製イヤリングの片方を上下に弾ませながらうなずいた。髪に刺さっているもう一方のイヤリングは今にも自由になれそうだとばかりに、激しく震えた。

「誰とだね？」スペランツァは重ねて訊いた。

アントネッラは一瞬、片手をスマートフォンから離して宙に振り回した。「いろんな人と話しているのよ」

「それはどういう意味だ？」スペランツァは眉を寄せた。「いろんな人と話しているだって？　おれとは話しているか？」

アントネッラはため息をつき、やや不承不承といった様子で目をスマートフォンの画面から離し、それが見えるようにスペランツァのほうへ向けた。

「ソーシャルメディアよ」彼女は画面をスクロールさせながら言った。「今のところフォロワーは十七人だけれど、実際は、どこにいる誰でもこれを読むことができるの」

スペランツァは次々と通り過ぎる言葉や画像に集中しようとした。「ふうむ」理解したかのようにうなずいてみせた。「ワールドワイド・ウェブって奴か？」

アントネッラはクスクス笑った。「そう《シ》よ、おじさん」

「こいつは誰なんだ？」スペランツァは何度も何度もスクロールしていくのが見える特定の画面を止めようとしながら、指を突き出した。

アントネッラは自分のほうへスマートフォンの画面を向け、タップした。

「これのこと？」信じられないといった口調で尋ね、また画面をスペランツァに向けた。

蛍光ピンクのハートの内側からにっこり笑っている、タンクトップ姿の若い男を見て、スペランツァは目をぱちくりさせた。男の二頭筋ときたら、スミルツォのウエストほどの太さだ。見覚えのある顔だった。

「この男なら知っているぞ」画面を指さしながらスペランツァは言った。「誰だったかな？」

アントネッラは口をぽかんと開けた。

「ダンテ・リナルディよ」彼女は言った。パスタとは何か説明してくれとスペランツァに尋ねられたら、用いそうな口調で。「ダンテ・リナルディ」

スペランツァは若い男の顔をじろじろ見ながら眉を寄せた。リナルディ……リナルディ……一族の誰なのか思い出せなかった。ジュリア・スカルパがリナルディとかいう男と結婚したのだったかな？　ちらっとスミルツォを見やったが、天井のタイルをしげしげと眺めているようだった。

スペランツァはアントネッラにまた視線を向けた。「そいつはきみのボーイフレンドか？」そう尋ねた。

「ボ、ボ、ボ、ボーイフレンド？」アントネッラは頭をのけぞらせて大声をあげた。「おじさんったら！　これはダンテ・リナルディよ！」

「映画スターですよ、ボス」スミルツォがぼそぼそと言った。

なんだ。スペランツァは興味を失った。映画スターか。

「ちょっと彼を見てよ、おじさん」アントネッラは色とりどりのタンクトップを身に着けたダンテ・リナルディの写真専用のページに切り替えたらしく、今やそれを優しい手つきでスクロールしていた。スペランツァとスミルツォも楽しめるようにとスマートフォンを外側へ向けている。彼女はため息をついた。「すてきじゃない？」

スミルツォは首を絞められた猫のような声を出し、咳の発作でごまかした。

「これを見て」アントネッラは画面をタップしながら言ったが、もう一度見て、唇をとがらせた。

「またインターネットがおかしくなっちゃった」スペランツァをなじるように、スマートフォンを指し示す。「この問題を本当にどうにかすべきよ、おじさん。深刻な問題なんだから」

「そうですよ、ボス」スミルツォが落ち着きを取り戻してうなずいた。「本当に深刻な問題だ。昨夜、スマートフォンで映画を見ていたら、ちょうど結末で――シュッ！」痩《や》せこけた首にあてた人差し指を横に引いてみせる。「接続が切れたんです」

スペランツァは目を見開いた。深刻な問題だと？　こ、こ、こんなことがこいつらにとっては深刻な問題なのか？　〝主よ、ご覧になっていますか？〟天を仰ぎながら尋ねた。〝ここでおれがどんなことに対処しているか、おわかりですか？〟スペランツァは口を開け、一瞬、秘密をぶちまけそうになった。この二人のバカ者に、本当に深刻な問題とはどんなものかを話しそうになったが、ちょうどそのときベルが鳴って邪魔が入った。

＊

「こちらの若い者が話を聞いていてもかまわないならいいが」スペランツァは店の奥にある机に向かって腰を下ろした。忠実な有権者のロッシは彼と向かい合った布張りの椅子に腰かけ、スミルツォとアントネッラは机の横にある二脚の折りたたみ椅子に座った。スミルツォは横目でアントネッラを盗み見し、彼女のほうはスマートフォンの画面をスクロールしたり髪をねじったりしていた。

「この子らに深刻な問題と深刻じゃない問題との違いを教えようと思うんだ」

「ああ、とても深刻な問題なんだよ」ロッシは座ったまま身を乗り出し、手にした帽子をひねった。

「うちの犬に関する問題だ」

アントネッラが鼻で笑った。

スペランツァは警告するような視線を彼女に向け、ロッシにはどうぞという身振りをした。「どうか続けてくれ」

「実は、その――彼女が襲われているんだよ」

スペランツァは片方の眉を上げた。「襲われている？」

ロッシはうなずいた。「隣の家に生まれたばかりの仔犬たちから襲われているんだ」

スペランツァは何か言いたそうなアントネッラを制して、小さなスパイラルノートとちびた鉛筆を取り出した。

「どんな種類の仔犬?」スペランツァは尋ねた。

「ミニチュア・シュナウザー」ロッシが言った。「ほら、ドイツ生まれの奴だよ。とがった耳の」

スペランツァはノート越しにうなずいた。「ああ、見たことはある。軍隊式に行進しているフン族みたいな奴らだな」

「まさにそのとおり」ロッシは同意した。「あんたに言わせるとフン族みたいな奴らはバンボリーナ――おれの犬だが――をほうっておいてくれない。あの子に乗っかったり、吠えたりし、耳だの尻尾だのをかじるんだ」ロッシの目に涙が浮かんだ。「バンボリーナはかなりの老犬なんだよ。日向ぼっこぐらい楽しんでもいいじゃないか」

「そのとおりだな」スペランツァはノートにメモを取った。「この件を隣人に抗議したのか?」

かなり日焼けしたロッシの頬は真っ赤に染まり、顔全体が紫がかった色になった。「ああ、抗議したとも。夫のほうにも妻のほうにも話したが、ただ笑うだけで。こう言われた。『バンボリーナが仔犬に悩まされているなんて、わかるはずがあるかい? あの犬がまだ生きているかどうか、確かめたのか?』とね」

スペランツァは息をのんだ。「なんと!」

ロッシは首を縦に振った。「おれも信じられなかったよ」店の入り口にあるベルが鳴ると、ロッシはちらりと振り向いた。「とにかくここに――ここにバンボリーナが来ている。女房が散歩に連れ出したんだ。バンボリーナを中に入れてやりたいんだが。あの子に会ってもらって、どんなに愛らしいか自分の目で確かめられるように」

全員が店の入り口近くに移動した。ロッシ夫人は入り口をなんとか通り抜けた。ようやく彼女が中に入ると、大きな赤いベビーカーを引っ張っていることがわかった。

「この子だよ。これがバンボリーナだ」ロッシは言った。

スペランツァは目をぱちぱちさせて、ベビーカーに乗っているものを見た。彼は少々面食らっていた。「では、こちらが名高きバンボリーナか」ややあってから弱々しく言った。「彼女はこういうやり方で散歩するのかな?」

ロッシ夫妻は甘やかすような笑みを浮かべて目を見交わした。

「バンボリーナはいつでも王女様みたいなものなんだよ」ロッシが言った。「あんたたちが挨拶《あいさつ》できるように彼女をベビーカーから出そう」

スペランツァが異議を唱える間もなく、ロッシはバンボリーナをベビーカーから下ろし、彼の靴の爪先にどっしりした犬を載せた。世界最大のポメラニアンはスペランツァの靴の上に座った。口の片側から出した舌は、ふわふわのたっぷりしたオレンジ色の毛並みに映える鮮やかなピンク色だ。バンボリーナはあえいだりまばたきしたりする以外、身動きしなかった。次第に回数が増えていくまばたきに魅了されたスペランツァが眺めているうち、とうとうバンボリーナは眠ってしまった。

しばらく誰も口をきかなかったが、やがてアントネッラがバンボリーナの傍《かたわ》らにひざまずいた。

「おじさんの言うとおりね」クスッと笑って言った。「これほど深刻な問題に出会ったことはないもの」それからアントネッラはスマートフォンを掲げ、髪を手で膨らませてから自分と犬の写真を撮った。

第三章　ベッタ、真実を知る

スペランツァは五時半に店を閉めた。クランクを回して日除《ひよ》けを下げ、ドアの外に置いてある全天候型のマットを慎重に振る。それが終わると、狭い石畳の広場をぐるっと見回した。何もかも、父親がまだ生きていたころのままだった。右側にはビージの〈エンポリオ〉があり、午後遅い陽光にブリキの屋根が焼けていて、その向こうにはカフェがあった。左側には歯科診療所。真向かいにあるのはマエストロの肉屋で、左斜め前にはプロメットの教会である白漆喰塗りの小さなサンタ・アガータの建物があった。誰もがこれだけで満足していた。おそらくスペランツァの父親の時代ほど多くはないだろうが、あたりをうろつく人はいる。彼らを眺めるスペランツァの心は沈んでいた。抱えているどえらい問題へのなんらかの解決策を六十日以内に思いつかない限り、ここには誰もいなくなるだろう。誰も彼もが去っていくことになる。

七万ユーロ。サンタ・アガータ通りを家へと向かうスペランツァの胸はその数字に締めつけられ、肺から空気が搾り取られていた。リラだといくらになるだろう？　計算するためには立ち止まらなければならなかった。ほぼ一億三千六百万リラだ！

「どう思う、父さん？」スペランツァは声に出して尋ねた。ルイージ・スペランツァは三十年近く前にこの世を去ったが、息子の心の小さな片隅を依然として占めていた。ルイージは引っくり返したバケツに座り、赤トウガラシを糸でつないでいる――スペランツァが思い出すのはそんな父の姿だった。だが、今日のルイージは何も答えず、息子にまったく助言を与えてくれなかった。ルイージはただ赤トウガラシに覆いかぶさるようにうずくまり、悲しそうに首を横に振っただけだった。

スペランツァはホテルのほうへ歩きながら、今夜はフランコ叔父のバースデーパーティがあり、風船を手に入れてくるはずだったと思い出した。玄関のドアを開けると、四つになる孫娘のカルロッタがこちらに駆けてきた。

「おじいちゃん《ノンノ》！」彼女は叫び、祖父の顔に向かってパーティホーンを吹いた。

＊

この日で九十三歳になるフランコ叔父は、スペランツァ家のキッチンのテーブルについていた。幸せそうではなかった。どこにいても幸せそうじゃなかったのだ。フランコはカルロッタ――彼とは対照的にすばらしい時間を過ごしていた――の隣に座り、あらゆる人をにらみつけていた。はち切れそうな麻シャツの胸のところで腕組みし、両肘には乾癬《かんせん》治療の銀色の絆創膏が貼ってある。パーティ用のオレンジのとんがり帽が禿頭に載っていた。

「さあさあ、叔父さん、開けてみて」スペランツァはテーブルに身を乗り出し、ホイル紙とリボンで包んである小さな箱をつついて叔父のほうへ寄せた。「きっと気に入りますよ」

全員の視線が叔父に向いたとき、スペランツァはナプキンで額を軽く叩き、水をごくごく飲んだ。万事順調とばかりに微笑し、探るような妻の視線を避けるのは骨が折れた。テーブルを見回した。パーティの参加者は家族だけだ。今日の午後早くに車で連れてこられたフランコ叔父、ベッタ、幼いカルロッタ、そして彼女の母親でありスペランツァたちの娘であるジェンマ。ジェンマはスペランツァ夫妻にとって遅く生まれた子どもで、親になる望みを諦めたあとの驚くべき贈り物だった。今、スペランツァはこの五年間の習慣になっているように、娘に視線を注いでいた。十九歳の誕生日のすぐあと、孫が生まれるけれども、義理の息子はできないというニュースがジェンマから伝えられてからずっとそうだったように。ジェンマは前より痩せただろうか？　スペランツァは目を細めて眉を寄せ、フォークを刺してケーキを取る娘を眺めていた。

「おじちゃん、お手伝いさせて」キラキラ光る紙に眩惑《げんわく》されたカルロッタが言った。椅子からぴょんと降りると、あまり気が乗らない様子のフランコ叔父の手から箱を奪い取って包み紙を引き裂いて開けた。「レゴよ！」カルロッタは喜びの声をあげた。

フランコ叔父は椅子で前かがみになり、うなるように言った。「いったい、こいつでどうしろというんだ？」

スペランツァはどうにか陽気な笑顔を作り、フォークでケーキをたっぷりとすくい取って口に入れた。「叔父さんは建築家じゃないですか。何か建てたいんじゃないかと思ったんだ」笑みを浮かべたままケーキを口に運び続けたが、黒い口髭に白いクリームが斑《まだら》についていて滑稽《こっけい》な感じに見えた。

「それって侮辱だと思うけど」ジェンマが言い、フォークを置いて胸のあたりで両腕をきつく組んだ。「九十三歳のお年寄りの誕生日プレゼントに子どものおもちゃをあげる人なんている？　失礼よ」

　スペランツァは口をぽかんと開けた。この痛烈なちょっとした発言は、彼の娘としてはかなり本格的なスピーチだった。いつもは父親と話す努力をしようともしないのに。

　ベッタがテーブルの向こう側から、黙っていてという合図をスペランツァに送ってきた。

「お父さんはそういうつもりじゃなかったと思うわ、ジェンマ」なだめるような口調でベッタは言った。「ただのささやかなジョークよ。叔父さんがカルロッタと遊べるようにね。そうでしょう、ジ《ニ》ョヴァンニーノ?」

　今やスペランツァは腕組みして顔をしかめていた。

　カルロッタはレゴの箱をしっかりと胸に抱き締め、興奮で今にもはちきれそうだった。「開けてもいい、おじちゃん?」

　フランコ叔父は、そいつをずっと持っていてもかまわないぞといったことをつぶやいた。カルロッタがたちまち箱を開け、ビニール袋の一つを勢いよく破くと、レゴのピースがそこらじゅうにちらばった。その一つはスペランツァのケーキの残りに着地した。彼はそれを取り、気をきかせて話題を変えた。

「叔父さんの家の話をしたいとずっと思っていたんですよ」

　ただでさえ不機嫌だったフランコ叔父の顔は固い仮面さながらに険しくなり、ベッタは舌打ちするような音を出したが、スペランツァは引き下がらなかった。ラバみたいに強情な叔父に、六十日後には穏やかにプロメットを離れるように説得しなければならないなら、今取りかかったほうがいいだろう。

「叔父さん、どうかわかってください。自分の家から離れたくないのは理解できます。だが、もう潮時だと思う。あそこに一人きりで暮らすのはよくないですよ」

フランコ叔父は首を横に振った。「おれは動かんぞ」

スペランツァは食い下がった。「先週、おれが置いていった広告を見なかったんですか？　あの場所はとてもよさそうだ。一部屋の最低料金は四千ユーロだそうですよ」

フランコ叔父はせせら笑った。「あれは霊廟《れいびょう》だ」

スペランツァは眉を上げた。「何を言っているんです？　集合住宅ですよ」

テーブルの向こう端にいるベッタは笑いの発作を抑えていた。「違うわ、ニーノ」どうにか落ち着くと彼女は言った。「叔父さんの言うとおりよ。わたしもあの広告を見たの。〈ガーデン・オブ・エバーラスティング・ローゼズ〉は霊廟よ」

スペランツァは途方に暮れた。「エアコン完備と書いてあったが」彼は仰天していた。それから不可解に思った。「エアコンが必要なのは誰なんだ？」

こうしたやり取りをフランコ叔父はまったく無視し、拳でテーブルを打った。「おれを家から動かすには軍隊が三つは必要だぞ」

スペランツァは天井を仰いだ。〝あるいは、クリップボードを持った育ちすぎの幼児が一人、必要ってところかな〟

「お父さん」ジェンマが言った。「叔父さんは一人でやっていけるはず――」

スペランツァは懇願するような顔を娘に向けた。「頼むよ、大切な子《カラ・ミーア》」

穏やかだったジェンマの目がきらっと光った。「ああ、そうね」唇を震わせながら言う。「意見を言うなんて、何様だってところよね？」立ち上がると、椅子が後ろにひっくり返った。「たぶん、わたしの誕生日にお父さんはバービー人形でもくれるんでしょう！」ジェンマはキッチンから駆け出し、ドアをバタンと閉めて寝室に入ってしまった。

カルロッタはレゴから顔を上げて泣き出した。ベッタはテーブルに置いた手を組み合わせてため息をついた。「あらまあ、ニーノ」

「何だってんだ？」スペランツァは参ったとばかりに両手を振り上げ、大声を出した。「おれが何を言ったというんだ？」

「いいわ、もうそこまでよ」

フランコ叔父が帰って、ジェンマとカルロッタがベッドに入ると、ベッタは寝室のドアを閉めて両手を腰に当てた。

「今、何が起こっているのか話して。今夜のあなたはどうかしていたわ。何を悩んでいるの？」

スペランツァはベッドにへたり込み、ベッタは横に並んで座った。彼はぽつりぽつりと事の次第を語った。

「まあ、ニーノ」ベッタは片手で口を覆った。二人はしばらく無言で座っていたが、やがてベッタの活発で実際的な頭の歯車が回り始めた。「そうね、何かしら解決策があるはずよ。ドン・ロッコに話をしなくちゃ」彼女は言った。「献金を募集してくれるでしょう」

スペランツァはため息をついた。「誰から献金があるというんだ？ベッタ、われわれがこんな苦境に陥っているのは、誰も金を持っていないからだ。税金を払っていない人間がどれほどいるか、知ってるだろう？」彼は知っていた。税金滞納者の名前を、払えない理由とともに記した付箋《ふせん》を村民台帳につけていたのだ。厄介な状態だった。何もかもひどく厄介になっていた。

ベッタは唇を噛んだ。「マエストロさんはどうなの？　お金があるはずよ。あの人たちのばかげた家を見たことはあるでしょう？」

スペランツァはしかめ面《つら》をした。ありがたいことに、マエストロの自宅に入るための大義名分があったためしはなかったが、小指に大きなゴールドとダイヤの指輪をきらめかせながら肉屋の外にいる彼なら毎日見ていた。あの指輪のとがった部分にくっついているに違いない血だの内臓だのを想像してみるがいい。スペランツァは身震いした。

「マエストロは野蛮人だ」彼は言った。「自分以外の人間の力になることになど興味ないだろう」頭を横に振り、ベッドに入った。「心配するな。住むところはあるよ。明日、アルベルトに電話をかける」

アルベルトに関して自分なりの見解を持つベッタは顔をしかめ、やはりベッドに入った。上掛けを引き上げながら、ベッタの視線はジェンマとカルロッタがいる部屋とこちらを隔てる壁へと向いた。

「あの子たちがわたしたちと一緒に引っ越したがると思う？」ベッタは小さい声で訊いた。

スペランツァは驚いた。「もちろん、一緒に引っ越すはずさ。ほかにどこへ行くというんだ？」だが、そう言いながらも落ち着かない気分だった。この前、こんなふうに不安そうな声でベッタが彼に尋ねたのは五年前だ。〝ニーノ、ジェンマがこのリッチ家の男の子にのめり込みすぎているとは思わないわよね？〟あのとき、スペランツァは今と同じように確信を持って大丈夫だと答えたのだ。

「あのね、ジェンマが彼にメールしているのを見たことがあるのよ」ベッタは両手をじっと見ながら静かに言った。「たぶん、彼はローマにいると思うの。わたしたちがローマで暮らせるゆとりはないわ、ニーノ」

スペランツァは起き上がった。「だから、どうした?」彼は怒鳴った。血圧が上がっていくのが感じられ、こめかみのあたりがズキズキする。目に見えない敵を殴るとき、いつも覚える感じだった。「だから、どうしたんだ? あの子を引き留める者はいない。出ていきたいと思えば、出ていくだろう。あの子はここが好きなんだ」

「シーッ」ベッタは言い、ふたたび壁のほうをちらっと見た。「そうね、ニーノ。あの子はここが好きなのよ。カルロッタが通う幼稚園も気に入ってるし。子どもを友達から引き離したくはないでしょう。でも――」ベッタは肩をすくめた。「幼稚園がなくなったとしたら? お友達もいなくなったら? そうしたら、どうなるかしら?」

スペランツァはこれに答えられなかった。

「ジェンマのことが心配なのよ、ニーノ」ベッタはため息をついた。「なんだかあの子は人生を投げてしまったみたいで。友達もいないし、何にも興味を示さない。四六時中、怒っているか落ち込んでいる。心配よ。もしかしたら――」彼女はためらった。「もしかしたら、最悪のことが起きるというわけでもないかもしれない。もし、ジェンマとカルロッタが引っ越すことになったら……自分たちだけで暮らし始めたら……」

スペランツァはうなり声をあげて明かりを消した。暗闇の中で、四年前の自分とカルロッタが目に浮かんだ。真夜中に泣いているカルロッタを抱いて床を歩き回る光景だった。カルロッタの母親のほうは隣の部屋で泣いていた。「めんどりさん《ガリネッラ》、ふらふら《ツォッパ》、ふらふら《ツォッパ》、背中に何本の羽根があるの《クワンテ・ペンネ・ティエネン・コッパ》」と彼は小声で歌った。足の悪い小さなめんどりについての古い歌だ。歌うのをやめたとき、ジェンマは張りつめた細い声で呼びかけてきた。「もう一回歌って、お父さん」スペランツァは何度も何度も歌った。とうとうジェンマもカルロッタも眠ってしまうまで。

さて、今夜のスペランツァは頭の下の枕を丸めて眠ったふりをしていたが、ベッタの穏やかないびきが聞こえてくるまでの話だった。スペランツァはベッドから滑り出て、子どものころにやったようにベッド脇にひざまずいた。堅い床に両膝が当たり、年のせいで関節に痛みが走ると、二言三言、文句を言った。十字を切って目をきつく閉じる。心の中で『コンペンディアム』のページをめくり、どの守護聖人に助けを求めるべきか決めようとした。

結局、切迫した状況を踏まえて、最上位の神に直接頼った。

「どうか主よ」大きめのささやき声で言った。「どうしたらいいのかわかりません。答えがあるのでしたら、どうか――それをお示しください」

数分間待ってみた。神が本物の壮大な意思表示を行ない、ただちに彼がなすべきことを示してくださる場合に備えて。だが、何も起こらなかったのでベッドに戻り、心の中でベッタと議論しながら夜遅くまで目を覚ましていた。なぜなら、ベッタは間違っているからだ。ジェンマとカルロッタが出ていってしまうなんて、最悪の可能性だった。

第四章　ジョージ・クルーニーの謎めいた居場所

　夜明けにスペランツァはジェンマが小さかったころの夢を見ていた。

「パパ」

　彼はホテルの居間にいたが、二十年前のものだった。窓という窓にはベッタが蚤《のみ》の市で見つけた、膨らんだ襞《ひだ》飾りのついたピンク色の波紋柄のシルクカーテンがかかり、スペランツァはクルーエル刺繍《ししゅう》の花がクッションに施された、古びてちくちくするソファに座っていた。読んでいた新聞の上から覗き見る。

「パパ、あたしのお茶会に来てくれるって言ったよね」

　そこには確かに、小さなジェンマがいた。腕組みして立っている。彼女の娘が最近やっているのと同じやり方で。

　スペランツァはそのとき、自分がもはやソファに座っている若い自分ではないことに気づいた。宙に浮いて、上方からその場を眺めているようだった。かつてはこの場に本当にいたのだとスペランツァは思った。実際にこんな会話をしたのだ。彼は夢を見ているというよりはむしろ思い出していた。若い自分が新聞を下ろして片方の眉を上げるのを目にした。見事にふさふさだったころの口髭が端から端までぴくっと動くところが見えた。

「ビスケットはあるのかい？」真剣なふりで尋ねる自分の声が聞こえた。

スペランツァとジェンマはテーブルへ移動し、彼女は幼稚園のことを話して聞かせる。「幼稚園なんか嫌い」小さな陶器のティーポットをじっと見つめながらジェンマは言った。「みんな意地悪なんだもん。あたし、おうちにいてはいけないの？」

若いころのスペランツァは、そのとき正しい対応をしなかった。思い違いをした。からかってしまったのだ。あのころよりも年を取ったスペランツァ、こうして天井から眺めている彼は手遅れになる前にこのことを思い出さず、違う方法でやり直すチャンスを失ってしまった。スペランツァは若い自分が娘の髪をくしゃくしゃにする様子を見ていた。

「いつまでも家にいるわけにはいかないんだぞ、カボチャ《ククッツァ》ちゃん」彼は言った。「やがておまえが大きくなったら、母さん《マンマ》と父さんは家から放り出すからな」

幼いジェンマははっとして振り返ってあえいだ。まるで父親に顔をぶたれたかのように。「あたし、絶対に出ていかない！」ジェンマは叫んだ。「絶対、絶対、絶対に！」そしてティーポットを投げると、それは床に落ちて粉々になってしまった。

スペランツァは驚いて目を覚ました。朝だった。ずっと昔の出来事は次第に薄れ、昨日のさまざまな出来事が少しずつ思い起こされてきた。枕にもたれてため息をついた。ドアのすぐ外で娘がスリッパを引きずって歩いている音が聞こえた。

「ジェンマ？」スペランツァは声をかけた。

彼女が立ち止まり、それから歩き出す物音がした。何も答えずに。

神からは依然としてお告げがなかったので、スペランツァはベッドでコーヒーを飲み、地域の連絡網を使って電話をかけ始めた。はっきりとは内容を言わなかったが、重要なテーマに関する村民集会に出てほしいと住民に呼びかけたのだ。二日後の月曜夜の八時に教会で開く予定だと。集会を明日にしたいところだったが、みんなの日曜日を台なしにする意味もない。それから、学生時代の古い友人のアルベルト・マルティーニに、寝室が三部屋のアパートメントを借りる件について電話をかけた。アルベルトは今、ここから三十キロ北のオリヴェートで暮らしている。

「あいつの話によると、早く行動を起こさなければならないそうだ。さもないと、チャンスを失ってしまうらしいぞ」電話を切ったあと、スペランツァはベッタに話した。「あいつによれば、あのあたりの土地は飛ぶように売れているとか」

常に冷静なベッタはその朝、多かれ少なかれ元気を取り戻し、タオルをたたんでいるところだった。タオルの一枚を振り、眉を上げる。「オリヴェートで？　チッ」舌打ちしてすばやくタオルをきちんとした四角にたたんだ。「あの男は詐欺師よ。どうしてあなたが彼と友達なのかわからないわ」

「友達でいると役に立つ人間かもしれないんだ」スペランツァはナイトテーブルに置いたメモ帳をちらっと見ながら言った。鉛筆でいろいろな計算が書いてあった。「おれたちにはそんなに金がないからな」

ベッタは積み重ねたタオルの山を両手で挟んでからポンポンと叩き、リネン用戸棚へ向かった。

「もし、そのアパートメントがアルベルトとマリアの家の敷地にあるなら、わたしは道端で暮らすほうがましよ」

三十分後、スペランツァはマルティーニ家の前に車を止めた。彼らは町の郊外に住んでいた。瓦《かわら》葺《ぶ》きの新しい家が建ち並ぶあたりの一軒だ。アルベルトは葉巻を吸いながら玄関ポーチで待っていた。煙は七月のぼんやりした熱気に混じって立ち昇っていく。スペランツァの車が止まったのに気づいて、アルベルトは両手を振り始めた。

「やあ、スペランツァ!」アルベルトは大声でわめいた。「調子はどうだい、どえらいクソ野郎?」

スペランツァは車から降りた。ベッタが一緒に来ると主張しなかったことをすばやく神に感謝しながら。妻の声が聞こえるような気がした――〝はい、そこまでね。これでおしまい〟

「そいつをどこから盗んできたんだ?」スペランツァは車庫を指さしながら尋ねた。真っ赤なアルファロメオのバンパーに気づいたのだ。

アルベルトはにやりと笑い、葉巻を振り回した。「まあ、なんというか、幸運に恵まれたんだよ」

アルベルトと一緒だと、アパートメントを見に行って帰るだけというわけにはいかなかった。彼は大げさに騒ぎ立てずにはいられなかったのだ。

「あまり遅くならないとベッタに言ったんだが」スペランツァはちらっと腕時計を見ながら言った。

二人は今、幌《ほろ》を引き下ろしたアルファロメオに乗って町じゅうを走り回っていた。

「奥さんなら大丈夫だよ」アルベルトは言い、ラジオの音量を上げた。元気のいい六十三歳だ。運転しているアルベルトはゲームセンターでカーレースのゲームに興じている小さな子どもみたいな印象を与えた。座席で体を弾ませているし、両足はやっとのことでペダルに届いていた。「それに、これはツアーの一部だ。きみはアパートメントを借りるだけじゃない――こういうものも全部含めて借りることになるんだよ！」アルベルトは片手を振って周囲を指した。くすんだ色の木々や無計画な道路標識を。車は急に方向転換し、道端で腹を立てていた二羽の鶏に猛スピードで突っ込みそうになった。

スペランツァはため息をついた。あたりを見ていると、頭のてっぺんが十一時の日差しでじりじり焼かれるし、口髭に激しく当たる風はいらだたしかった。この前にここを訪れてからさまざまなものが変わったと気づかずにはいられなかった。あれはいつだったかな？　眉を寄せた。半年前か？　一年前？　どれくらい前にせよ、何かが起こったに違いなかった。スペランツァの記憶にあったオリヴェートは、それが可能ならの話だが、プロメットよりも活気のない町だった。しかし、今日、アルファロメオはにぎわいのある通りを曲がりくねりながら進んでいた。みすぼらしい小さなカフェの外にはベルベット製のロープが張ってあり、その向こうで人々が列を作って店に入るのを待っている。アルファロメオが大通りへ曲がると、スペランツァは驚いて二度見した。あれはマクドナルドか？　ベッタに言っても、きっと信じてくれないだろう。

スペランツァは友人のほうを向き、ラジオとエンジンの轟音《ごうおん》に負けじと叫んだ。「こいつはどういうことだ？　ここで何が起こっているんだい？」

アルベルトはにやりと笑った。「すごいだろう？」叫び返す。「すばらしい話なんだ。ジョージ

・クルーニーを知っているか？　映画スターだよ？　アメリカ人だったかな？」

スペランツァは考えた。映画スターは彼の得意分野ではなかった。ラジオの音を小さくした。

「どんな映画に出たんだ？」

「知っているだろう」アルベルトはあきれたように目を見開いた。「『オーシャン』何とかって映画だよ。クルーニーたちは大きなカジノから強奪するんだ」

スペランツァは脳みそを振り絞った。「ああ、そうか」とうとう言った。「金髪の奴《イル・ビオンド》だな？」

アルベルトは首を横に振った。「いや、違う。そいつはブラッド・ピットだ。もう一人の奴だよ。黒髪の。あの叔母さんがいた俳優さ（ジョージ・クルーニーの叔母は歌手・女優のローズマリー・クルーニー）。ほら――『マンボ・イタリアーノ』を歌った」アルベルトは座席でダンスっぽい動きをちょっとやってみせた。

「わかった」スペランツァは次第にいらいらしてきた。指人形に手を入れて動かしながらさんざん文句を言うベッタの姿が目に浮かぶようだ。〝おしゃべり男《キャッキエローネ》ね〟と彼女なら憤慨して言うだろう。

「それで」アルベルトは道路にまったく目を向けず、まっすぐスペランツァを見ながら言った。当惑させられるような青い目が輝いている。「半年くらい前、ある大きな雑誌に話が載ったんだ。ジョージ・クルーニーがオリヴェートに家の購入を検討中、とね」

「冗談だろう？」スペランツァは声に出して言った。〝どうして彼がそんなことをしたがるんだ？〟頭の中で言う。

アルベルトはふたたび道路に視線を向けたが、片手をハンドルから離して指を鳴らした。「そんなものさ、すべては変わっていく。人々はあらゆるところからやってくる。彼らが言うのは、ここがジョージ・クルーニーにとっていい土地なら、自分にとってもいいはずだってことさ」

「冗談だろう」スペランツァはまたしてもつぶやいた。

アルベルトは狭くて薄暗い通りにある駐車スペースにいきなり車を入れた。「さあ、ここだ」彼は声高らかに告げ、シートベルトを外した。

スペランツァはあたりを見た。こんな通りではカルロッタが自転車に乗れるところなどないだろう。建ち並ぶ家の一軒の外観も気に入らなかった。芝生には錆《さ》びた洗濯機が置かれ、へこんだ表示板が塀に取りつけられている――「猛犬注意」と。彼は車を降り、壊れた縁石を恐る恐るまたいだ。

「で？」興味津々で尋ねた。「ジョージ・クルーニーはどこにいるんだ？」

アルベルトがリモコンキーのボタンを押すと、赤い車からビーッという音がした。銀色の歯の詰め物がスペランツァに見えるほど、大きく口を開けてにやりと笑う。

「さあな」アルベルトは陽気に言った。「ブラッド・ピットに会ったら、どこにいるか尋ねてみるよ」

*

「中をきれいにしなくちゃな」アルベルトは言った。期間限定で、借りるのなら今がお得だという、寝室が三部屋のアパートメントの居間にうずたかく積まれたガラクタの間を通り抜けながら。

「裏庭があるという話だったぞ」裏の窓から外を見つめながらスペランツァは言った。

アルベルトがそばに来た。「あるじゃないか」指さしながら言う。「ほらな？　敷地は木が続いているところまでだ」

スペランツァは友人の細っこい首を揺すってガタガタ言わせたい衝動を抑えた。「あれは峡谷だろう！」

「ふうむ」アルベルトは視線を落として言った。「峡谷は嫌か？」

スペランツァは目を天井に向けた。水で傷んでいることを暗示する不吉な茶色の染みがある。アルベルトの視線も彼の視線を追った。

「いいかな、スペランツァ。ここが完璧じゃないことはわかっている」ベッタが毛嫌いしている、相手を丸め込む調子でアルベルトは言った。「だが、初めて手に入れる家だと考えたらいい」

スペランツァは苦々しい笑い声をたてた。「おれは六十二歳だ。初めて家というものを持つ時期は過ぎているよ」

「いいかい……」アルベルトは退屈になり出したらしかった。そわそわしながら玄関のドアをちらちら見ている。「月に七百ユーロでここを貸そう」

スペランツァは口をあんぐりと開けた。「月に七百だと？　いい条件にしてくれると言ったじゃないか！」

アルベルトは参ったとばかりに両手を上げた。「七百ユーロはいい条件だぞ！　目を覚ませよ、スペランツァ。物価がどれくらいだと思っているんだ？　どこへ行くつもりだい？　ローマか？　月に七百ユーロじゃ、トイレ代わりにバケツを使うことになるさ」

スペランツァは目を閉じ、左右のこめかみをさすった。アルベルトがそんなふうにローマを持ち出したことは助けにならなかった。目をつむっていると、いろいろなにおいがした――カビや、腐った木のにおい、鼠《ねずみ》の糞《ふん》のにおい。ようやく目を開けると、スペランツァは片手を差し出した。

「ありがとう《グラツィエ》、アルベルト」そう言った。

「どうもありがとう《ミッレ・グラツィエ》。妻と話してみるよ」

第五章　スペランツァは自らの良心に尋ねる

　プロメットに戻ると、スペランツァは車の中に一時間座って、アルベルトのあのアパートメントにいるジェンマを思い描こうとしたが、失敗した。それからエンジンを切り、歩いて村の中心部に入った。この二十五年間、一本もタバコを吸っていなかったのに、今は吸っていた。マエストロの肉屋の外に立ち、日除けの上に取りつけられたぼろぼろの剝製《はくせい》のイノシシをにらみつけながら、フィルターぎりぎりまで吸った。何年もの間、このイノシシをずいぶんじっくりと見つめてきた。イノシシは牙が一本欠け、ビー玉のように光る目で地平線の向こうを凝視している。白い前掛け姿のマエストロが外へ出てきて階段の上に立ち、イノシシと同じ方向をぼうっと眺めているときは、イノシシと彼が兄弟のように見えた。

「マエストロは友達ではない」スペランツァは独り言を言った。タバコの吸殻でイノシシを指す。「あいつはおまえの友達でもないぞ」

　イノシシは返事をしなかった。

　スペランツァは空を見上げた。「主よ、これですか？」片方の眉を上げながら尋ねた。「これがおれにやらせたいことなのですか?」

そっちからも返事はなかった。

スペランツァはため息をついた。これ以外に前進する方法が見つからなかった。プロメットのほかの住人は誰も金を持っていない。タバコを地面に放った。

「シニョーレ!」両手を広げながら店に入っていき、愛想よく声をかけた。「会えてうれしいよ。熊と戦うことすらできそうだな。商売は順調かい?」

木の柱さながらにカウンターの後ろに立っていたマエストロは喉の奥でガラガラというような音をたてた。「何の用だ、スペランツァ?」

スペランツァはさりげなさを装いながらぶらぶらと歩いて、商品を念入りに見た。マエストロはサラミソーセージや金属みたいなにおいをプンプンさせながら家に帰るのだろうか。

「いい品だな。とてもいい」燻製《くんせい》のサラミの棚にうなずいてみせながらスペランツァは言った。「すばらしい商品を置いている。みんなにそう話すよ。おたくはずいぶん儲かっているに違いない」

マエストロが相変わらず無言でいると、スペランツァは口先だけでなく行動で証明するために金を出すほうがいいと判断した。一番大きなガラスケースの前に身をかがめ、ポークチョップを二枚、指した。「それをもらおう」スペランツァは言った。「ベッタが喜ぶだろう」

マエストロは注文票を取り出し、鉛筆の先を舐《な》めた。

「どこへ送る?」彼は訊いた。

スペランツァはたじろいだ。「どこにも送ってもらわなくていい。おれはここにいるんだから」

マエストロは鉛筆を振り、ラミネート加工された貼り紙を示した。

〝このケースの肉はすべて通販のみで承ります〟

「新しい方針だ」マエストロはうなるように言った。「ちょっとした変化を起こさなければならなかった。ほかにこの村で儲ける方法はあるか？　世界はここの外にあるのさ、スペランツァ」外のイノシシが見ているのと同じ方向に巨大な片手をブンと振った。

スペランツァは目をぱちくりさせて最初は貼り紙を、それからマエストロを見た。

「配送には何日くらいかかる？」信じられない思いで尋ねる。

マエストロは肉づきのいい肩をすくめた。「三から五営業日ってところだ。あんたがどこに住んでいるかによるが」

スペランツァは血圧が十は上昇したのを感じ、ここに来た理由を忘れてしまった。「おれはおたくの真ん前にいるじゃないか！」

もちろん、スペランツァはこんな怒りの爆発をたちまち後悔した。しばらく沈黙が続いたあと、奥の部屋から何脚もの椅子が床をこする音が聞こえた。間違いなく、マエストロの息子たちが父親の名誉と通信販売だけで肉を売る権利を守るためにやってくるのだ。十五人の息子全員が奥の部屋に収まっていられたのか？　スペランツァはマエストロの肩越しに向こうを見ようとしながら、めまいを覚えつつ考えた。逃げるなら、まだ間に合うだろうか？

その間、マエストロは血の染みがついた前掛けの上で腕を組んでいた。

「何か問題はあるか、スペランツァ？」彼はうなった。

スペランツァは両手を上げた。「冗談を言っていただけだよ。肉を送ってくれ。方法は何でもかまわない。郵便でも、伝書鳩でも。来週のディナーに喜んで食べよう」

マエストロはスペランツァの札を数え、お金の詰まったレジに入れた。スペランツァは悪意の込もった目で厚い札束を見つめ、そもそもここに来た目的を思い出した。

「シニョーレ」出せる限り感じのいい声で言う。「きみはビジネスマンだ。プロメットに投資しようと考えたことはあるかい？　コミュニティに金を還元しようと思ったことは？」

マエストロは鼻を鳴らしてレジの引き出しを勢いよく閉めると、レシートをちぎり取った。「スペランツァ」うなるような声で言った。「くだらんことを言うな」


翌日は日曜だった。スペランツァは遅くまで寝ていて、頭痛を感じながら目を覚ました。

「母さんはどこだ？」キッチンにのろのろ入っていくと、不機嫌そうにジェンマに言った。ジェンマはテーブルについていて、前には手つかずのオレンジジュースの入ったコップがあり、アントネッラのように背中を丸めてスマートフォンを見ていた。顔も上げなかった。

「カルロッタを教会へ連れていったわよ」

スペランツァはぶつぶつ言い、椅子を引っ張り出した。「おまえはどうなんだ？」いらいらした口調で訊いた。「教会へ行かなくてもいいのか？」

ジェンマはスマートフォン越しにこちらをちらっと見て舌を出した。「お父さんはどうなのよ？　特別に免除されてるとか？」

スペランツァは顔をしかめ、口を引き結んでなんだかはっきりしないことを髭の下でもごもごと小声で言った。今は神に関する議論ができる状態じゃないとばかりに。

「誰と話しているんだ？」代わりにそう尋ねた。

一瞬、間があった。「誰でもない」ジェンマは肩をすくめて言った。普段よりも半オクターブは高い声で。

スペランツァは前からお馴染みのパニックに襲われた。娘がアントネッラのように〝いろんな人と〟話そうとしているほうがまだよかった。この誰でもない人間として彼が疑っている相手よりは、どんな奴でもましだったのだ。

咳払いし、当たり障りのない、さりげない声を出そうとした。

「もうルカ・リッチとは話してないのか？」と尋ねる。無邪気な素振りで目を見開きながら。「実は彼のいとこと会ったんだが――」

失敗だった。

「お父さん！」ティーポットを放り投げたときの幼い少女のように目がぎらぎらしていた。ジェンマはスマートフォンを胸の前で握り締め、勢いよく椅子を引いた。「出かけてくる」彼女は口ごもるように言い、大股でキッチンから出ていった。

玄関のドアがバタンと閉まる音が聞こえた。スペランツァは天井を仰いでため息をついた。どこで間違ったのか？　何もかもどこで間違ったのだろう？　天井のひび割れを見つめ、ぼうっと物思いにふけった……

「あたしもそこに入ってるの、ノンノ？」カルロッタの尋ねる声がぼんやりと聞こえた。とても遠いところから聞こえるかのように。「あたしもその一人なの？」

五カ月前のことだ。スペランツァとカルロッタは湿気の多い二月の風の中を海岸から歩いて家に帰る途中だった。道路の片側に立てた杭に傾いて取り付けられた、陽に褪《あ》せたプロメットの標識まで来た。カルロッタは感心したようにそれをまじまじと見つめた。

〈プロメット

人口：二百十二人〉

あまりにも小さくてあまりにも真剣な孫娘を見下ろしたスペランツァは、そんなことを名誉に値すると彼女が思うのが信じがたくて、奇妙なほど喉を締めつけられた。

「もちろんだとも、いい子ちゃん《テゾーラ》」声を詰まらせながら言った。「もちろん、おまえもこの標識に入っているよ。どうだい？」

カルロッタは喜んで小さな手を打った。

嘘をついたわけじゃないぞ。歩き続けながらスペランツァは強い口調で自分に言い聞かせた。カルロッタは住民の一人だ。そうなのだ。ただ、事の次第をすべて孫娘に話さなくてもいい。彼女が生まれる前から、あの標識が変わっていないことなど幼い女の子が知る必要もないだろう？　この子が生まれたとき、娘に会おうともせずに父親は去ってしまった。一人が入って、交代に一人が出ていっただけだ。

月曜日の午前六時。友人や隣人の前に立って嘆き悲しみ、全員、家を失うことを彼らに告げると決めた日の朝、スペランツァは息が詰まるような叫び声とともに目が覚めた。

その声にベッタは目を覚ましてさっと起き上がった。「何なの？　ニーノ、どうしたの？」

シーツを体に絡ませながら、スペランツァはどうにか起き上がろうとした。

「おれはカジノに強盗に入っていたんだ」まだ心臓をどきどきさせながら、スペランツァはあえいだ。細かい話を思い出そうとしながら目を細める。そうだ、金の包みを背中にしょってキラキラ輝く建物の壁を降りていた。だが、上を見たとき、下級の配管検査官が建物のてっぺんで身を乗り出しているのがわかった。クリップ式のネクタイを風にひらひらさせながら、スペランツァが滑り降りているロープをナイフで切っているところだった。

「アルベルトもいたな」スペランツァは記憶をたどりながら眉を寄せた。「奴は歌っていたと思う。『マンボ・イタリアーノ』を」

ベッタはうめくと、また枕に背中を預けた。「悪夢よ」そう言った。「アルベルトが出てくる夢は何でも悪夢なのよ。さあ、もう一度眠って」彼女は横向きになり、顎まで毛布を引き上げた。

けれども、今やスペランツァは完全に目が覚めていた。「おまえに話したかな？ジョージ・クルーニー――俳優だよ――がオリヴェートに家を買うつもりらしいと。アルベルトが話してくれた」雑誌の記事に出ていたという話を洗いざらい妻にぶちまけた。

ベッタはフンと鼻を鳴らした。「ジョージ・クルーニーが？　オリヴェートに？」

スペランツァはうなずいた。「雑誌にそう書いてあったとか」

「誰がそのことを雑誌に話したのよ？」ベッタはふたたび眠ろうと目を閉じた。「答えは三つ考えられるし、どれもアルベルトを指しているわね」

〝答えは三つ考えられるし、どれもアルベルトを指しているわね〟起き上がって顔を洗う間も、二時間半早く職場に歩いていく間も、ベッタの言葉がスペランツァの頭の中に響いていた。机に向かって腰を下ろし、最後の瞬間に救ってくれる守護聖人を探して『コンペンディアム』のページをめくる間も妻の言葉が心に浮かび続けていた。やがて聖人たちの名前がぼやけていき、入り混じってしまった。〝答えは三つ考えられるし、どれもアルベルトを指しているわね〟

さて、それが正解だとしたらどうだというんだ？　スペランツァはこみ上げてくる反抗的な気持ちとともに考えた。もし、あの噂を流し始めたのがアルベルト自身だったとしたら？　もしかしたら、あれは間違いで、厳密に言えば嘘かもしれない。だが、この場合、それは言ってみれば……優れた思いつきでは？　今の人々は自分が何を求めているかわかっていない。または、あるものを欲しいと思っていても、テレビに出てくるセレブがほかのものを求めているはずだと言うと、考えを変えてしまう。何もかも、より大きく、より優れた、新しく改良されたものでなければならない。オリヴェートやプロメットのような衰退していく土地は、ちょっとした強みがない限り将来性がないのだ。そういう手を使ったところで、どんな害があるだろう？　ジョージ・クルーニーはそんなことを気にしなかった。被害者のいない犯罪なのだ！　プロメットの生気のない人々の中に、誰か映画スターがこの村に来たがっていることが経済の活性化になり、住民の家を救うきっかけになると思う者がいるならば、実際、それ以外の人間はどう思うだろうか？

〝神はどうお思いになるだろうか？〟スペランツァは良心のうずきを覚えながら考えた。目を上げると、ドン・ロッコが広場の向こうにいるのが入り口の窓越しに見えた。教会の前の短い歩道を箒《ほうき》で掃いている。

スペランツァは急いで入り口まで行き、ベルを鳴らしながらドアを開けた。

「おはようございます、神父様！」手を振りながら呼びかけた。「一緒に朝食はどうですか？　おごりますよ！」

十五分後、スペランツァとドン・ロッコはみすぼらしいオリーブの木の横という、カフェのいつもの席で腰を下ろしていた。カフェの経営者であるカトゥッツァ夫人が料理の残り湯をやっているので、その木はいつもチキンスープのにおいがかすかにする。スペランツァはたぶん反対しそうな、何も気づいていない若い司祭をちらっと見た。世の中のことなど少しも心配せずにフリッタータをすくって口に運んでいる。求めている答えを得るには話をどう運べばいいだろうかとスペランツァは考えた。

「ちょっと質問させてほしいんですがね、神父様」スペランツァは軽い口調で切り出し、残りのエスプレッソを一気に飲み干した。「おれが仮の話のつもりで何かを言って、神父様がその話を真実だと受け止めたとする。それはおれが神父様に嘘をついたことになりますか？」

大罪を逃れるために打てる最高の手はこれだなとスペランツァは思った。もしも自分がさりげなく口を滑らせただけだとしたら。ある有名人――たとえばブラッド・ピット――がプロメットに家の購入を考えていたら本当にすばらしいと言ったとしても、嘘をついたことにはならないだろう？言語学的観点からすれば――文法的には――何も悪事を働かなかったことになる。

ドン・ロッコはナプキンで口を拭き、思案していた。「それは嘘のようには聞こえませんね、シニョーレ。誤解というふうに聞こえます」

「なるほど！」スペランツァは両手を打ち鳴らし、司祭を指さした。「誤解ですか。そうですよ！完璧だ。ありがとうございます、神父様」

ドン・ロッコは眉をひそめた。「しかし、わたしが誤解することを願って、そう言うのだとしたら、話は変わってきますよ。それだとまったく状況が違います」

つかの間元気になったスペランツァは勢いをなくし、口髭はだらりと垂れた。「もちろんですよ、神父様。もちろん」口ごもりながら言った。彼はむっつりして皿のふちに食べ物を押しやった。だったら、もうおしまいだ。問題の解決策はない。もはや住民を救うためには奇跡でも起きないと無理だ。

スペランツァはフォークでトーストをさっと引っくり返し、できていた模様を見やって息をのんだ。

「神父様！　これは何に見えますか？」皿からつまみ出してトーストを神父に見せた。

ドン・ロッコは目を細めて見た。「小麦粉ですか？」

「赤ん坊のころのイエス様ですよ、神父様！」スペランツァは指摘した。「ほら、後光が差しているし、飼い葉桶《かいばおけ》もある」神父がもっとよく見えるようにとトーストを傾けてやった。「一頭の牛さえいるように見える。ロバかもしれないが」

「見せてください、シニョーレ」

スペランツァはトーストを手渡し、身を乗り出して待ち受けた。「大きなニュースになるかもしれませんよ、神父様」興奮して言った。「人々はこういったものを見るために世界中からやってくる」

ドン・ロッコはひっくり返したり、陽にかざしたりしながら仔細にトーストを調べていたが、それが終わると肩をすくめた。「すみませんね。わたしにはそんなふうに見えません」彼は言い、大きく一口トーストをかじった。

第六章　スペランツァ、答えを見つける

スペランツァはその日、落ち着かない気分で仕事をして、集会まで数時間もあるのに早じまいすると、神と議論するためにボスコ・ディ・ルディナへ出かけた。ここはプロメットの高台でも最も高い位置にある古い森で、村の中心部から歩いて二十分ほどだった。どこの教会よりも聖なる場所だとスペランツァはよく思ったものだ。

ヘリコプター発着場ほどの大きさの苔《こけ》むした石に寝そべり、交差した枝や葉が作る天蓋《てんがい》と空を見上げた。物音一つしないほど静かだった。真実と正義の断固たる擁護者であるドン・ロッコがいたら、この森には彼の教会と同じようにひんやりした空気があり、同じくらいの静謐《せいひつ》さがあると認めただろう。

「主よ、どうして答えてくださらないのですか？　おれにどうしろとおっしゃるのですか？」スペランツァは呼びかけた。「プロメットが崩壊するのをほうっておけとでも？　それがあなたの望みですか？」

一羽のアオカワラヒワが応えた以外、返事はなかった。

「主よ、お告げを与えてください」スペランツァはぶつぶつと不平を言った。「お告げを与えることがあなたにとって苦痛ですか？」さらに数分間、そこに横たわっていた。祈りが天まで昇っていって神の耳に入るまで時間がかかった場合に備えて、オリーブの木の葉が葉脈だけになるまで剝《む》いて暇をつぶしながら。もっとも、全能の神が人間に強いるのと同じ物理の法則に縛られているとは考えられなかったが。

待つのに疲れてくると、スペランツァは歩いた。木々の根や蔓《つる》植物、厚く積み重なった落ち葉を踏んで進んでいると、魚の水槽の底を歩き回っているような気がした。どこへ向かっているかまったく気にしていなかったが、ある地点で空気が変わった。薪の煙のかすかなにおいがして、去年の十月の夜、世を去った人々についてドン・ロッコと話したときのことが蘇った。

「ご両親を恋しく思いますか、シニョーレ？」キャンティ・ワインの瓶を持ってカフェの外で腰を下ろしていたとき、ドン・ロッコが尋ねた。満天の星空のもと、二人のまわりの店はどれもランタンのように光り輝いていた。

スペランツァは肩をすくめた。「いつも父と話していますよ、神父様。そんなに変わったことではない」

ドン・ロッコは驚きを示した。「実際にお父さまの声を聞くわけじゃないでしょう？」

スペランツァは目をむいた。ポケットの中を探って、一枚のカードとちびた鉛筆を取り出した。何かカードに走り書きし、それをひっくり返して置いた上に音をたてて片手を載せた。「神父様！」スペランツァは出し抜けに大声で言った。「今度の日曜日――あなたがどうおっしゃろうと、あるいはローマ教皇がどう仰せだろうとかまわない――おれはミサに行きません！　その代わり、森で自分のためのミサをする。神はそんなこと、屁《ダム》とも思わないでしょう」

ドン・ロッコは背筋を伸ばして座り直した。「シニョーレ！ 森は教会ではありません！ あなたは神父ではないのですよ！ それに、ダムなどと言ってはだめです！」

スペランツァはカードを裏返した。ブロック体の文字で〝シニョーレ！〟と書いてある。〝森は教会ではありません！ あなたは神父ではないのですよ！ それに、ダムなどと言ってはだめです！〟

ドン・ロッコは息をのみ、スペランツァはクスクス笑った。「おわかりですか、神父様？ もし、ある人をとてもよく知っていたら……その人がどんなことを言いそうかわかっていたら……」

そんなわけで、実際のところスペランツァは父親を恋しく思う必要がなかった。父が生きていたころ、親子は今と同じようなことをいろいろと話した——新製品の掃除機について、ガソリンの値上がりについて、毎年のクリスマスにマエストロが主張して店のショーウインドウに置く、加工肉だけでできた滑稽なキリスト降誕の場面の飾りについて。母に関しては事情が違った。スペランツァがわずか二歳のときに亡くなった母親のことは、少なくともはっきりとは思い出せなかった。母の面影はまだスペランツァの胸のどこかに存在はしていたが、いつもあと少しというところで姿を消してしまうのだった。父と違って、母は腰を落ち着けようとしなかった。

スペランツァは狭い空き地と二、三軒の老朽化した家があり、その向こうにまっすぐ切り立った崖と海がある北側からボスコ・ディ・ルディナを出た。すると、プルモナリアが群生しているところに出くわした。肺炎《ポルモニテ》のような名前の華奢な薄紫の花が香りを放っていたのは、一部を踏みつけられたからに違いない。そして、うっすら覚えているにおいが漂う中で奇跡的に、母親のカテリーナが突如として目の前に現れた。

「母さん！」スペランツァは息をのみ、幼いときにやったみたいに母親の服の裾に触れようと手を伸ばした。

ちょうどその瞬間、家の一つの庭からこの世のものとも思えない不快な音がして、カテリーナ・スペランツァは現れたときと同様にすばやく消えてしまった。スペランツァは雑草や蔓植物をかき分けて進み、母親を探そうとしたが、見つかったのはロッシだった。庭の真ん中に立ち、両手で目を覆っている。

「ロッシさん」スペランツァはあえぎ、息を整えるためと失望を隠すため、両膝に手を置いて身をかがめた。「どうしたんだ《ケ・コーザ》？」

ロッシは指の間から覗いた。「おれのバンボリーナなんだよ」彼はうめいた。「見てくれ」

スペランツァは体を起こすと、手庇《てびさし》を作って水平線のほうを見た。恐ろしい音の出どころを追ってみる。車のクラクションが鳴る音と豚たちの悲鳴が同時に聞こえるような音だ。そして、夢でも現実でも見たことがないような光景を目撃した。

彼らが立っている場所から十メートル足らずのところにオレンジ色の大きなふわふわの塊があり、七個か八個の小さくて毛がふさふさした、白と黒が入り混じった色の生き物がその上に群がっていた。

「なんてこった」スペランツァは仰天した。毛がふさふさの悪魔たちは群れで襲っては態勢を整え直し、また群れで襲っては態勢を組み直していた。彼は指の関節を噛んだ。「バンボリーナがシュナウザーに覆われているんだ」とうとうこれ以上見ていられなくなった。「おれが行く！」そう宣言して芝生を全速力で横切ったのと同時に、ロッシの大声を背中で聞いた。

「気をつけてくれ！　気をつけて！」

近づけば近づくほどスペランツァは自信がなくなった。自分が近づいてわめきたて、調子がおかしくなった風車みたいに両腕をぶんぶん振り回せば、仔犬たちはちりぢりになるだろうと思ったのに、そんな様子はさっぱりない。仔犬の一匹など、バンボリーナから跳び降りて見張るように立ったかと思うと、スペランツァに向かって吠えたて、猛ダッシュして前進したり後退したりして彼を近づけまいとしていた。

スペランツァはパニックに襲われ、さっと庭に視線を走らせた。木製のバケツが向こうにあるのが目に留まった。

「神様！」彼は天に向かって叫びながら祈り、いきなり左に方向転換した。そのバケツをさっとつかみ、大喜びする。水がたっぷり入っていたのだ。スペランツァは水入りのバケツを振りながら、奇妙なヨーデルもどきの声をあげて突進した。

ヒューーーーン！

八匹の小さなシュナウザーは太陽の光が八方向に分かれるように、あらゆる方角へ駆け出した。そして動きが緩慢すぎてよけられなかったバンボリーナが大量の水をまともにかぶった。

「礼を言いたいところなんだがね」ロッシは言った。「しかし、わかると思うが、こんなことが起こるたびにバンボリーナにバケツの水を浴びせるわけにもいかないよ」

スペランツァの体は濡れていた。バンボリーナも。一人と一匹はどちらも毛布に身を包んで薪ストーブのそばに座っていた。スペランツァは熱いコーヒーのカップを持ち、バンボリーナはプラスチックのカップに入ったタピオカプディングをロッシ夫人にスプーンで食べさせてもらっている。

「何とか助けてもらえないかな？」ロッシが懇願した。

さまざまなことが終わってから、この瞬間を振り返ったスペランツァは神がどこでまた介入したのかを知った。スペランツァは今にも口を開いてこのつつましい夫婦に、バンボリーナがシュナウザーたちに悩まされるのもさほど長くはないと言いかけていた――住民はみんな家から出ていく羽目になるのだから、実はあと五十七日ぐらいだと。そう言おうとしたとたん、ロッシ夫人に邪魔された。

「シーッ、ブルーノ」彼女はたしなめた。「今日はもうスペランツァさんもうんざりなさっているのがわからないの？」ロッシ夫人はスペランツァのほうを向いて微笑んだ。「どうかお願いです。夕食を召し上がっていってくれませんか？」

そして何かが――あるいは誰かが――スペランツァにイエスと言わせたのだった。


「母もよくこういう料理を作っていたんだろうと思いますよ、奥さん」スペランツァは記憶の断片をとらえようとしながら、煮豆を載せたトーストを食べて言った。「うまいですな」

ベッタも同じような料理を何度となく作ってくれたが、これまで彼は母の料理を思い出したことがなかった。記憶が蘇ってきたのは、ロッシ夫人が使っている薪ストーブのにおいが加わっているせいに違いない。その日二度目になるが、スペランツァはほんの一瞬、目の端に母の姿をとらえたように思った。しかし、彼女は静かにすばやく消えてしまった。

「とてもすてきなお住まいだ」スペランツァはあたりを見ながら言った。「おれが育った家に似ている」彼らがいる木製のテーブルには木の椅子が四脚あった。壁には木製の棚がいくつも設《しつら》えられ、小麦粉やスパイスの入った古びた缶が並んでいる。何もかも徹底的にきれいにしてあった。部屋の隅には木の柄の箒があり、穂先は乾燥させたイグサで作られている。スペランツァはボスコ・ディ・ルディナから過去にさまよい込んだような気がした。

夕食後、一同は居間に行き、スプリングが壊れて肘掛けから装飾敷布《ドイリー》が垂れている花柄のソファに腰を下ろした。スペランツァは真ん中に座り、バンボリーナは人々の足元で房のあるクッションに身を落ち着けていた。みんなでロッシ家の家族アルバムをじっくり見た。バンボリーナの写真がこれでもかというほどあった。バンボリーナが小さな茶色っぽい毛玉みたいだったときから、現在まで。どの写真でも、バンボリーナの舌は口の横からだらりと出ている。アルバムを持ち上げて耳に当てたら、穏やかで絶え間のないバンボリーナの息づかいが聞こえそうだった。さらに、写真のほとんどには小さな女の子も写っていた。

「セレーナか！」スペランツァはロッシ夫妻の娘の写真を指さしながら言った。「今じゃずいぶん大きくなったな」セレーナはアントネッラの友人の一人だった。アントネッラの場合と同じように、スペランツァは少なくとも半年間はセレーナの顔を見ていなかった。

ロッシはため息をついた。「大きくなりすぎてしまったよ」彼は言った。

スペランツァは肩をすくめた。「子どもたちの成長は止められないからな？」

ロッシ夫人は小さく舌打ちした。「セレーナがここにいたがらないんじゃないかと心配なんですよ」彼女は言い、額の真ん中には案じるような皺が現れた。「いつもここ以外のどこかにいるの」

天井のほうを指し示す。「電話で話しているとか、映画スターのことを夢見ているとか」彼女はかぶりを振った。「たぶん、あの子はわたしたちのところを出ていきたいのだと思いますよ……」声が次第に小さくなる。

〝ほかの人たちと同じように〟と、スペランツァはロッシ夫人の代わりに言葉を締めくくりながら考えた。この土地から出ていって二度と振り返らなかった、ほかの若い者と同じようにということだ。

「あの子はここにいるよ」ロッシはきっぱりと言った。「ほかにどこへ行くというんだ？」そして彼と妻、クッションから頭を持ち上げたバンボリーナさえもが一斉にスペランツァを見た。たぶん、答えを知っているとでも思ったのだろう。

スペランツァは山を急いで下りてロッシ一家やボスコ・ディ・ルディナから離れ、〈スペランツァ・アンド・サンズ〉に向かいながら、お告げというのはおかしなものだと思った。左側では火のように赤い雲の塊へ太陽が沈みつつあった。三百メートルほど下の海から涼しいそよ風が吹き上げているので、激しい活動で破裂しそうになっていた肺はときどき吸い込む潮の香りの刺激も受けて、燃えるように熱くなっていた。ポケットからたびたび携帯電話を取り出し、電波が通じているしるしが現れないかと振り回してみた。心臓のドクドクという音が耳に響き、彼は何度となく後ろをちらっと振り返った。悪魔か、あるいはミニチュア・シュナウザーの群れが追ってきているのではないかとばかりに。

お告げというのはまったくおかしなものだ。解釈しなければならないテーマだろう。たとえば、スペランツァ自身が先日言ったのと同じ言葉、娘のジェンマについて用いた言葉――〝ほかにどこへ行くというんだ?〟――をロッシが訴えるように繰り返すのを聞いたとき、奇妙な感覚に襲われた。スペランツァはそこに、子どものころの実家にあったのとそっくりのソファに座っていた。母親が食べさせてくれたと思われる食べ物が腹いっぱいになるほどあって、まるで彼らの大きな子どもみたいにロッシ夫妻に挟まれて座っていたとき、実に不思議な気持ちになったのだ。神自身が「とても重要なメッセージ」――答え――を告げようとしたときはこんな経験をするんじゃないかと、人々が想像しそうな感覚だった。そのあとの自分の言葉と行動をスペランツァはうまく説明できなかった。

「お嬢さんはあの俳優が好きだろう? ダ、ン、テ・リ、ナ、ル、デ、ィとかいうのが?」そう言っている自分の声がスペランツァの耳に入った。恐ろしいほど傲慢《ごうまん》な口調で、どこからともなく引っ張り出したその名を言っている声が。非常に信頼できる筋から〝ダンテ・リナルディとかいうの〟がプロメットに関心を抱いているという情報を手に入れた、とスペランツァはロッシ夫婦に語った。いや、冗談ではない。ただ関心を持っているだけじゃないんだ――ここに土地を買おうとダンテは考えているらしい。セレーナが聞いたらどう言うだろう? そんな事情でも、まだこの土地を離れたいと思うだろうか? 「お嬢さんに話したらいい」スペランツァは鋼《はがね》の神経で言った。それから臆面もなくこうつけ加えたのだ。「友達に話してくれと、お嬢さんに伝えてほしい」

今こうして山を急ぎ足で下りているスペランツァはすっかり落ち着きを失い、「神の聖なるご意志」に従って自分が行動していたのかどうか、もはやはっきりしなかった。むしろ「第八の戒め」(十戒の八番目。「隣人に関して偽証してはならない」のこと)に違反したばかりというふうに思えた。

これまでで二度目ということになるが、携帯電話が鳴った。スペランツァは慌てて電話を手探りし、ベッタに教えてもらったボタンをどうにか押した。

「何だ？」送話口のほうへ向かって怒鳴った。

「ボスですか？」電話を通して聞こえるスミルツォの声はかすれていた。「ボス、どこにいるんですか？　教会のそばで何人も待っていますよ。ボスが来るのかどうか、ドン・ロッコが知りたがっています――彼らを教会の中に入れるべきかどうかと」

スペランツァは凍りついた。オフィスの机の一番上にある引き出しに三つ折りになって入っている、〈地方水委員会〉からの書類のことを考えた。今夜帰ってきたら根も葉もない作り話を聞くはずのセレーナ・ロッシのことも考えた。ダンテ・リナルディ――かの有名なタンクトップのどれかを着ているに違いない――が今すぐにでも現れそうだと。きっとセレーナは金切り声をあげて母親に抱きつき、ぴょんぴょん飛び跳ね、ビッグニュースをスマートフォンに打ち込んでアントネッラに送るだろう――〝全員に〟とは誰のことか知らないが、もしかしたら〝全員に〟知らせを送るかもしれない。アルベルト・マルティーニの姿がスペランツァの頭にぱっと浮かんだ。真っ赤なアルファロメオの運転席に乗って跳びはねながら、間抜けな口に葉巻をくわえているところが。ゲームセンターでビデオゲームに興じる子どもみたいに、あっちだのこっちだのとハンドルをすばやく動かしている彼が。〝もしも、そうなったら？〟わずかな希望を感じてスペランツァの鼻はムズムズし、口髭は震えた。もしも、この計画が本当にうまくいくとしたら？

「すみません」空に向かって声に出さずに言い、肩をすくめた。わずかな希望の芽生えは大きく育ち、そのせいで指先がピリピリとうずいた。スペランツァは顔から十センチ離して携帯電話を掲げた。

「中止だ！」大声で言った。

「集会は中止だとみんなに伝えてくれ！」

第七章　一生に一度の投資チャンス

「これはすばらしいです」ドン・ロッコが言った。塩味のポテトチップスを大袋から食べながらスペランツァのデスクに腰を載せ、充電したばかりの、リニューアルされた〈ルンバ s9＋〉を眺めている。スペランツァがはっきり表明した願いに反してドン・ロッコが購入したこの掃除機は、〈スペランツァ・アンド・サンズ〉の毛羽が少ないカーペット敷きの床を走っているところだった。

「ばかげたものだよ」スペランツァはうわの空でぶつぶつつぶやいた。すでに抱えている問題ではまだ足りないかのように、今度は司祭が完全に申し分ない掃除機をお払い箱にし、代わりにロボットを使うことにした。こんなくだらない件に割《さ》く時間などスペランツァにはなかった。

スペランツァは正面の窓辺でうろうろし、あっちを見たりこっちを見たりしながら、昨夜ついた壮大な嘘によってたちまち経済が救済された証拠が表れていないかと探していた。これまでのところ、目にしたものには期待が持てなかった。広場は無人だった。ベッペ・ゼッロは歯科診療所の外の椅子に腰を下ろし、新聞を読んでいるように見えたが、実は居眠りしていた。カトゥッツァ夫人のカフェの注文用窓口には「昼食中につき不在」の貼り紙があった。スペランツァは心得ていたが、これはカトゥッツァ夫人自身が昼食中という意味で、ほかの誰かが昼食中ということではない。カフェの経営者が自分以外の人間の昼食を気にかけないのだから、本当にひどい状況になっているわけだろう。アメリカの西部劇なら、無人の荒野を転がる回転草《タンブルウィード》が今にも風に吹かれて転がってくる場面だなとスペランツァは苦々しく思った。

「今日はアントネッラから連絡があったか、スミルツォ？」スペランツァはうろうろ歩き回りながら尋ねた。

「いいえ、ボス」脚本に場面のつなぎを入れる難しさに四苦八苦していたスミルツォは驚いたように顔を上げた。ポケットからスマートフォンを取り出すと、期待の表情で調べた。「連絡があるはずなんですか？」

「そうですね、わたしはこの掃除機がとても賢いと思っていますよ」ドン・ロッコはひとつかみのポテトチップスを嚙み砕きながら、さっきの話を続けた。「それに、とてもかわいい。仔犬みたいです」

この腹の立つ意見を聞いて、さすがにスペランツァも話に全力で集中した。うろつき回るのをやめる。「神父様のロボットがどんなに利口かと、おれに言ってほしいんですか？　この話にも犬が出てくるから、気に入りますよ」スペランツァはルンバと飼い犬だけに留守番をさせた男の話をしてみんなを楽しませ始めた。愚かではなかったが、あまり訓練されていなかった犬はキッチンの床で粗相をし、訓練されていたにもかかわらず、愚かだったルンバは犬がお漏らししたものを吸い取ろうとした。そして持ち主の家の隅から隅まで余さずに移動して強い刺激臭をまき散らすと、自ら充電場所に誇らしげに収まったのだった。「そういうのが、神父様のロボットがどれくらい賢いかという証明ですよ」スペランツァはパンと音をたてて手を打ち、話を締めくくった。

ドン・ロッコは瞑想《めいそう》にふけるように、またしてもポテトチップスを嚙んだ。「それは使う人の操作ミスのように聞こえますね」

スペランツァの血圧が上がる間もないうちにスミルツォが飛び上がった。「アントネッラがこっちに来ますよ、ボス！　見える」とがった鼻を窓ガラスに押しつけた。

スペランツァにも縮れた髪をした小さな点が店に向かって走ってくるのが見えた。彼はすばやく行動した。

「あと一つテストしたら、完了ですよ、神父様」彼は言い、司祭の手からポテトチップスの袋を奪い取った。

「シニョーレ！」ドン・ロッコは抗議した。「どうしたんですか？」

だが、スペランツァはすでに出入り口にいた。ドアを体で押し開けると、ベルが楽しげに鳴った。皺くちゃになったポテトチップスの袋をひっくり返し、階段の上にチップスのくずをまき散らす。

「さあ、行け！」スペランツァは足でルンバを敷居から押し出し、そのあとから司祭を追い払った。「ロボットと楽しんでください、神父様！」手を振りながら声をかけた。「一緒にいるとすごく楽しいでしょう」

三十秒も経たないうちに、息を切らし、今度は輪の部分がターコイズブルーと黄色の飛沫模様となった、プラスチック製のイヤリングが髪に刺さったアントネッラが店に駆け込んできた。スペランツァは安堵した。ただ嘘をつくことと、神の代理人の前で嘘をつくこととはまったく別物なのだ。

「ああ、おじさん！」アントネッラはあえいだ。「この話って、本当なの？」

じゃ、話がすっかり広まったのか。

「ダンテ・リナルディが？」スミルツォが甲高い声をあげた。「ここに？」横目でアントネッラをちらっと見た彼は何度もつばをのみ、細い首で喉ぼとけが上下に動いた。「そいつはすごい」かすれた声で言い、おずおずした微笑みを浮かべた。「最高だ」

「だけど、あたしに全部話してはいないでしょう、おじさん！　家の話だけじゃないはずよ」アントネッラは人差し指を振りながら、がみがみと言った。画面がみんなに見えるように向きを変え、タップする。「今朝、彼が言ったことを見て」

スペランツァとスミルツォは体を寄せ合った。長く延びている砂浜の写真があった。澄んだ青い海と砂しかない。その下にはすべて大文字の文字列が並んでいた。スペランツァは声に出して読んだ。

〈電波が届かないところにいる。新プロジェクト。#キャッチ・ミー・イフ・ユー・キャン　#ダンテ・リナルディ　#基本に帰ろう　#ビバ・イタリア　#ぼくはきみより有名　#神の祝福を受けた〉

スペランツァは眉を寄せた。「この、数字を示す記号がついたものは何なんだ？」

だが、アントネッラは喜びの悲鳴のような声をあげていた。「ちょっと考えてみて――何日か前、おじさんったら、彼が誰なのか知らないふりをしていたのよ！」

スミルツォはアントネッラとスペランツァに交互に視線を向けていた。「彼女は何の話をしてるんですか、ボス？」不安そうに尋ねる。

「わかりきったことよ」アントネッラは言った。「見て」画面をフリックし、砂浜の写真を拡大する。「これはプロメットよ」

スペランツァは鼻に皺を寄せた。「どうしてわかるんだ?」

けれども、アントネッラは少しも注意を払わなかった。「無理もないわよね」彼女は言い、髪の束をくるくる回したのでターコイズブルーのイヤリングの片方がいきなり髪から外れた。「ダンテはビジネススーツを着てるような人たちと馬が合わないの。あまりにも問題児《バッドボーイ》だから」

じゃ、今では〝ダンテ〟という呼び方になったのか、とスペランツァは思った。みぞおちあたりに不快な感覚がし始める。

アントネッラは片手をひらひらと振った。「彼はやりたいことをやるために自由になりたいのよ。ほら、名を上げるためにね。アーティストとしてって意味だけど」

「うん?」話がどこへ向かうのかまださっぱりわからずにスペランツァは言った。

「だからこそ、彼はここに来るのよ!」アントネッラは手を振り回しながら締めくくった。「あたしにはわかった」

スペランツァは目をしばたたいた。

スミルツォはぶつぶつ言っていた。

アントネッラは顔を輝かせていた。

「彼はここに映画を作るために来るのよ、おじさん!」彼女は大声をあげた。「あたしの言うとおりだって、言ってちょうだい」

「あなたは**何て**言ったのよ?」ベッタは息をのんだ。

夜だった。夏の空気はむっとして湿度が高く、雲が星を覆い隠していた。スペランツァとベッタはホテルの屋上デッキで、金属製の火鉢のまわりに置いた籐編《とうあ》みの二脚のスツールに腰かけていた。ずっと昔、ここはみんなが集まる場所で、ホテルの宿泊客だけでなく、村人たちも来ていたものだ。スペランツァは初めてここに来たときのことをいまだに思い出せた。七つか八つのころで、父親と叔母の一人と一緒だった。目を閉じれば、今でも思い浮かぶ——プードルみたいな髪型のヴァレンティーナ叔母《ズィア》さんが、ずらりと並んだ折りたたみ椅子にいる婦人たちと腰を下ろし、父やほかの男たちはバルコニーでタバコを吸っていて、ホテルの持ち主の小さな娘であるベッタがいた。仔馬みたいにほっそりしたベッタはドレスの裾を引きずり、髪は二本のまっすぐなお下げだった。以前はこんな時間になると、階下の宿泊客の邪魔にならないよう、スペランツァたちはうんと静かにしなければならなかったものだ。でも、近ごろはジェンマやカルロッタに聞かれないように話をする場合、ここに来ることにしていた。

スペランツァは両手を振り上げた。「アルベルトが言ったんだが——」そう切り出した。「アルベルトが言ったんだが、ですって！」やはり両手を振り上げながらベッタがピシャリと言った。「その言い方はあまりいい話をしないときだって知っているかしら？　アルベルトが言ったんだが！」

「あいつらの町には今、マクドナルドがあるんだぞ」スペランツァは自己弁護するように小声で言った。

ベッタは腕組みした。「そう、わかったわ、大物さん。ダンテ・リナルディがここに来たがっているのと人々に話そうと思ったわけね。それから——どうなるの？　誰も彼もが掃除機を修理してもらいに押し寄せるってこと?」

スペランツァがふくれっつらをすると、ベッタは口調をやわらげた。「ああ、ニーノ」ため息をついた。「そこに持っているものを見せてちょうだい」

スペランツァはみじめな気持ちでメモ帳を手渡した。それにはプロメットにいる三ダースの家族の名前と商売、そして彼らが滞納している税金の額が走り書きしてあった。ちらちら揺れる炎の明かりで、ベッタは目をすがめながら読んだ。

「わかるだろう?」スペランツァは悲しげに言った。「おれは思っただけなんだ。もし、ちょっとばかり景気をよくできたら……もし、滞納している税金をいくらかでも人々が払う余裕ができたら、充分じゃないかと。七万ユーロは大金だが、達成できない額ではない」

ベッタは頭を振りながらメモ帳を返した。「うまくいくはずないわよ、ニーノ。アルベルトやオリヴェートに起こったことは、今度の場合とは違うわ。あっちは有名な雑誌に載ったんでしょう?アントネッラ・キャプラに何か話しただけで、全世界がそれについて知るだろうなんて期待するわけにはいかないわよ」

スペランツァはソーシャルメディアというものの奇跡を妻に伝えようかと考えたが、話さないことにした。

「プロメットにとってはもう手遅れよ」ベッタはため息をつきながら言った。「五十六日後には村の水道が止められてしまう。それは避けられないわ。村の人たちに話さなきゃだめよ、ニーノ。ただちに。明日。そして――」炎を見やったベッタの目はうるんでいた。「運を天に任せるしかないわね」

スペランツァは炎の明かりに照らされた自分の両手をじっと見た。老人の手。その事実に今でもときどき驚く。歳月はこっそりとジョヴァンニーノ・スペランツァに忍び寄り、皮膚をたるませて関節をこわばらせ、背中に痛みを与えて膝の動きを悪くさせたが、彼は本当に自分が変わったと感じたことはなかった。とにかく気持ちの面では変わっていなかったし、それが大事だった。幼い男の子だったころ、百六十キロ北で地震があったと聞いたとき、怖くなんかないよと父に言った。もし、本当にプロメットに地震が起きて、自分たちの家が海に叩き落とされても、なおも恐れなかっただろう。なんとか海の中を進んで、ふたたび家を引っ張り上げたはずだ。それが――それがいつも感じていたことだった。今までは。今、こうしてさまざまな事柄に向き合っていると、スペランツァは気持ちが老いてしまったのを感じた。

口を開いたとき、彼の声はひび割れていた。

「もし、あの子らがおれたちと一緒に来なかったらどうするんだ、ベッタ?」スペランツァは小声で言った。妻は彼の視線を受け止めた。「もし、ジェンマがローマへ行こうと決めたらどうする?もし、あの子があいつを探しに行ったら?」先日の夜、叔父のパーティでバタンとドアを閉めて出ていったジェンマのことを考えた。娘が去っていく姿が目に浮かぶ。スペランツァの前で音高くドアを閉め、永遠に去ってしまう姿が。

騒々しく怒鳴る夫が黙ってしまうこんな場合、いつもはベッタが口を出したものだった。場を仕切り、てきぱきとスペランツァの心配を片づけ、相容《あいい》れない証拠はいっさい無視して、そもそも彼は何のトラブルにも陥っていないのだという理由を事務的に説明する。けれども、今回のベッタは返事をしなかった。視線をそらして雲に覆われた夜空を見ただけだ。

スペランツァは目を閉じた。「もう一つアイデアがある」そう言った。「うまくいくかもしれないアイデアが」

ベッタはため息をついた。今や火はほとんど消えそうなくらいに弱まり、スペランツァには暗闇に浮かんだ妻の体の輪郭しか見えない。「聞いているわよ」ベッタは言った。聞いてはいるが、警戒している。

スペランツァは深く息を吸い、一気に吐き出した。

「スミルツォからアイデアを得たんだ。映画製作をどんなふうに始めるのか教えてくれた。誰かがそれに資金を出さなければならないんだと。まあ、いちかばちかやってみる人がいなけりゃならないんだ。投資家がいるってことだ」

彼は口をつぐんだが、ベッタは何も言わなかった。

「もし、おれたちが投資家を獲得できたらどうだろう？　もし、誰かがこの映画製作に金を出してくれたら？　そうすれば時間を稼げる。その金を〈地方水委員会〉に払うのに使って、その後、映画製作は取りやめになったと言うんだ」

沈黙があった。火格子の中で燃えさしのはぜるかすかな音しかしない。

「映画が存在しなければ、お金をもらったままってわけにはいかないでしょう」ベッタは硬い口調で言った。「投資した人に返さなければならないわ。どうしたらそんなことができるのよ？」

スペランツァの脈が速くなった。ベッタが質問してくるのは、単にノーとは言わない場合なのだ。

「ベッタ、信じてくれ」彼の声には懇願の響きがあった。「このダンテ・リナルディという男は大物だ。彼が来ると聞きつけたら、若者たちもやってくる。オリヴェートに若者たちが行ったのと同じように。彼らが金を運んでくるだろう。住民の景気はまたよくなる。税金が払えるようになるんだ。そうに違いない。おれたちに必要なのはちょっとした時間稼ぎだけだよ」

スペランツァは待っていた。心臓のドクドクという音が耳に響いている。ベッタに許可を求めることは神に求める場合とは違うが、この瞬間はとても似たものに感じた。ベッタがオーケイと言ってくれたら、大丈夫なのだ。

とうとう、彼女はゆっくりと口を開いた。

「わかったわ、ニーノ。この噂が効果的だとあなたが信じるなら、わたしも信じます。でも、できるだけ早くみんなにお金を返さなければだめよ」

「もちろんだ！」スペランツァは妻の手を暗闇で探ってそれにキスした。「もちろんだとも、いと《カラ》しい人《・ミーア》！」

ベッタはすばやく手を引き抜くと、たしなめるように人差し指を振った。「それに、わたしはあなたのために刑務所に入るつもりなんてありませんからね！　もし、これが失敗したら、わたしは何も知らなかったと言うから」

「わかったよ、ベッタ！　わかった！」

「一週間よ」ベッタは言った。「投資してくれる人が一週間のうちに見つからなかったら、水のことをすぐさまみんなに話さなくちゃ」

スペランツァはうなずいた。「一週間だな」彼は火を見つめた。輝いている燃えさしが崩れ、灰に変わった。「約束する」

「だけど、ニーノ」そう言ったベッタの声は今や困惑の響きを帯びていた。「そんなお金を誰に頼めるというの？　誰に？」

肉屋のステンレス製カウンターから清潔な白い布と漂白スプレーでチキンの粘ついた汚れをこすり落とすのに没頭していたマエストロは、誰かに観察されていることなど気づきもしなかった。店の入り口からわずか十メートルほどのところにはスペランツァ、ドン・ロッコ、スミルツォ、アントネッラ、そしてなぜか歯科医のベッペ・ゼッロが並んでいた。

「すべて義歯だろう」感嘆したように首を振りながらベッペ・ゼッロが言った。「あの男は生まれつきの歯を全部抜いて代わりの歯を入れたと聞いたよ。そのためにはるばるミラノまで行ったらしい」

ドン・ロッコは歯科医に向かって顔をしかめ、スペランツァのほうを振り返った。アントネッラは少なくともプロメットという限られた地域でできるだけの仕事は済ませていた。この二十四時間あまりで、誰もがダンテ・リナルディと彼の想像上の新しい映画について知るところとなっていたのだ。

「相変わらずわたしにはわからないのですがね、シニョーレ」ドン・ロッコは当惑した様子で言った。「どうして、この映画のためにあなたが資金を集めなければならないのですか？　そういったお金は映画スタジオとかその類のところが払うのでは？」

スペランツァは司祭からズバリと質問され、きまり悪さで身をくねらせたが、アントネッラに救われた。

「ダンテは映画スタジオに監視されたくないのよ、神父様」彼女は鼻を鳴らしながら説明すると、ここ二十四時間で磨きをかけた洗練されたしぐさで髪を振った。「去年の夏、彼はこういったことを何もかもネットの投稿で説明していたの」スマートフォンから大声で読み上げる。「〝自分自身のことをやれ。誰にも縛られるな。#ダンテ　#反逆　#誰にも何も借りを作るな〟」アントネッラは理解するための時間をみんなに与えた。

ドン・ロッコは眉を寄せた。「誰にも何も？　その言い方は二重否定ではないかと思いますが。違いますか？」

「それにね、神父様」アントネッラは陽気に言った。「スペランツァおじさんはダンテの家族の古い友人なのよ。昔、彼のお父さんを知っていたんだって。一緒に働いていたとか。炭鉱でね」

スペランツァは咳をし始めた。

ドン・ロッコの目は疑わしげに細くなった。「炭鉱ですか、シニョーレ？　どこの炭鉱で？」

「出てきますよ、ボス！」スミルツォが甲高い声をあげた。

小規模な集団はただ広場でおしゃべりしているだけというふうに輪になった。マエストロが肉屋から出てきた。白い前掛けのかなりの部分が血糊《ちのり》で汚れている。これといった用事もなさそうで、日除けの陰になった階段に立ち、遠くをぼんやり見ていた。

「何て言うつもりですか、ボス？」スミルツォがささやいた。

スペランツァは集まった面々の頭越しにマエストロを覗き見し、考えを巡らした。

「これは一生に一度のチャンスだと言うつもりだ」スペランツァはベッタのこと、一週間後という期限を思った。「で、すぐさま行動を起こすべきだと言ってやろう」早口でつけ足した。

「本当にこんなことをやりたいのですかな、シニョーレ？」ドン・ロッコが尋ねた。身震いする。

「わたしなら、あのような男から金など借りたくありませんね」

肉屋のドアがきしみながら開いて閉まる音が聞こえ、みんなは目を上げると、ふたたび散り散りになって見張りを始めた。

「ただ、気をつけるべきだという意味ですよ」ドン・ロッコは警告した。「マエストロさんはいいかげんにあしらっていい相手ではありません」

店のウインドウにぶら下がっている豚の死体をじっと見ていたスペランツァは意気消沈してしまった。言うまでもなく、ドン・ロッコが正しい。たぶん、こんなことをするのは正気の沙汰じゃないだろう。もし、ベッタが言ったように計画がすべて失敗したら、と彼は考えた。刑務所に入れられるのと、マエストロに追われるのとでは、どっちがひどい状況になるだろうか。

ベッペ・ゼッロはため息をついた。「わたしの願いは、あの男の口の中をじっくり見ることだけだ」物欲しげな口調で言った。

みんなが一斉に彼を見た。

「それは変わった願いだな、ゼッロ」スペランツァは言った。


マエストロの店のドアには〈スペランツァ・アンド・サンズ〉のドアについているのと同じベルがあった。スペランツァが肉屋のドアを押し開けて入っていくと、励ますようにそれが鳴った。

マエストロは顔を上げて低くうなった。今日は息子のうちの三人が彼と一緒にカウンターの後ろにいて、やはり顔を上げて低くうなる。スペランツァはその効果に一瞬、心を奪われた。自分自身と同じような外見で、同じように行動する子どもがいるのはなかなかおもしろいに違いないな、と思った。映っている自分の姿がほかの鏡で見える、という状態が無限に続くように鏡を配置するのと似ているだろう。あるいは、と急に思い出した。前にベッタと見たテレビでやっていた、アーティスティックスイミングとかいうものに似ているかもしれない。あるイメージがたちまち浮かんできた。マエストロと、彼にそっくりな十五人の息子たちがプールに沿ってずらっと並び、ふさふさの黒い巻き毛を白いレースの水泳帽の中にたくし込んでいる姿が。

「何をにやにやしてるんだ、スペランツァ?」マエストロが不機嫌な声で言った。「今日は何が入り用だ?」

スペランツァはさっきのイメージを頭から払い落とし、カウンターに近づいた。

「シニョーレ! きみは実に有能なビジネスマンだ」きっぱりと言った。「そのことは誰もが認めている」

マエストロの両側にいる、前掛けを着けた柱みたいな息子たちは身じろぎもしなかった。スペランツァはマエストロたち四人が手をつなぎ、回りながらプールの底へ沈んでいくという、ひとりでに浮かんできた別のイメージを頭の奥へ押し込もうとした。さらに前へ進み、カウンターに両肘を載せて手を組み合わせる。スペランツァは声をひそめて共謀者めいた口調で言った。

「おそらく、きみもダンテ・リナルディのことを聞いただろう」わくわくしているといった調子で言う。「たぶん、彼がプロメットに来るという話も耳にしたはずだ。映画を作るために」

息子の一人の顔がピクリと動いたが、マエストロの表情に変化はなかった。マエストロは手を伸ばし、上着に包まれたスペランツァの前腕を持ち上げたため、肘がカウンターから離れた。

「ここでチキンカツを作ったばかりだ」スペランツァの肘のあたりから滴り落ちているねばついた

ものを指しながら言った。「クリーニング代は負担しないぞ」

「なんてこった《オッディオ》」スペランツァは口ごもりながら言い、さんざんな状態の上着を見た。今では両腕に冷たいものが染み込んでくるのが感じられる。この男がカウンターを掃除したところを、さっき見たばかりじゃなかったか？

「気にしないでくれ」スペランツァはきっぱりと言い、身をくねらせながら上着を脱ぐと丸めて持った。「おれが来たのは、すばらしいチャンスを知らせるためだ。自分の名前が脚光を浴びるのを見たら、どんな気がするかな？」

マエストロはカウンターに何かをスプレーし、こすり始めた。「興味はない」彼はつぶやいた。

スペランツァは両手を振った。「こいつは投資の機会だよ。きみは映画に金を投資する。映画がヒットしたら、ぼろ儲け《メイク・ア・キリング》できる」スペランツァは自分の言葉の選択に少したじろいだ（キリングには「殺す」の意味もある）。ちょうどそのとき、カウンターの後ろの壁にあるマグネットボードにピカピカ光るナイフがずらっと並んでいるのが目に入ったのだ。

マエストロは腕を組んだ。「おれはショービジネスに興味はないんだ、スペランツァ。さあ、さっさと店から出ていけ」

スペランツァはがっくりと肩を落とした。絶望的なまなざしで四人のマエストロ一家の男たちを見やる。こいつらはアーティスティックスイミングのチームなんかじゃない。山脈だ。

「そうか」スペランツァは元気なく言った。「わかった。帰るよ」チキンでぐしょ濡れになった上着をつかみ、回れ右してドアへ向かった。

だが、そのとき山脈の一部が話した。マエストロのすぐ左側にいた息子だった。彼は列を崩して父親のほうを向いた。

「父さん」彼は言った。スペランツァの聞き違いでなければ、深みがある朗々とした声にはいささか懇願の響きがあった。

スペランツァは凍りついたまま眺めていた。父と息子の間にはそれ以上の言葉が交わされなかった。ただ互いを見つめているだけだ。どうやら山というものは言葉以外の手段でコミュニケーションをとるらしい。だが、彼らの間に何が起こったにせよ、マエストロは台拭きを置いた。

「今夜、うちへ来い」うなるように言った。「そのときに話そう」

第八章　虎穴に入る

　スミルツォは映像をいくらか手に入れたいから一緒に行くと言って聞かなかった。彼は自宅で母親と夕食をとったあと、八時に店でスペランツァと落ち合った。

「ドキュメンタリーを作ろうと思ってるんですよ、ボス。映画製作についての。ぼくのビッグチャンスになるはずです」ＡＶ機器だの照明装置だのが詰め込まれたキャンバス地のバックパックをスペランツァの机の上にどさっと置いた。「ダンテ・リナルディが映画を製作するなら、彼のドキュメンタリーは大きな映画祭に出すチャンスがあると思って」バックパックの前のポケットを引っかき回して探し、黒のフェルト地のベレー帽を取り出すと、とがり気味の小さな頭に載せた。

　スペランツァはたじろいだ。良心が軽くとがめているせいだけではなく、決して起こりえないものにスミルツォが期待を寄せているせいだった。

「この帽子は適切だと思うか、スミルツォ？」スペランツァは彼らしくもない心遣いを示して尋ねた。たぶん、スミルツォは気づいていないのだろう。母親が三週間おきくらいに、引っくり返したボウルとキッチン鋏《ばさみ》を使って切ってくれる髪が黒のベレー帽そっくりで、すでにそんな帽子をかぶっているような印象を与えることに。「もしかしたら、そういうものをかぶるのはちょっと……余分じゃないかな？」

けれどもスミルツォは守るようにベレー帽をしっかりつかんだ。「こういうのがちゃんとしたスタイルなんですよ、ボス」傷ついた口調で彼は言った。「これがハリウッド風のスタイルです」

帽子には問題があるものの、スミルツォが一緒に来てくれるのでスペランツァはひそかにほっとしていた。多額の金の寄付に同意する前に、マエストロが映画業界の内部についていくつか質問したがるかもしれないと思い当たったが、この話題に関しては何を話したらいいか皆目わからなかったのだ。マリーナにあるマエストロの豪邸へと薄暮の中をスミルツォと歩いていたとき、スペランツァは助手に専門的な助言を求めるという、これまでになかった落ち着かない立場に自分がいることに気づいた。

「マエストロはどんなことを知りたがるかな、スミルツォ？」浜辺のほうへ山道をだらだらと下りながらスペランツァは尋ねた。

スミルツォの顔がぱあっと輝いた。

「ああ、いろんなことでしょうね、ボス。だけど、何よりも知りたがるのはバックエンドについてじゃないかな」

スペランツァは驚いた。「後部《バックエンド》って、何の？」

スミルツォは目をぱちくりさせた。「映画のですよ、ボス。バックエンドっていうのは、映画から得られる収入のことです。マエストロに何パーセントの支払いを申し出るつもりですか？」

「ああ、わからないな」スペランツァはぞんざいに手を振ってみせた。「五十パーセントとか？」

スミルツォは参ったとばかりに両手を上げた。「五十パーセント？　ボス！　三パーセントですよ！　または四パーセント」

「わかった、わかった」スペランツァは言った。「落ち着け。三パーセントだと言ってやるよ」

彼らは淡い月明かりの中をとぼとぼと歩き、スペランツァは言うべき台詞《せりふ》を頭の中で練習していた。〝ほら、わかるだろう。七万ユーロというお得な、それはそれは安い費用で三パーセントの利益を得られるんだ。実に驚異的な取引だよ。きみはこれで――〟

スペランツァはちょっと立ち止まった。「とにかく、映画一本作るのにどれくらいの金がかかるんだ？」ふいに好奇心に駆られて尋ねた。

スミルツォは肩をすくめた。「ああ、何百万ユーロもですよ、ボス。何億ユーロかもしれない」

「ほう」スペランツァは顔をしかめてまた歩き出した。実に興味深い。本当に映画を作っているわけじゃないのがなんとも残念だ。

二人はマエストロ家の地所に着いた。浜のそばの五千平方メートルほどの土地で、高さが三メートルの錬鉄製の塀で周囲をぐるりと囲ってあった。

「マエストロは誰を締め出そうっていうんだ？」スペランツァはぶつぶつ言った。

「誰かさんの侵入を防ごうとしてるんでしょう」スミルツォは明るい声で言った。

残忍な推測をしなくてもすでに胃が締めつけられていたスペランツァは、背伸びして助手の後頭部をぴしゃりと打ち、ベレー帽を払い落とした。それから正門の左側にあるブザーを押した。

機械的なブーという音がして、塀の内側の生け垣に隠されたカメラのレンズがあちこちに向き、最後にスペランツァとスミルツォのところで止まった。ブザーの上にあるスピーカーから雑音がした。

「スペランツァ」マエストロの轟くような声が聞こえた。「うちに仲間を連れてきてもいいと、誰が言った？」

スペランツァはスミルツォを横目で見た。それから恐る恐るマイクに口を寄せて話した。

「ただのおれの助手だよ」

「外で待てと助手に言っておけ」という返事だった。

スペランツァはためらった。「オーーケーーーーイ」そう答える。ブンブンいう音が聞こえ、門が開いた。「スミルツォ」助手の肩に重々しく手を置いた。「もし、おれが戻らなかったら、遺体をどこで探したらいいかベッタに伝えてくれ」

「ボス、ちょっと待って！」スミルツォは体をくねらせて片腕をバックパックから抜き、それを振り回して、こっちを探っているマエストロのカメラから自分の顔をさえぎった。「ぼくもついていきますよ、ボス！」小声で言った。「窓からかどこからか、いくらかでも映像を撮れるかもしれない」

スペランツァは眉を寄せた。「誰かに見られたらどうする？」

スミルツォはまたバックパックと格闘した。ファスナーを開けて中を引っかき回す。「これです、ボス。誰かが来ることをぼくに警告しなければならないとき、これを押してください」ボタンが一つついただけのリモコンをスペランツァの手の中に押し込んだ。

スペランツァは体をこわばらせた。このリモコンなら前に見たことがある。さっきまでは無害に思われたスミルツォのバックパックにさっと視線を向けた。

　スミルツォはもじもじした。「それを使うつもりはなかったんですよ、ボス。なんかの手違いで入っていたんです。ぼくのパソコンの外づけハードディスクにそっくりなもので」

　言い争っている暇はなかった。「スペランツァ！」スピーカーからマエストロの怒鳴り声がした。スペランツァはリモコンをポケットに突っ込んだ。巨大な円を描くように片腕を振ってみせる。「それじゃな、スミルツォ」一語一語はっきりと発音するように気をつけて大声で言った。「明日、一緒に働いている店で会うとしよう」それから向きを変えて爪先立ちになり、カメラに向かって片手を上げ、レンズいっぱいに手をかざした。「これは棘《とげ》かな、シニョーレ？」大声で言った。「家に入ったら、毛抜きを貸してもらえないか？」スペランツァは背後にいるスミルツォを門の内側へ追いやった。

「**スペランツァ！**」スピーカーからがなり声が聞こえ、スペランツァは家へと歩き始めた。彼の後ろで門がガチャンと音をたてて閉まった。


　スペランツァとスミルツォはそれぞれ目的地に向かって進んでいた。スペランツァは地獄へ通じる月明かりの通路じみた、古代のもののような首なしの彫像が両側に立ち並ぶ小道をまっすぐ歩き、いっぽうスミルツォは弧を描くサーチライトの光線を避けてでもいるかのように小道のまわりの暗がりで、時おり生け垣にぴったりくっついて立ち止まりながら断続的に進んでいる。ようやくスペランツァが巨大な玄関ポーチに着くと、スミルツォは建物の横へこっそり移動した。スペランツァはポケットに入れたリモコンだけをお供にして、一人きりになった。

彼は石段を上った。家への入り口は倉庫の扉ほどの大きさがあり、真ん中には咆哮《ほうこう》しているライオンの頭をかたどった、どっしりした銀製のノッカーがついていた。スペランツァがノッカーを持ち上げたとたん、ドアがさっと開き、疲れた表情の小柄なマエストロ夫人が戸口に立っていた。

「いらっしゃい、シニョーレ」彼女は首をすくめながら言った。大洞窟のような玄関ホールに細い声がこだまする。「主人と息子たちがお待ちしています」スペランツァを招き入れるためにあとずさった。

スペランツァはほの暗い家の中を覗き込みながらためらった。巨大な階段と広い廊下はどうにか見分けられた。壁は赤く、床には市松模様になった灰色と銀色の大理石が敷いてあった。あちこちの壁にちらちらと炎が揺らめいているようだが、おれの見間違いじゃないよな？

「あー、ありがとうございます、奥さん」彼は言い、ポケットのリモコンを手探りした。中に入る前に、スミルツォが近くにいるのだと最後にもう一度確かめたかった。リモコンのボタンを押した。

マエストロ夫人は眉を寄せ、スペランツァの肩の向こうを見やった。

「何か聞こえませんでしたか？」彼女は尋ねた。

「いえ、何も」スペランツァは急いでドアを閉めながら言った。「ただの風でしょう」

マエストロの家はスペランツァの想像どおりのものだった。地下墓地《カタコンベ》とイケアのカタログを足して二で割ったような家だ。玄関から目にしたいくつもの炎は、中世の松明《たいまつ》を模して作られた特製のLED電球だと判明した。

「すばらしいですね」ちらちら光っている壁つきの燭台《しょくだい》の一つをよく見ようと立ち止まりながら彼は言った。「これはどういう仕組みなんですか？」

「あら、わたしはそんなことがわかるほど賢くありません」マエストロ夫人はまた首をすくめて言った。「わたしは麻のシェードがついた白色光の明かりがよかったのですけれど、アントニオはこういうのがいいと言い張って」

スペランツァは鼻を鳴らしそうになるのを抑えた。もちろん、マエストロならそうだろう。

マエストロ夫人は家のさらに奥へ奥へと進んでいった。カードテーブルの上に置かれた金箔枠の写真立てがいっぱいの部屋や、ピカピカ光るビニール製のカバーが掛けられた巨大なブロケード織のソファだらけの部屋を通りすぎた。くらくらしそうになりながらスペランツァが数えたところによると、三台のグランドピアノがあった。曲がりくねって遠回りの通路を進んでいたが、剥製にした動物の頭部がずらりと並んだ、天井が低くて広い廊下へ来たとき、もうすぐ目的の場所だろうとスペランツァは感じた。廊下の突き当たりには、業務用の厨房やクルーズ船で見かけそうなステンレス製のスイングドアが一組あった。

マエストロ夫人はそのドアのところで立ち止まった。

「最初に中へ入るとき、気をつけなければいけませんよ、シニョーレ」彼女は警告した。それからスペランツァをちらっと見てためらった。「ポケットに肉やベーコンは入っていませんよね？」

スペランツァの口髭が震えた。「奥さん？」

だが、彼女は手を振った。「大丈夫でしょう。主人があの子たちをどうにかするはずです」

こんなふうに励ますと、マエストロ夫人はドアを押し開け、ベルベット調の絨毯《じゅうたん》敷きの広々としたダイニングルームに入っていった。夫人が息子たちの話をしていたのだろうとなんとなく推測していたスペランツァは、たちまち自分が間違っていたことを知った。テーブルの端にある、彫刻を施されたマエストロの大きなダイニングチェアにチェーンでつながれていたのは、三頭の毛艶の良いドーベルマンだった。スペランツァが入っていくと、どの犬もすばやく立ち上がってうなった。ぎらつく白い歯を一本残らずむき出しにして。

「そいつらを気にするな」空いた椅子にスペランツァが滑り込むと、マエストロはうなるように言った。

「ああ、そうだな」スペランツァは心得たようにうなずいてみせた。「こういう種類の犬たちは凶暴そうに見えるが、本当のところ、飼い猫みたいなものなんだろう」

「違う」マエストロは眉を寄せながら言った。「チェーンを嚙み切れないからだ」

「なるほど」スペランツァの膝はガクガクし始めた。「ハハ」

〝失敗だ！〟パニックに駆られながらスペランツァは思った。〝こいつはとんでもない失敗だぞ！〟テーブルのまわりに視線を走らせた。マエストロと反対側の端に座っているスペランツァは幸いにも犬から六メートルは離れ、窓の列に向かい合っていた。長いテーブルの両側に息子たちが並んでいる。片側には七人、もう一方の側には八人が。全員、同じようにテーブルの上で両手を組み合わせていた。小柄な母親はネズミみたいに息子たちの間をちょこちょこと出たり入ったりし、コップの水を満たしたりボウルにナッツを補充したりしている。彼女も犬を避けていることにスペランツァは気づいた。テーブルの一方の側から反対側へ行くとき、犬のそばを通らずに、部屋の四分の三ほどをぐるっと迂回《うかい》していたのだ。

マエストロはテーブルの上にぐっと身を乗り出した。

「いくらだ？」そう尋ねた。

スペランツァは仰天した。映画に投資するというアイデアをまずはマエストロに売り込まねばならないだろうと思っていたのだ。金額の話は最後の最後にすることにしていた。こんな困った羽目に追い込まれて、売り口上は頭からすっ飛んでしまった。

「七万ユーロ」スペランツァは思わず口走った。

「ふうむ」マエストロは言った。

そのとき、マエストロの後ろにある窓の外の植え込みに何か小さなものが動くのが、スペランツァの目に留まった。次に——間違いなく——スミルツォのとがった鼻が現れ、窓に押しつけられた。ダイニングルームがあまりにも明るくて外はよく見えなかったが、赤い光の点が見分けられた。スミルツォのカメラに違いない。脈が速くなり、ご主人様の足元におとなしく座っている犬の一団にスペランツァはさっと視線を向けた。ドーベルマンの鼻はどれくらい利くのだろう？

声にされないこの質問に答えるかのように、また静かになっていた犬の一頭が窓を見つめ、喉の奥で低くうなった。たちまち三頭が一斉に立ち上がって吠えた。

「やめろ《バスタ》！」マエストロは怒鳴り、犬たちのチェーンをぐいっと引っ張った。息子の一人に身振りで示す。「こいつらを外へ出せ」彼は言った。

命じられた息子は従い、三頭の犬は夜の中へと猛スピードで走っていった。

スペランツァは髪の根元をしっかりつかんで心の中で叫び声をあげた。〝逃げろ、スミルツォ、逃げるんだ！〟外を見ようとして首を伸ばす。

マエストロは指の関節をボキッと鳴らした。小指にはめたダイヤモンドの指輪がシャンデリアの明かりを受けてきらりと光った。「六万八千ユーロなら出してもいい」彼は言った。

スペランツァは椅子に沈み込んだ。スミルツォや、走り回っている犬の群れのことは頭から一切吹き飛んだ。「何だって《ケ》?」ぼんやりした頭で尋ねた。「ケ、シニョーレ?」不安に駆られていたこの数分間、スペランツァはそもそもここに来た理由を忘れそうになっていた。それが今、マエストロはあっさりと六万八千ユーロの提供を申し出ているじゃないか！　ほぼ七万ユーロだ！

マエストロは目をすうっと細めた。「しかし、それには条件があるぞ、スペランツァ」

「もちろんそうだろう」スペランツァはうんうんとうなずいた。「たぶん、きみは映画業界の裏に通じていて――」

だが、マエストロは片手を上げてさえぎった。「息子がショービジネスに興味を持っている」彼は言った。「美男の息子だ」

スペランツァは両側に並んだ、がっしりした顎をして額が狭いマエストロ家の息子たちにすばやく視線を向け、内心おののいた。美男の息子を特定することを求められているのだろうか？

「息子さんたちはみんなイケメンだな」スペランツァは口ごもった。「おれには見分けが――」

マエストロは目をすがめながら、ぐっと体を引いた。「エルネスト」彼は言った。左から二番目の息子を指さす。スペランツァは思った。懸命に努力すれば、この息子が今日の午後に肉屋で口を開いた、山脈を形成していた一人だとわかるかもしれない。

「この映画で、何かの役をうちの美男の息子に見つけてやってくれ。おまえならできるだろう、スペランツァ？」

スペランツァは水をごくごく飲み、襟元を緩めた。ここは恐ろしく暑い。

「ああ、そうだ。もちろんだよ。そいつは手配できるはずだ。言うまでもなく、リナルディさんに相談しなけりゃならないが、それはたいした問題じゃない」

マエストロは眉を寄せた。「エルネストは配役が適切に行なわれることを望んでいるんだ、スペランツァ。こいつが有利になるのではなく。エルネストは配役のためのオーディションが行なわれることを願っている。準備はしているんだ」マエストロはエルネストのほうを身振りで示した。

「今、何かやってみせてほしいか？」

「いや、結構だ！」スペランツァは慌てて両手を振り上げ、左から二番目の息子さえ椅子を後ろに引いた。「その必要はないとも。正式なオーディションがあるから」

「いつだ？」マエストロが尋ねた。

「ああ！」スペランツァは曖昧に片手を振った。「少し時間がかかるだろう。何週間か……何カ月か……」

ビーズのような十六対の目がスペランツァをじっと見た。

彼は息をのんだ。

「二日後だな」スペランツァは言った。「今日から二日後にオーディションがあるだろう」

スペランツァはマエストロ家の正面玄関から出るとほっとして、勝利の気持ちで有頂天になっていた。簡単だったじゃないか！　マエストロから金をもらうのは簡単だった！　だったら、偽のオーディションを開催しなければならないことなど、何だというんだ？　それだって簡単だろう。残りの二千ユーロをどこから手に入れようかと考えながらほぼ門まで来ていたが、そこでスミルツォのことを思い出した。犬の吠え声が聞こえないかと、暗がりを覗き込む。

「スミルツォ！」小声で呼んだ。「どこにいるんだ《ドヴェ・セイ》？」肩越しに振り返りながら、左から右へと小道を走った。ポケットに入ったリモコンのボタンを続けざまに三回、すばやく押し、音が聞こえたほうへ急ぐ。

「スミルツォ！」スペランツァは呼んだ。

「ここです、ボス！」

スペランツァは立ち止まり、困惑してあたりを見た。もう一度リモコンのボタンを押して音が聞こえる方向を確かめる。音を追って進むと、栗の木の上から聞こえた。

「犬どもがやってくるまで、何もかも撮りましたよ、ボス」顔を輝かせたスミルツォはバックパックを叩いた。「見るまで待ってください。本当にすごいものですから」

第九章　オーディション

金のやり取りは夜明けに〈スペランツァ・アンド・サンズ〉の外で行なわれた。まるでスパイ映画みたいに。スペランツァとスミルツォは自分たちの店がある広場に立って待っていた。肉屋のブラインドはぴったり閉まっていたから、中が見えなかった。

スペランツァは口いっぱいに入れた胃薬の錠剤を噛み砕きながらそわそわしていた。大勝利の最初の感覚が薄れてしまうと、遅ればせながら夜は良心のとがめを感じ、その思いが胃の中にとどまったままだった。対照的に、スミルツォは腹立たしくなるほど興奮していた。例のばかげたベレー帽をかぶり、袖をまくった白いTシャツを着て、小さなスパイラルノートに自分のドキュメンタリーのプロジェクトについて走り書きしていた。明らかに喜んでいるスミルツォの様子に、スペランツァの道徳心は新たに動揺させられた。

「なぜ、映画業界がそんなに好きなんだ、スミルツォ？」スペランツァは尋ねたが、意図したよりもいらだたしげな響きになった。「掃除機のどこが問題なんだ？」

スミルツォは目をキラキラさせて顔を上げた。「掃除機には何も問題なんてありませんよ、ボス。

ただ、ぼくがいっぱしの人間になりたいということで。ほかの世界も見てみたいんです」

おまえはバカかと言いかけたが、スペランツァは口を閉じてしまった。スミルツォと同じ年ごろだったとき、いとこのパオロが列車に荷物を積むのを手伝っていた自分の姿がふいに浮かんできたからだ。

「二週間だな」若かったころの自分の声が聞こえた。笑っているのが。「二週間もしたら、おまえは戻ってくるよ」

スペランツァはプラットフォームに立ち、遠ざかっていくパオロに手を振っていた。あまりにも列車が遠くなり、もう手を振り返す必要はないと判断したパオロが客車に頭を引っ込めるまで。スペランツァはこの土地を出ていきたくはなかったが――自分の村以外のところ、父親の店以外の場所に行きたいと思ったことはなかった――ごく小さな後悔の念で胸がうずいたのだった。ほかの世界を見てみたなら、どんなことが起こっただろうか？　スミルツォが言ったように、いっぱしの人間になろうとしたら、どうなった？

答えを知るすべはないだろう。スペランツァにとってほかの仕事に就くチャンスは失われたのだ。

広場の向かい側でブラインドの一つがぐいっと引かれ、スペランツァはマエストロの浅黒い顔の一部がそこから覗いたように思った。そして、ドアが開いてマエストロ家の息子の二人が現れた。かさばったナイロン製の袋を互いの体で挟むように持ち、広場を横切ってくる。スペランツァとスミルツォと向き合うと、二人は立ち止まった。

「金庫まで一緒に行くようにと父から言われています、シニョーレ」左側にいた兄弟の一人が言った。

それから一行は店の中に入って金庫の前に集まり、スペランツァは札を数えた。肉屋の跡継ぎの一人が吐く熱い息を首筋にかけられながら。六万八千ユーロが間違いなくあることを確かめると、スペランツァは金を金庫にしまい、みんなはふたたび立ち上がった。

熱い息をかけていたほうの息子が手を振った。「明日お会いしましょう。オーディションで」

「ああ、そうだな。エルネスト」スペランツァは弱々しく言った。「そのとき会おう」

その息子は首を横に振った。「こいつがエルネストです」彼は弟を手で示しながら言った。「おれはイヴァーノ。おれもオーディションを受けるつもりです」恥ずかしそうな笑顔を見せた。

「ああ……それはいいな」スペランツァは言葉に詰まった。兄弟が店から出ていくのを見送り、いなくなると、助手を呼んだ。

「スミルツォ！」スペランツァは言った。「名札が必要になるぞ」


マエストロ兄弟が帰ってから最初にスペランツァがやったのは、コードを奥の部屋まで伸ばして〈水委員会〉に電話をかけることだった。今この瞬間、あなたたちの名前が書いてある六万八千ユーロが金庫で待っていると、スペランツァは伝えた。

「しかし、ここにある書類によると、あなたがたの修繕費用は七万ユーロですよ」感情のない声で係員が言った。「あなたがたのような場合ですと、当方は全額お支払いいただく場合しか受けつけません」

スペランツァは愕然《がくぜん》とした。宙に数字を書きながらすばやく計算する。「しかし、シニョーレ！」大声をあげた。「払う金の九十七パーセント以上あるわけじゃないですか！」

係員は容赦なかった。「でしたら、残りの三パーセントがご用意できてから、また電話をください。それでは、また《アリヴェデルチ》」

その日の残りはあらゆる通常業務が取りやめになり、オーディションの準備に費やされた。スミルツォは本物のプロのオーディションに出た経験はなかったが、少なくともそういうものをテレビで見たことはあった。スミルツォの指示で、二人はスペランツァの机やすべての掃除機や、掃除機の集塵《しゅうじん》袋が入った金属製の回転棚を壁際に押しやった。そして、部屋の真ん中にカードテーブルを立てて折りたたみ椅子を二脚置いた。そこにスペランツァとスミルツォがクリップボードを手にし、グラスと水差しを用意して座るはずだ。テーブルの一、二メートル前には古ぼけた四角いカーペット見本を広げ、オーディション参加者用の一種のステージにすることにした。何もかも本物らしく見えるという点がきわめて重要だった。マエストロが〈スペランツァ・アンド・サンズ〉の正面の窓近くにひそんでいるところを目撃したからだ。一度などは両手をカップのように丸めて窓ガラスにぴたりとつけ、そこから中を覗いていたくらいだった。

準備が整っても、スペランツァは相変わらず落ち着かなかった。「参加者には何をやってもらうのかな、スミルツォ?」彼は訊いた。「彼らがここへ来たときってことだが?」

スミルツォは驚いた。「オーディション参加者に読んでもらう台本はないんですか、ボス? ダンテ・リナルディが何か送ってきませんでしたか?」

スペランツァは顔を曇らせた。マエストロもいったん息子が有名人になると確信したら、練習するために、台本を持って家へ来いと言うかもしれない。

「おまえの脚本はどうかな、スミルツォ?」慎重な口ぶりで尋ねた。「何かあるかい?」

スミルツォの眉はベレー帽に隠れそうなほど、さっと跳ね上がった。「ありますよ、ボス！」とがったピンク色の鼻先がウサギの鼻みたいにピクピクと動く。「脚本が必要ですか、ボス？　どれでも持っていってください！　どれでも好きなものを！」

スペランツァは腕組みした。口髭が乱れている。「どんな内容なんだ？」

スミルツォは指を折りながら答えた。「一つはエイリアンの宇宙船についての話です。奴らの宇宙船がロサンゼルスにやってきて、それで――」

スペランツァは片手で制した。「だめだ。ほかには？」

「歴史物です。十八世紀のロンドンで――」

「だめだ」

今やスミルツォは立ち上がり、両腕を振り回していた。

「バイキング船の話もありますよ！」右腕をさっと伸ばしてみせる。「ニューヨークが舞台の現代の話も！」左の腕も伸ばした。「タイムトラベルものも！」今度は両手をぴしゃりと打ち鳴らす。「いろんな観客に大ウケしそうなものも！」

スペランツァは天井に目を向け、聖ヨハネ・ボスコと聖女ヴェロニカとつかの間話した。この二人は『コンペンディアム』で見つけたのだが、映画製作者に永遠に対処することを運命づけられている、辛抱強い聖人だった。

けれども、スミルツォの脚本はまだあった。

「これはどうですかね、ボス？」スミルツォは前かがみになって体を揺すりながら、両手を開いて口の両側に当て、奇妙な声色を作った。「〝犯罪が蔓延《まんえん》する世界……誰も信じられず、とりわけ警察が信用できない世の中で……反撃する男が一人！　その名は……ネズミ男《ラットマン》！〟」両手を下ろすと、いつもの声でまた話した。「バットマンみたいな話ですよ、ボス。でも、彼はジャコウネズミみたいな格好をしてるんです」

スペランツァは参ったとばかりに両手を上げた。「スミルツォ！　どれもくだらないよ！」

熱意で膨らんでいたスミルツォの風船が破裂した。下唇が震える。「ボス？」

「エイリアン！　バイキング！　ジャコウネズミ！」スペランツァが鼻を鳴らすと、口髭が分厚い黒の扇のように広がって外へ跳ねた。「何か単純な話がいい。恋愛ものだ。そういった話がいいよ」

スミルツォは唇を引き結んで一心に考えていた。「恋愛ものも書けますよ、ボス。二つくらいのシーンなら書いてあります――」

「完璧だ。ビージの店へ行ってコピーを取ってきてくれ」スペランツァは店の中を見回し、また胃薬のマーロックスを口に放り込んだ。「ほかに何をしなければならないかな？」

「オーディションを録画すべきでしょうね、ボス」スミルツォは言った。「スクリーンテストと呼ばれる奴です。ダンテはカメラを送ってきましたか？　あるいは――」

「ああ！」スペランツァは言い、倉庫へ姿を消すと、二十分後に埃と蜘蛛の巣にまみれて勝ち誇った顔で出てきた。１９８４年型の〈ソニー・ベータマックス・ベータムービーＢＭＣ‐２２０オートフォーカス〉のビデオカメラと三脚を持っている。

「別のテープを入れなければならないな」口髭から埃を吹き飛ばしながら彼は言った。「これにはジェンマの洗礼式の映像が入っていると思う」

スミルツォは鼻に皺を寄せた。「ずいぶん年代物ですね」

スペランツァは顔をしかめた。「年代物だからって、悪くはない。それに、いかにもプロっぽいじゃないか。三脚を見てみろ」

二人は後ろへ下がって三脚をしげしげと見た。

スミルツォは首を横に振った。「ぼくのスマートフォンでもっと質のいい映像を撮れますよ、ボス」

スペランツァはふくれっつらをしていた。口を突き出し、眉を引き下げて。このスマートフォンとかいう奴にはもううんざりだった。

「それにしても、新しい機材を買いませんか?」スミルツォは眉間《みけん》に皺を寄せて言った。「あれだけの金がマエストロから入ったんだから――」

スペランツァはたちまちふくれっつらをやめた。「いや、だめだ」急いで言った。「あの金は――取っておくんだ」

「何のためにですか、ボス?」スミルツォは関心を示した。「衣装ですか? メイク? 特殊効果?」

スペランツァは今やお馴染みになったパニックのきざしを胸に感じた。「映画館だよ!」派手な身振りで宣言した。映画館なら、インターネットで簡単に注文するわけにはいくまい? 映画館を短期間で建てられると思う人もいないだろう。「ダンテはここに映画館が必要だと言っているんだ。つまり――プレミア試写会のために。だから、マエストロからの金には――手をつけることができない」

スペランツァはすばやく頭を回転させられたと喜んだが、助手の反応は予想外だった。スミルツォは茫然と立ったたままだ。

「映画館ですか、ボス？」ささやくように言った。「ここに？ プロメットに？」

スペランツァの息が胸の中で止まった。畏敬の念に打たれたようなスミルツォの口調に突然、カルロッタのことを思い出したのだ。サンタクロースが理解できるほどカルロッタが大きくなってから最初のクリスマスの朝だった。「サンタさんはあたしに何かを持ってきてくれたの、ノンノ？」スミルツォと同じ、信じられないといった響きの声で彼女は尋ねた。「あたしのために？」

あのときを思い出し、スペランツァはぎこちなく足を動かした。「別にたいしたことでもないぞ、スミルツォ」口ごもるように言った。だが、助手を横目で見ると、泣いていたのでぎょっとした。大粒の涙が痩せこけた頬を静かに流れ落ち、とがった鼻の先から滴っている。異様に大きな白いTシャツの袖口から突き出た細い両腕は、肉づきが悪い鶏の手羽肉のようだった。

スペランツァは動揺し、慰めになりそうな声をかけた。

「大丈夫です、ボス」スミルツォは声を詰まらせた。洟をすすり、まくり上げた袖で顔を拭《ぬぐ》う。「ただ、映画館ができるなんて知らなかっただけですよ。そんなことができるとは思わなかった」

スペランツァは床に視線を落とした。その日はこれで二度目になるが、いとこのパオロと列車の駅のことを考えた。〝ここを出ていきたいとは思わないのか、ジョヴァンニーノ？〟プラットフォームに立って遠くを見つめながらいとこは言ったのだった。〝おまえもこの土地に窒息させられる前に出ていきたくはないのかい？〟

スペランツァはスミルツォに手を伸ばし、ぎこちなく肩を叩いてやった。「もちろん、映画館は建つさ、スミルツォ」嘘をつき、良心が胃に穴を開けているのを感じた。「できないはずないだろう？」

スペランツァは夕食をちびちびと食べていた。配管に必要な全額に近い金を確保したという最初の勝利感は、スミルツォとの会話のあとでいっそうしぼんでしまった。皿の上で豆をつつき回す。とにかく、おれは自分を何様だと思っているんだ？　こんなふうに誰彼かまわず嘘をつくなんて。世の中のルールに従わなくてもいい大物だとでも？

カルロッタがうれしそうな甲高い声をあげた。フランコ叔父がまた夕食にやってきて、カルロッタは禿頭を紙ナプキンで飾ってやっているところだった。

「明日、オーディションを開くって聞いたけど、お父さん」ジェンマが言った。「お父さんの映画のためだとか」

スペランツァはぎょっとして皿から顔を上げた。テーブル越しにベッタと目が合った。娘が会話の口火を切ったのはいつ以来だろう？

「それ、どこで聞いたんだ？」軽くめまいを覚えながら彼は訊いた。

ジェンマは片手を振った。「そこらへんで」

スペランツァとベッタはまたしても視線を交わした。ベッタの両目の端には皺が寄っている。いったい、どんな奇跡が起こったのか？　ジェンマがこの家の者以外の誰かと話したのか？　別世界のローマにいる人間以外の者と話したっていうのか？　しかも、ジェンマはなおも話している。

「それに、映画館ができるっていうのも聞いたんだけど」フォークでサラダをすくいながら彼女は続けた。「びっくりしちゃった」

カルロッタはちぎったナプキンをフランコ叔父の頭に振りかけるのをやめた。

「映画館へ行けるの、マンマ？　行けるの？」カルロッタは訊いた。

ジェンマはにっこりした。「もちろん、行けるわよ、カボチャ《ククッツァ》ちゃん。連れてってあげるからね？」

スペランツァは娘と孫娘にきょろきょろと視線を向けながら、信じられない思いでこのやり取りを眺めていた。喜びの鐘が耳の中で鳴っている。いったい、どうなってるんだ？

「そうだな、あまり興奮してはいけない」スペランツァはベッタのほうに目を向け、スミルツォのことを考えながら慎重な口ぶりで言った。「何だって起こりうる。こういったプロジェクトが中止になるのはよくあることだ……」

ジェンマは肩をすくめた。「だから、どうだっていうの？　少なくとも、このあたりにはなんらかの変化が起こってるわけよ。そう思わない、お父さん？」

翌日、オーディションという言葉がまさしく野火さながらに広まっていたことが明らかになった。村で会う人はみな、スペランツァに手を振って声をかけてきた。

「まだ理解できないのですよ、シニョーレ」〈スペランツァ・アンド・サンズ〉の階段に立ったドン・ロッコは眉を寄せながら言った。「有名な映画スターのダンテ・リナルディがわたしたちの村に来て映画を作りたいと思うとは。とにかく、彼はあなたに資金の調達を求めているのですよね。出演者も選んでほしいと。まったくわけがわかりません」

スペランツァは司祭の視線を避けた。「今日は雨が降ると思いますか、神父様？」目に手をかざし、雲一つない七月の空を見上げながら訊いた。「雨が降ると思ったんだが」

ドン・ロッコはこの質問を無視した。「それに彼はあなたを担当者にしているのですよね、シニョーレ」さらに続けた。ありありと疑念がこもった声だ。「あなたが彼の父親を知っていたからだという話ですね。鉱山で知り合いだったからと」

スペランツァの口髭が端から端までひくついた。難しい状況に置かれているのは間違いない。一方の面から言えば、現実が存在していた。事実だし、村がめちゃめちゃになることも確かだ。このままだと、村が失われてしまう。ジェンマとカルロッタを失うことになる。父が開いた店を失ってしまう。知り合いの全員が自分の家から追い出される。では、もう一方の面は？　そう、確かに嘘はあるが、希望もある。希望は現実ほど重要じゃないというのか？

スペランツァは深く息を吸い、もの問いたげな司祭の視線を受け止めた。

「そうです《シ》よ、神父様」目を見開き、無邪気なふりで言った。「鉱山で知り合いでした」

二時半までに準備は完了し、スペランツァとスミルツォはカードテーブルについて、出入り口とカーペット見本に向かって座り、待ち受けていた。〈ベータマックス・ベータムービー〉が適切かどうかを巡る二人の口論は歩み寄りができた。見た目を印象的にするために年代物のビデオカメラと三脚を使うが、レンズにキャップをした上にスミルツォのスマートフォンをテープで取りつけることで意見が一致したのだ。

外には人だかりがしていた。

「あれを見てみろ、スミルツォ」スペランツァは驚いていた。一九五七年四月、ルイージ・スペランツァのもとに、それまで製作された中で最も驚異的な掃除機、〈フーバー・コンステレーション〉が入荷したとき以来、〈スペランツァ・アンド・サンズ〉の外にこれほど人が押し寄せたことはなかった。その掃除機には車輪がなく、排気するパワーによって床から浮き上がり、使う人の後ろで宇宙船のように浮いたのだった。

「列を作るように言ったほうがいいな、スミルツォ」スペランツァは提案した。はるか昔のあの朝、店を開けたときに混雑ぶりを見た父が言ったことを思い出しながら。「みんなが殺到するとまずい」

スミルツォが出入り口からそっと出ていくのと交替に、ジェンマが滑るように入ってきた。

「お母さんがアーティチョークを料理してくれたわよ、お父さん」湯気で湿った布巾が掛けてあるボウルをスペランツァの机に置きながら言った。いつもなら父親が目も上げないうちにすばやく立ち去るジェンマなのに、今日は机の端に腰を載せた。子どものころに店へ訪ねてくるとよくやっていたように、そして今、ジェンマの娘が店に来るとやっているような格好で。

娘がおしゃべりしたがらないことを長い間嘆いていたスペランツァは、こうして彼女が店にいて急いで帰ろうとするそぶりも見せないのを目にすると、どう言っていいかわからなかった。何かひらめかないかと、あたりを見回した。

「おまえはもう食べたのか?」ようやく彼は言った。

だが、ジェンマは窓の外にじっと視線を向けていた。「ずいぶんたくさんの人が来たね」感慨深げに言う。そしてスペランツァに顔を向け、めったに見せない、哀愁を帯びた微笑を浮かべた。

「なんかクールよ、お父さん」

スペランツァは胸が締めつけられるような痛みを感じた。たちまちカルロッタが生まれた直後にリッチ家の若者が逃げてしまったころを思い出した。たった一人の娘が永遠に打ちひしがれるわけではないサインがどこかに現われていないかと必死になって、自分とベッタがジェンマの寝室のドアにそっと近づき、うろついていた日々を。こんな微笑をあのころ見たら、どれほど希望が高まっただろうか。

「そうだな」彼はかすれた声で言い、咳払いした。やはり窓の外を眺める。「実にクールだ」


列の先頭にいたのは、九十四歳になるバルバロ夫人と九十九歳になるペドゥラ夫人の、未亡人姉妹だった。

「マリアンナは役をもらいたいわけじゃないんですよ」バルバロ夫人は言った。「姉は内気すぎてね。姉がここに来たのは化粧室を借りるためなの」この店におそらく百回は来たはずのペドゥラ夫人は倉庫へ、それから掃除道具の戸棚へと迷い込んでからようやく化粧室にたどり着き、中に入ってドアを閉めた。

「かまいませんよ」スペランツァは言った。スミルツォの脚本コピーを一部、カードテーブル越しに手渡す。「今日はみんなに同じシーンを読んでもらうんです。あなたがオーディションを受けるのがこの役でなくてもね。ここにいるスミルツォがヴィンチェンツォの役のところを読みますから、あなたはアントーニアの台詞を読んでください」

バルバロ夫人は台本を受け取り、目をすがめてスペランツァを見た。

「あなたのことは知っていますよ」彼女はスペランツァを指さしながら言った。「わたしが小さかったとき、父が働いていた工場で監督をしていたでしょう」指を振ってみせる。「クリスマスイブにあなたが父を働かせたのはひどかったわね」

バルバロ夫人の父親がこの世界を歩いていたときは間違いなくまだ生まれてすらいなかったスペランツァは、どう言おうかと考えた。

「それは大変申し訳ありませんでした、奥様」頭を下げながら言った。「どうか許してくださるといいのですが」

バルバロ夫人は不満の声を漏らし、間に合わせのステージへと足を引きずって歩いていった。

「これは恋愛の話ですか？」台本越しにスペランツァを見ながら尋ねると、また指を振った。「知っておいていただきたいのですがね、お若いの。わたしは服を脱ぐつもりはありませんよ」

スペランツァは頬を真っ赤に染め、スミルツォは忍び笑いを始めた。「いえ、いえ、奥様」スペランツァは弱々しく言った。「みんな服を着ていてかまわないんですよ。お約束します」

バルバロ夫人はフンと鼻を鳴らし、ゆっくりとステージに立った。「〝ヴィンチェンツォ！〟」台本を読みながらスミルツォに向かって怒鳴る。「〝あなたはダンスに誘ってくださらないんだと思ったわ！〟」

オーディションを録画することにしたのは幸いだった。スペランツァはそのあとを見逃してしまったからだ。水を流す大きな音に気を取られると、ペドゥラ夫人が化粧室から出てくるところだった。そして、〈ダイソン・ボール・マルチフロア〉の掃除機が目に留まった彼女はすぐさまプラグを差し込み、掃除機をかけ始めたのだ。

バルバロ夫人は台本から目を上げ、騒音に負けじと叫んだ。「今、この人にキスしてほしいのですか、シニョーレ？」

＊

アントネッラは体にぴったり張りついたサテン地のジャンプスーツ姿でオーディションに現れた。金色の輪になったイヤリングが左右とも髪の中に入り込んでいる。

「ダンテはここにいるの、おじさん？」スペランツァ越しに奥の部屋を覗こうとしながら彼女は尋ねた。

スペランツァは咳払いした。「あー、いや。自分抜きで始めてくれとダンテに頼まれたんだ」

アントネッラは眉を寄せて片手を腰に当てた。「で、彼はいつ来るの、おじさん？　ちゃんと来るのよね？」

「そうですよ、ボス。いつですか？」スミルツォはジャンプスーツ姿のアントネッラを上から下までじろじろ見ながら尋ねた。

スペランツァは片手を振り、水差しからたっぷりと水をグラスに注いだ。「心配するな」息もつかずに水を飲んでから言った。「彼はここに来る。始めていてほしいと、おれに言ったんだ」

アントネッラはため息をついた。「髪をセットするのにずいぶん時間をかけたのよ、おじさん」

スペランツァは同情するようにうなずいた。「さぞ大変だっただろう」

アントネッラとスミルツォはステージに上がった。アントネッラは読む予定のシーンをチェックして小声で台詞を言っていて、スミルツォはカーペットを凝視していた。

「この二人の登場人物だけれどね、おじさん」アントネッラは言った。「主役の二人ってことよね？」

「ああ、そうだ」

「じゃ、男性の役はダンテがやるのね？」

「うん、そうだな」

アントネッラは不満な顔つきをした。「ただね、おじさん――」天井を見つめてため息をついた。「スミルツォとだと、ダンテを相手にする場合みたいな芝居はできないと思う。二人は天と地ほども違うもの。顔のことだけじゃないのよ。ダンテには洗練された雰囲気があるの。自信に満ちている。カリスマ性があるの。わかるよね」

スペランツァは椅子で身じろぎし、哀れな助手をちらっと見やった。今にも床がパックリ開いて自分をのみ込んでくれないかと言わんばかりの表情をしている。

「なんとかやってもらうしかないな。大勢のオーディションをしなければならないんだ」

アントネッラの顔が輝いた。「いいこと思いついた！」バッグの中をかき回して探り、ライムグリーンのタンクトップを着てきざな笑いを浮かべたダンテが表紙になった高級雑誌を引っ張り出す。「もし、スミルツォがこれを掲げていてくれたら――」

「いや」スペランツァは慌てて言った。「そんなことはだめだ」やけくそ気味でつけ加えた。「いいかい、このシーンを書いたのはスミルツォなんだよ」

「へえ、そうなの？」アントネッラは驚きを示した。初めて見たかのように、またスミルツォに視線を向ける。

スミルツォは感謝のまなざしでスペランツァを見やった。「ほんのちょっとしたシーンなんだ」

口ごもる彼の頬は赤くなっていた。「たいしたものじゃない」

アントネッラはふたたび台本を覗きながら眉を寄せた。「この登場人物だけど、アントーニアと呼ばれてるよね」彼女は言った。「それって、アントネッラと似てるみたい」

スミルツォは体を硬くした。

「それに、ヴィンチェンツォ」また眉を寄せる。「これって、あんたのファーストネームじゃなかった、スミルツォ？　学校にいたときから覚えてる」

スペランツァはうめいて片手で顔を覆った。

二人はそのシーンを読み始めた。スミルツォはカーペット見本の一番左の端っこに立ち、アントネッラは右端に立っていた。スペランツァは気づいたのだが、読んでいくうちに彼らはお互いにだんだん近づいていったのに、そのことを意識していないようだった。いつの間にかスペランツァは、シーンの終わりまで行ったらどうなるだろうかと興味を引かれていた。〝そしてアントーニアはヴィンチェンツォにキスし、彼を温かく抱き締めた〟の場面になったら。どうやらスミルツォも同じことを考えているらしく、ページをめくるたびに頬の赤味が濃くなっていく。

けれども、そこまでいかなかった。ちょうどシーンの最後にたどり着こうとしていたとき、二人とも最後のページをめくったとたん、アントネッラのスマートフォンがエアホーンのような音をたてて鳴ったのだ。彼女は台本を床に落とすと、バッグの中を探った。受信したメッセージを見て息をのむ。

「ダンテ・リナルディの公式ファンサイトが、彼の顔がついた枕カバーの新しいラインナップを発表したって！」

スペランツァとスミルツォに見えるようにスマートフォンの画面を向けて、アントネッラはため息をついた。

「彼ってすてきじゃない？」

エルネスト・マエストロと兄弟の一団が足音高く入ってきたのは、もうすぐ五時になろうというころだった。

「外で待ってもらわなければならないよ、シニョーレ」スペランツァはドアから顔を突き出したマエストロに言った。「これは本格的なオーディションだ。わかるだろう」

マエストロは顔をしかめて不平を言った。「息子たちはみんな役をもらえるんだろうな、スペランツァ？」期待のこもった口調で言う。

スペランツァは渋面を作った。「さあ、わからないな。六万八千ユーロを十五人分、用意しているのかい？」それから、マエストロが言葉の意味を理解しないうちに、すばやく中に引っ込んでドアを閉めた。

スペランツァとスミルツォは侵入してきた一団をまじまじと見つめた。あちこちうろつき回ったり、掃除機を調べたりしている。

「包囲されてしまいましたね、ボス」スミルツォが身震いしながらささやいた。「あいつら全員、どうしますか？」

スペランツァもささやき返した。「みんなで輪になって遊ぶとしようか」彼は言った。「そいつをビデオに撮ったらおもしろいかもしれない」

エルネストが一番手だった。エルネストが選ばれなければ、六万八千ユーロも取り消しになる。イヴァーノは残りの兄弟を集めた。彼らは床に腰を下ろすと、牧場にいる牛の群れさながらに自分たちの出番を待っていた。

「カーペット見本に立ってください」スペランツァはカードテーブルの席から指示した。

エルネストはカーペット見本を凝視したが、視線を外してためらった。回れ右をすると、両手をねじり合わせながらスペランツァのほうへ大股で歩いてくる。

「シニョーレ」低い震え声でエルネストは言った。「はっきりさせておきたいことがあります。これについてはうんと考えました。お情けは受け入れられないと知っていただきたいんです。父の金のことは気にしないでください――ぼくはどの役であれ、自分で獲得しなければならないんです」

スペランツァは眉を上げた。「もちろんだとも、エルネスト」彼は言った。「その話はお父さんから聞いたよ。だが、気にしなくていい。きみはとてもうまくやるに違いない」

エルネストは首を横に振った。「ぼくにはわかりますよ。ぼくにふさわしくないほどの役を与えられたら、わかります。そんなものは受け入れられません」

スペランツァはうなずいた。「そいつはフェアだな。さて、始めようか」

エルネストはカーペット見本まで行った。深呼吸して台本を持ち上げる。カメラに目を向け、口を開いて話そうとした――そして、出入り口から外へ駆け出していってしまった。悪魔に追われているような勢いで。

第十章　映画スターみたいに走る方法

オーディションが行なわれた翌朝、スペランツァは〈スペランツァ・アンド・サンズ〉のショールームで、七メートルの取替コードを左の前腕に巻きつけながら立っていた。正面の窓に目をやると、ティーンエイジャーの一団がぶらぶら通り過ぎるのが見えた。このティーンエイジャーの集団が特に目についたのは、絶対にこんな者たちを前に見たことがなかったからだ。

彼は息をのんでコードを取り落としてつまずき、転がるように外へ向かった。これがそうなのか？　これがプロメット版、ジョージ・クルーニー型の奇跡の始まりなのか？　ダンテ・リナルディがもうすぐここへ来るという噂がついに、タンクトップ姿が売りのスターの魔法を生んだのか？熱に浮かされたような数秒間、観光客でいっぱいの村の広場がスペランツァの目に浮かんだ。村の財源が充分に潤って、マエストロと二度と関わらずに済むことを思い描く。

しかし、外へ出ると、スペランツァの視界も行く手もまさしくマエストロによってふさがれていた。どうにか忍び足で広場の向こうから来たらしいマエストロは、今や血で汚れた前掛けの胸のところで腕を組み、方尖塔《オベリスク》さながらに〈スペランツァ・アンド・サンズ〉の前に立っていたのだ。

「スペランツァ」マエストロはうなった。「エルネストのオーディションで何があったんだ？　息子たちは何も話そうとしない」

スペランツァはすくみあがった。

「おれが思うには」遠回しに言ってみた。「きみは息子さんのイヴァーノの才能を過小評価しているんじゃないかな。台本を読んでもらったが、イヴァーノは——」人間メトロノームさながらに感情を込めないで台詞をやっと読んでいたイヴァーノを思い出しながら、スペランツァは必死に言葉を探した。「——適格だ」

マエストロは重そうな頭を振った。「スターの素質があるのはエルネストだ。あいつに歌うように頼んだか？　エルネストは天使の声を持っている」

ふいに、白のローブに身を包んで後光が差しているエルネストの衝撃的なイメージが浮かび、スペランツァは身震いした。

「シニョーレ？」彼は言った。

マエストロは組んだ腕をいっそうきつく胸に押しつけながら執拗に追及した。「合格者のリストはいつ出る？」

「そうですよ、シニョーレ」恥ずかしげもなく盗み聞きしていたらしいドン・ロッコが向こうからやってきて、階段にいる彼らに加わった。「出演者リストにみんながおおいに関心を持っているに違いありません。いつになれば見られるのですか？」

スペランツァは自らの体と精神に不運が訪れる先触れである、この二人を交互に見やり、たった一つできることをやった。エルネストを見倣《みなら》ったのだ。

「ローマは一日にして成らずというからな！」そう叫ぶと、自分の店という安全地帯に退却した。

店の中ではスミルツォが昨日のカーペット見本に座って脚本に取り組んでいた。

「ボス」彼は声をかけた。「崖から落ちかけている女性を主人公の男に救わせるというのは、どうですかね？　彼はバイクに乗っててもいいし、ヘリコプターとかほかのものに乗っててもいい」

スペランツァの口髭が逆立った。とっくに擦《す》り切れていた神経が逆撫《さかな》でされる。

「どうして、普通の映画の脚本を書くだけにしないんだ？」噛みつくように言った。「当たり前の人々が当たり前のことをするってものだが？」

スミルツォは首を横に振った。「見せ場《セット・ピース》を入れなくちゃならないんですよ。ぼくたちが相談しているのはハリウッド作品なんですからね」

スペランツァはため息をつき、〈スペランツァ・アンド・サンズ〉の古びてくたびれた内装を見回した。少なくとも、スミルツォの想像力は損なわれていないらしい。

「セット・ピースとは何なんだ？」スペランツァは疲れた口調で訊いた。

スミルツォの顔が輝いた。「セット・ピースこそ、人々が映画を観に行く理由ですよ、ボス。インディ・ジョーンズが巨大な石から逃げる場面とか、トム・ハンクスがピアノの鍵盤の上で踊るところとか。つまり、あっと言わせる要素のことです」

スペランツァは鼻に皺を寄せた。「で、おれたちの映画には巨大な石をもっと減らして、踊るピアノをもっと入れるべきだとか思っているんじゃないだろうな？」

スミルツォは顔をしかめた。「わかりませんよ、ボス。ただ、思い切りやるべきだとは思ってます」

スペランツァはあきれたように目をむき、見知らぬティーンエイジャーの群れがさらにいないかと思いながらふたたび窓の外を見た。そのとき、ぎょっとして二度見した。ひどい見間違いをしているのでなければ、マエストロが肉屋の窓辺に立ち、手にした双眼鏡を〈スペランツァ・アンド・サンズ〉にと、まともに向けていたのだ。

スペランツァは悲鳴をあげ、カーペット見本にいるスミルツォのところへ行った。いんちきのオーディションだけでは、マエストロを寄せつけずにいるのは無理だろう。もう少し長く茶番劇を続けなければならないようだ。

「ちょっといいか」スペランツァは言った。「出演者リストのことを話したいんだ。エルネスト・マエストロをジョルジオの役につけるべきだと思う」

スミルツォは口をあんぐりと開けた。「ボス、何言ってるんですか？　ジョルジオは重要な役ですよ。台詞がたくさんある。エルネストはオーディションすら逃げ出したのに！」

スペランツァはまあまあとばかりに片手を上げた。「一回のオーディションがすべてではないよ、スミルツォ。考慮すべき唯一の要素ではない」視線を金庫のほうに向けると、スミルツォは意味を悟った。

「そうは言っても、ボス」スミルツォの額には皺が寄っている。「エルネストはその役を引き受けませんよ。昨日、奴が言ったことを聞いたでしょう。自分がそれにふさわしいと思わなければ、役を引き受けないって。どうしたらいいんだろう？」

スペランツァは頭がガンガンしていた。

「わかった」こめかみをさすりながら言った。「おまえの言うとおりだ。何か考えなくちゃならない」

翌日は日曜日だった。スペランツァがダンテ・リナルディについての噂を広め始めてからほぼ一週間経ち、水の供給が止められる予定日まであと五十一日だ。〈スペランツァ・アンド・サンズ〉の金庫には六万八千二百ユーロ入っていた。エルネスト絡みの――そして新たな脅威となっている――マエストロが寄付した金が六万八千ユーロ、それと、スペランツァ家のなけなしの蓄えが二百ユーロ。ということで、あと千八百ユーロ足りないわけだった。スペランツァは胸の痛みと、頭に数字が渦巻いているせいで、途切れ途切れだった浅い眠りから覚めた。

「それは何だ？」パジャマのままキッチンへのろのろ歩いていったスペランツァは訊いた。

すでに着替えてテーブルについていたジェンマが巨大な籐製のバスケット越しに彼を見た。「口説かれてるみたいね、お父さん」ジェンマはにやりと笑いながら言った。

スペランツァは眉を寄せた。「何のことを言っているんだ？」そう言うと、さらに近づいてバスケットの中身をしげしげと見た。ナスのピクルスが入ったガラスのジャーが二つ、乾燥トマトを入れたリース型のパイが一つあった。それに、古い靴箱には茶色の卵が五個、ちぎった新聞紙に埋もれるように入っている。

「カードがあるの」ジェンマは言い、声に出して読んだ。「〝スペランツァ様。このバスケットが着くころ、映画の配役を検討なさっていることと存じます。よろしくお願いいたします。トレッツァ家一同より〟」こちらを見上げたジェンマの目は輝いていた。「暗黙の了解ってことよね？　この人たちはお父さんにゴマをすろうとしているのよ！」

スペランツァは困惑して娘をじっと見た。いったい、どういうことだ？　あんなふうに微笑みかけるなんて、ジェンマはどうしたんだ？　スペランツァは胃に不快感を覚えながらトレッツァ家のバスケットをまた眺めた。この芝居を少々やりすぎてしまったのだろうか？

玄関のドアが開いてから勢いよく閉まり、カルロッタが全速力で駆け込んできた。ベッタがあとに続いている。「また一つ来たよ、マンマ。ビージさんから！」カルロッタは得意そうに言うと、金色の紙に包まれた〈ペルジーナ・チョコレート〉の箱を振り回した。「今、一つ食べてもいい？お願い、お願い！」

ジェンマは首を横に振った。「教会から帰ってくるまではだめよ、カラ・ミーア」

スペランツァはまじまじとベッタを見て眉を上げた。それから咳払いした。

「あー、おれたちと教会へ行くのかね？」軽くさりげない口調を心がけながら尋ねた。

ジェンマはナスのピクルスのジャーを開けて、肩をすくめた。「誰も彼もがお父さんをちやほやするつもりなら、その現場を見たいのよ」

スペランツァは天井に目をやり、神に一言語りかけた。

〝主よ、何をなさっているのかわかりませんが、そのまま続けてください〟

スペランツァにベッタ、ジェンマにカルロッタは朝の暑さの中を教会まで歩いていった。カルロッタは走ってみんなよりも先に行っては、ちゃんとついてきているかを確かめにまた戻ってきた。途中で三回、スペランツァはオーディション参加者やその家族に呼び止められ、握手されたり肩をドンと叩かれたりし、そのたびにジェンマは笑いを噛み殺して鼻を鳴らしていた。

教会へ入っていくと、スペランツァはスミルツォに会った。一瞬、スペランツァがためらっている間に、家族は彼を置いて先に行った。

「思いついたことがあるんですよ、ボス。エルネストの件で」スミルツォは小声で言った。襟つきのシャツにカーキ色のパンツといった教会用の服装をしている。とはいえ、黒いフェルト地のベレー帽もかぶっていて、スペランツァの視線は絶えずそっちへ勝手に向いてしまった。

「エルネストのそばに座るようにしますよ」スミルツォは話し続けた。「奴の考えていることがわかるようにね。ミサが終わったら報告します」

二人は別れてそれぞれの席へ向かった。スミルツォが帽子を脱いで、マエストロ一家を探して通路を早足で進んでいくのをスペランツァは眺めていた。

「ニーノ、こっちよ！」ベッタが左側の列の信者席から声をかけた。

スペランツァは会衆を見回しながら席に滑り込んだ。「いつもより混んでいるんじゃないか？」彼は言った。目立たないように首をすくめて指さす。「あっちにいる人たちだが――前に見たことはあるか？　誰なんだ？」

ベッタはそちらを見て肩をすくめた。そのとき、オルガンが行列聖歌を演奏し始め、全員が立ち上がってミサが始まった。スペランツァは演奏に合わせて歌い、形だけは参加するふりをしていたが、思考はあちこちへ飛んでいた。教会にいる、この謎の一家について考えた。前日、店の外で見かけたティーンエイジャーたちを思い出した。オリヴェートの通りでアルファロメオをかっ飛ばしていたアルベルト、現金の流入、簡単に買えるマクドナルドのチーズバーガーのことを考えた。こういうことを考えて、聖書の第一朗読と第二朗読の間、また答唱詩篇や福音朗読の間は希望が音をたてて湧き上がって温かな気持ちになっていた。だがそれも、説教を聞くために腰を下ろすまでの話だった。聖書朗読台に立ったドン・ロッコがマイクの向きを直し、聴衆の中にいるスペランツァの目を見たのだ。

「兄弟のみなさん、今日わたしがお話ししたいのは」司祭は話し始めた。スペランツァの目にぴたりと視線を据えながら。「主がどれほど嘘を憎んでおられるかについてです」

＊

日曜日のミサ後に教会の芝生に集まって一時間ほど交流するのは、サンタ・アガータの教区民のならわしだった。習慣になっているものだが、スペランツァはこの日曜日、まったく加わりたくなかった。ペテンの危険についての辛辣《しんらつ》な説教だけでも、みんなとの交流をやめたい気になるには充分だった。それだけではまだ足りないかのように、退場賛美歌のさなか復讐の天使さながらにきびきびした足取りで祭服を翻して教会から出ていくドン・ロッコを見たから、急いで逃げるのが最善の策だと確信せずにはいられなかった。

だが、先に帰っているよとベッタに声をかけて教会の横のドアから急いで出たとたん、フランコ叔父とばったり会った。フランコは前日のマエストロみたいに石造りのモニュメントそっくりだった。

「ジョヴァンニーノ」行く手をさえぎってフランコ叔父は言った。「話がある」

スペランツァは身をよじった。「何ですか、叔父さん？」首を伸ばして叔父の肩越しに向こうを見ながら言った。五メートルほど離れた正面のドアの横にドン・ロッコがいて、教会から出てくる全員と握手している。たぶん二分もすれば、信徒はみんな出てきてしまって、手が空いたドン・ロッコはあたりを見て自分に気づくだろうとスペランツァは察した。「ちょっと待てませんかね？」

スペランツァは懇願した。「あとで話しませんか？」

フランコ叔父は腕組みしてにらみつけた。「今話さなければならんのだ」

スペランツァは二つの選択肢を天秤に掛けた。確かに、異議など唱えている余裕はないが、異議を唱えて、しかも怒りが爆発することになる余裕はもっとない。ため息をついた。

「わかりましたよ、叔父さん。何の話ですか？」

フランコ叔父は挑戦的に顎を突き出した。

「おれは仕事に戻りたい」そう言った。

スペランツァは咳き込んだ。仕事に戻る、だって？　九十三歳という年齢だし、引退して二十年になるのに？　いったい、叔父は何を考えているんだ？　何か言ってやろうと口を開いたとき、プロメットの現在の石工であるジュゼッペ・ラゴスタを思い出した。気のいい男だ。もちろん、今や仕事のほとんどはこの村の外でやっている。もう長い間、プロメットに住む誰も新しい建物を注文していないからだ。だがラゴスタなら、叔父を忙しくさせておくためのちょっとした雑用を見つけてくれるかもしれない——土台の修繕とか、壁の補修といったものを。純粋な意味では石工の仕事じゃないだろうが、どこかで鏝《こて》を使う機会はあるかもしれない。それなら充分に叔父を多忙にさせ、疲れさせられるだろう。

「ラゴスタに話してみますよ、それから――」

「違う」フランコ叔父は言い、芝生につばを吐いた。

スペランツァはたじろいだ。「叔父さん、どういうことだかわからないんだが――」そう切り出した。

フランコ叔父は自分の胸をつついてみせた。「働くなら、おれがボスになるんだ」

スペランツァは天を仰いだ。『コンペンディアム』によれば、老人の世話をするという損な仕事を引き受けているのはパドヴァの聖アントニオだ。スペランツァはその聖人にすばやく懇願し、深く息を吸った。年寄りともめても何の役にも立たない、と思った。彼らはやりたいことをやるだけなのだ。頑固な九十三歳は百年近くの間、頑固であることを実践してきた普通の頑固な人間にすぎない。勝ち目のない戦いはしないに限る。とりわけ、スペランツァが不安な思いで気づいたように、教会から出てくる人々の列がだんだん減ってきた今みたいな場合は。

「わかりました、叔父さん」スペランツァは言った。「それが叔父さんの望みなら、おれは文句ありません」

「本当《ダッヴェーロ》か？」フランコ叔父は驚いた様子で顔を輝かせ、警戒心を解いた。「じゃ、賛成なんだな？　おれがボスになることに賛成してくれるな？」

スペランツァは仰天した。「もちろんですよ。それで叔父さんが幸せになるなら――おれも同じことを願います」

フランコ叔父は両手を振り回した。「おまえはおれのお気に入りの甥だ。知っているか？」うれしそうに言い、スペランツァの手を握った。「いつもお気に入りの甥だった。ありがとう《グラッツィエ》よ！」

フランコ叔父は大股で立ち去ってしまい、聖アントニオの返事は驚くほど早かったなとスペランツァは思った。今後の参考にするため、『コンペンディアム』の聖アントニオの項目に星印と注釈をつける価値がありそうだと思っていたとき、ドン・ロッコが近づいてきた。

「シニョーレ」司祭は言った。「今日の説教について論じる時間をちょっといただけるなら――」

だが、二人の真ん中に駆け込んできたスミルツォに邪魔された。すぐあとからエルネストとマエストロがやってきて、サンタ・アガータの信徒の全員と思われる一団も続いている。

「ボス！」とがった顔を紅潮させながらスミルツォが言った。「エルネストはやりたいと言ってますよ！」

「やりたいって、何を？」スペランツァは尋ねたが、いよいよという瞬間に猶予を与えられたので、内心は喜んでいた。ドン・ロッコからじりじりと離れる。

「スタントダブル（俳優に代わって危険な演技をする人）をやりたいって！」

エルネストはうなずいて微笑した。「でも、ぼくはオーディションを受けなくてはなりません」きっぱりと言った。「特別待遇なんてされたくないんです」

マエストロは頭の中で何かをひねり出そうとする様子で眉を寄せていた。「しかし、これは重要な役なのか？」そう訊いた。「息子には重要な役をやらせたい」

スミルツォは首を縦に振った。「ああ、そうですよ、マエストロさん。とても重要です」

このころまでにスペランツァはまわりを囲んでいた人々のほうへじりじりと進んでいた。完全に離れるわけではないが、できるだけドン・ロッコから距離を置けるように。

「それは名案だ」スペランツァは断言した。「スミルツォと話してみるよ。何か用意できるだろう。

オーディションを二日後くらいにまた行なって、それから――」

「今やったらどうなんだ？」マエストロが言った。体をまっすぐに起こし、指の関節をポキポキ鳴らしている。「どうだ、スペランツァ？」

この提案に群衆から賛成のつぶやきが起こった。

スペランツァは二の足を踏み、まわりを見たが、マエストロ家の男たちが増えていることに気づいた。

「すばらしい」胃が何センチか下がったのを感じながらスペランツァは言った。「じゃ、今始めようか？」


スペランツァはこの点だけははっきりさせた。とどまって見物したい人は教会の芝生の両側に定めた場所に座っていなければならない、と。中央の草地にいるのはオーディション参加者か、映画製作の関係者だけにした。こういう方法を取れば、ドン・ロッコを寄せつけずに済んだ。

「あたしは真ん中にいてもいいはずよ。役をもらうに違いないんだから」髪をさっと振りながらアントネッラが言った。「そうでしょ、スミルツォ？」彼の腕に腕を絡めながら尋ねる。

スミルツォは口を開きかけたが、また閉じた。それをアントネッラはイエスの意味にとり、見物している友人たちに得意げな笑みを向けた。

スペランツァは草地の中央に歩いていき、集まった人々に話しかけたが、奇妙なほど現実離れした感じだった。

「いらしてくださったみなさんに感謝します」彼は大声で言った。人々が静かになると、家族や友人たちの顔を見回した。小さな手を叩いているカルロッタと一緒のジェンマとベッタがいた。雑貨店を経営しているビージ一家がいた。カフェを開き、トレイを頭上に掲げて歩き回って飲み物や軽食を運ぶカトゥッツァ夫人がいた。七歳になる三つ子の母親のザンプローニャ夫人がいた。やめてくださいと何度スペランツァが言っても、彼女は子どもたちのレゴのピースを掃除機で吸ってしまう。もっとも、ザンプローニャ夫人はそうするたび、掃除機を捨てて新しい物を買う代わりに、修理のために持ち込んでくれるのだが。こうした馴染みの面々をじっくり見ているうちに、スペランツァは喉が締めつけられた。ドン・ロッコのほうは見なかったが、一瞬だけ顔を上げて空へ視線を向けた。〝主よ、自分が嘘をついていることは知っています〟そう思うと、目に涙がこみ上げた。〝しかし、こんなことをしているのはみんなのためです。理解してください。ここにいる人々のためにやっているんです〟

「ボス」

気がつくとスミルツォがすぐそばにいた。フェルト地の黒いベレー帽がまたもや頭のてっぺんに載っている。

「もう始めていいですか、ボス？」

スペランツァは助手を見つめ、神経を落ち着かせた。両手を広げてみせる。「みなさん、スミルツォをご紹介します」そう宣言した。「スミルツォ、さあ、始めてくれ」

マエストロ家の十五人兄弟を含めてオーディション参加者は二十人だった。どういうわけか紐つきの銀色の笛を持っていたスミルツォに、奇妙なエアロビクスのクラスみたいなものを見学させられた人々は拍手したり声援を送ったりした。参加者はジャンプし、身をかがめ、転がった。空手チョップをやったり、目に見えない敵に蹴りを入れたりした。特殊部隊がやるように、肘だけを使って地面を這《は》った。

「さてと」草の染みをつけてあえぎながら、いわば彼の生徒たちが立ち上がると、スミルツォは言った。「これからが本当のテストです」

「いったい何をやるつもりだ、スペランツァ？」マエストロが不平を言った。一般の見物人と一緒に座っているのを嫌がって、うろうろ歩き回っている。「どんなテストなんだ？」

スペランツァは肩をすくめた。「さあ。責任者はスミルツォなんでね」

「彼が責任者なの、おじさん？」芝生の上にあぐらをかいて座り、ドキュメンタリーのために一切を録画しているアントネッラが甲高い声で訊いた。「知らなかった」声には感心したような響きがあった。

「誰か、わかりますか」スミルツォは話し続けた。両手を背中で組み、下士官を視察する将軍さながらにオーディション参加者をじっくり眺めている。「スタントマンが備える最も重要なスキルは何だろう？」

ためらいがちに一人が手を上げた。「爆発物を扱う経験？」

スミルツォは鷹揚《おうよう》に微笑した。「読みは悪くないが、外れです」

「ビルからビルへと飛び移れることかな？」ほかの誰かが発言した。

スミルツォは人差し指を立ててみせた。「かなり近い。スタントマンが備えるべき最も重要なスキルは、トム・クルーズみたいに走れる能力だ。ぼくに見本を示させてください」

スミルツォはゆっくりと二十歩ほど後ろへ下がると、教会の敷地の裏にある雑木林のほうを向いた。片膝を立てて、もういっぽうの脚を伸ばす、スタート用のポーズをとった。両肘は九十度の角度で曲げ、左右の手の指はしっかりと伸ばしている。右手は顔の近くまで高く上げ、左手は体の横に下ろしていた。深呼吸をすると、胸が上下した。

そして、彼はスタートした。両脚をピストンさながらに上下に動かし、曲げた両腕を回転翼のように振り回している。三歩か四歩進むたびに肩越しに振り返ると、あたかも誰かに追われているように見える。スミルツォが一本の木にタッチして止まると、みんなが歓声をあげた。アントネッラは立ち上がってぴょんぴょん跳ねている。

「スミルツォ！」水を飲もうとして助手がゆるゆると走って戻ってくると、スペランツァは大声を出した。「おまえにあんなことができるとは知らなかったよ。実に見事だった」

スミルツォはにっこりした。「映画はたくさん見ていますからね、ボス。そういうのを研究するのが好きなんです」

スペランツァは大半がマエストロ家の、草地にいる一団を疑わしげに盗み見し、小声で言った。「あの田舎者《カフォーニ》たちにそんなものを教えられると思うか？　エルネストにできるだろうか？」

スミルツォは肩をすくめた。「見てみましょう」

体育の授業に出ている子どもたちのように、スミルツォは彼らを整列させた。エルネストは最前列にいた。

「順番にやってください」スミルツォは参加者に言った。「ぼくがこの笛を吹いたら、列の先頭にいる人はあの木まで走る」さっき走ってタッチした栗の木を指し示した。「木にタッチしたら、向きを変えて戻ってくること」

「いよいよだな、スペランツァ」ビーズのような目を息子にぴたりと据えてマエストロがつぶやいた。

「いよいよだ」スペランツァも繰り返した。〝頑張れ、エルネスト〟と思い、『コンペンディアム』が手元にあったらと願った。そうすれば、確実な物事を台なしにしないでくれる守護聖人を探せるのに。

スミルツォはしかるべき位置で立ち止まり、片手を上げた。それから派手な身振りで手を下ろすと同時に笛を思いきり吹いた。

エルネストは弾丸のごとく飛び出した。ピストンのように脚を上げ下げし、回転翼のように腕を振り回そうと果敢に挑んだ。

マエストロは眉を寄せた。「あいつは振り返るたびに進路からそれてるな」心配そうな口ぶりで言う。「どうやらジグザグに走っているらしい」

スペランツァはこの言葉を一笑に付した。「エルネストは大丈夫だよ。たぶん、弾丸から身をかわすふりをしているんだろう」

マエストロ兄弟たちはエルネストのあらゆる動きを見守っていた。スミルツォに整列させられた彼らは興奮した集団と化している。「行け、エルネスト！」一人が叫ぶと、みんなが一斉に大声を出した。

おそらく自分の名を呼ぶ声が聞こえたのだろう、エルネストは最後にもう一度振り返り、栗の木に激突した。木に当たって跳ね返り、草の上にどさりと倒れた。

誰もが息をのんだ。

スペランツァはマエストロのほうを向いて目をしばたたいた。「息子さんはとてもよくやったと思うよ」

第十一章　切り株にも感情がある

運命。チャンス。神の御手《みて》。スペランツァは神の御手なるものを信じていた。もっとも、そのあと数日間はそれを目にしたところで認識はしなかったのだが。

日曜の夜、彼はメモ帳を二冊置いたキッチンテーブルを前にして遅くまで起きていた。メモ帳の一つには配役リストを走り書きした。エルネスト・マエストロの名をあちこちの役に書き入れては、また消す。オーディションから逃げ出し《ラン・アウト・オブ》、木にぶつかった《ラン・イントゥ》エルネストは、スペランツァとスミルツォが思いつけるどんな役にも自分が〝ふさわしい〟と感じないだろう。それに加えて、そもそもこんな手数をかけるのはばかばかしいし、現実離れしている。本当のところ、その映画が存在する未来は決してないのだから。

　スペランツァは顔をしかめた。〝マネキン？〟ページの余白に走り書きし、〝これについてスミルツォに尋ねる〟と書いた。もう一冊のメモ帳の一番上には〝五十一日／七万ユーロ〟と書いてあり、丸く囲んであった。その下には数字が二つあるだけ。六万八千。マエストロが出してくれた総額――エルネストのために満足できる役が見つからなければ、返金になるかもしれないと恐れている額だ。それと二百ユーロ。スペランツァとベッタが一家の蓄えからなんとかかき集めた額。ため息をついた。千八百ユーロ足りない。ページの一番下にこの金額を書き、四角で囲んだ。百万ユーロにも等しい金額だった。

「お父さん？　いるの？」廊下からジェンマの声がした。

スペランツァは書いてある数字が見えないように慌ててメモ帳をめくった。ジェンマがキッチンに入ってくると、スペランツァは両手を頭の上に伸ばして大げさにあくびするふりをした。

「お父さん、何をやっているの？　ここで物音がすると思ったのよ」ジェンマは父の肩越しにメモ帳を見た。「ああ、なるほどね」そう言った。「気の毒なエルネストのための役を見つけようとしてるのね」水を入れたコップを持ってスペランツァの向かいに腰を下ろす。「驚かないけど。学校ではあの人、いつだってとてもおとなしかったもの」

「ふうむ」スペランツァはうなずいた。ジェンマとエルネストが学校に通っていた時期が一緒だったことを忘れていたのだ。どういうわけか、ジェンマは十六歳か十七歳で成長が止まってしまい、娘以外のみんなは大人になったようにいつも思えるのだった。いったい、時間はどこへ消えたのだろう？

「あのね」ジェンマは水を飲みながら言った。「彼はいつでも歌がうんと上手だったの。それを覚えてる。歌ってくれとは頼んだの、お父さん？」

スペランツァは眉を寄せた。似たようなことをマエストロが言っていたのを思い出した。〝エルネストは天使の声を持っている〟マエストロはそう言ったのだった。どうしてもエルネストが天使の声を持っているとは思えない。切り株みたいな声をしていそうだ。

「そいつを試してみるか」スペランツァは言った。「提案してくれて助かったよ」

二人はしばらくそのまま座っていた。スペランツァはメモ帳をいじりながら何か言うことを思いつけないかと願い、ジェンマは水をすすっていた。

とうとう彼は沈黙を破った。

「いろいろ――」ためらった。「いろいろ、うまくいっているかな？」

こういう類の質問をするとき、娘の個人的で閉鎖された世界との境界をスペランツァが越えるときは必ずそうなるように、ジェンマの体がこわばるのがわかった。彼は首をすくめ、爆発が起こるのを待った――娘が大声をあげ、ドアをバタンと閉めて出ていくのを。

だが、そうはならなかった。

「そうね、お父さん」ジェンマは苛立ちを見せながらも言った。「いろいろ、うまくいってる」

「そうか」スペランツァはたいしたことじゃないとばかりに振る舞ったが、ジェンマが寝るために引き上げると、すばやく天井に目を向けて小声で言った。「ありがとうございます」

翌朝の七時、スペランツァは〈スペランツァ・アンド・サンズ〉の正面にある窓の前にうずくまって、広場を覗いていた。時間が早いので、ほとんどの人はまだ外に出ていないが、ショールームの明かりを消し、ドアに「十五分後に戻ります」という張り紙をした。念のため、連絡なしに訪れる人、とりわけドン・ロッコを阻止したかったのだ。腹が減っている時に魂のあり方について論じたいとは思わない。なすべき重要な用事があるときはなおさらだった。広場の向こうの肉屋に下ろされたブラインドの隙間から、何かが動いているのが見分けられた――マエストロの息子たちに違いない。マエストロはたいていの場合、九時にならないと店に現れないからだ——斜め方向には、「ロザリオの婦人会」のメンバーを教会の外で待っているドン・ロッコが見えた。婦人たちが到着すれば、思い切って外へ出ていっても安全だろう。

「**おはようございます、ご婦人がた！**」メンバーのうちの二人、バルバロ夫人とペドゥラ夫人がやってくると、ドン・ロッコは大きな声で言った。「**よくお休みになれましたか？**」

婦人たちは足を引きずりながら近づいてきた。スペランツァが見ていると、バルバロ夫人は両手を大きく広げた。「マリアンナ！」と叫ぶ。「ごらんなさい、誰がいるか！」

「どなたなの《キ・ェ》？」ペドゥラ夫人はあちこち見回した。「どなたがいるのかしら？」

「イエス様よ！」バルバロ夫人は大声をあげた。

スペランツァが笑いをこらえて拳を噛んでいると、二人はひどく仰天しているドン・ロッコに近づいていった。

「なんてすばらしい《ケ・ベッロ》！」バルバロ夫人は司祭の頬を両手で挟んだ。「すばらしい《ベッロ》！」両頬にキスする。

「彼はわたしたちと一緒にロザリオの祈りを唱えてくださるかしら？」ペドゥラ夫人は尋ねた。

「マリアンナ！」バルバロ夫人はたしなめた。「こちらはイエス様なのよ！　お忙しいでしょうに！」

「いえ、いえ、バルバロさん」ドン・ロッコの顔は真っ赤になっていた。「わたしはイエス様じゃありません。単なるドン・ロッコですよ。しかし、喜んであなたがたとロザリオの祈りを唱えましょう」

バルバロ夫人はこのことを考えるふうだった。

「一緒にいらして、イエス様」司祭の腕を取りながら言った。「中に入って席を見つけましょう」

そして彼女と姉は司祭を教会の中へ引っ張っていった。

あたりに人がいなくなったので、スペランツァは勇気をかき集めて肉屋へ向かって広場を横切った。店内へ入るとベルがチリンと鳴り、マエストロ家の息子数人が驚いたように顔を上げた。

「おはようございます」カウンターをこする手を休めてイヴァーノが言った。「申し訳ありませんが、まだ開店していないんです」

スペランツァは片手を上げて制した。「エルネストはいるかな?」彼は尋ねた。

兄弟たちは互いにひそひそ声で話していたが、エルネスト本人が奥の部屋から姿を現した。

「どうも、シニョーレ《チャオ》」足元に視線を向けたまま、エルネストはみじめそうな口調で言った。額の真ん中にガチョウの卵ほども大きな紫色の瘤《こぶ》があることにスペランツァは気づいた。

スペランツァはすぐさま本題に入った。

「ここに来たのはだな、エルネスト」スペランツァは言った。「きみが歌えることを娘から聞いたからだ」

エルネストは驚いて目を上げた。「ジェンマがそんなことを?」

スペランツァはうなずいた。「ジェンマがそう言ったんだ。きみのお父さんも言っていた。本当なのか?」

エルネストは顔をしかめてふたたび床に視線を落としたが、代わりにイヴァーノが返事をした。

「まったく本当の話ですよ」熱心に言う。「エルネストは今までおれが聞いた中で最高に歌がうまいんです。おれたちみんなを寝かしつけるために、こいつが歌うこともあるくらいで」

その光景を思い浮かべてスペランツァの口髭はぶるぶる震えたが、どうにか落ち着きを失わずに済んだ。

「ああ、それじゃ、エルネスト」彼は腕組みしながら言った。「二度目のチャンスをやろう。歌ってみてくれ」

エルネストはパニックに駆られた顔を上げた。「シニョーレ」懇願口調で言う。「できませんよ――」

しかし今度は兄弟がエルネストのまわりを取り囲み、スペランツァはドアをさえぎるようにしっかりと立った。

「さあ、エルネスト」イヴァーノがなだめすかした。「おまえにはできるって、みんなわかってるよ」

エルネストはなすすべもない様子であたりを見回したが、逃げ道はなかった。とうとう、彼は目を閉じた。深く息を吸う。

そして歌い始めた。

「アヴェ・マリア」だった。おずおずと出だしが歌われたとき、スペランツァの背筋を震えが伝い降りた。歌声は大きくなっていき、エルネストの声があたりに響きわたると、肉屋の壁が消え去ったように思えた。スペランツァも目を閉じた。そして、自分が六十年前のサンタ・アガータ教会にいることに気づいた。ほぼ赤ん坊の自分自身が見えた。父親の姿も。黄色の花で覆われた松材の箱が見えた。小さなジョヴァンニーノは丸ぽちゃの片手を伸ばした。「マンマ！」

ルイージ・スペランツァは赤ん坊の手を取ってキスした。「だめだよ、ジョヴァンニーノ」彼は言った。「だめだ」

赤ん坊は泣き出した。

歌が終わり、スペランツァはふたたび肉屋にいた。涙に濡れた目を開けてまばたきする。「ありがとう、エルネスト」咳払いして言うと、スペランツァは向きを変えて出ていった。広場を大股で歩きながら、ブラインドの隙間から自分の背中を追っているマエストロ兄弟たちの視線を意識する。〈スペランツァ・アンド・サンズ〉のドアを開けたとき、ちょうど出勤してきた助手が目に入った。「おはよう、スミルツォ」声をかけた。「エルネスト・マエストロをどうしたらいいかわかったよ」

友人や隣人に働こうとしている大がかりな詐欺のせいで良心が爆発しそうになっていたスペランツァは、アントネッラに携帯メールを送れとスミルツォに命じた。その日の午後二時にカフェの外にあるオリーブの木に配役リストを貼り出す、と。地域の触れ役を自任するアントネッラが見事にやってのけたから、スペランツァたちはほかの誰にも知らせる必要はなかったし、事実上、村の全員が午後一時五十七分には集まっていた。その時間になると、〈スペランツァ・アンド・サンズ〉から雇い主と助手が外に出ていった。リストを掲げたスペランツァが先頭で、金槌と釘を手にしたスミルツォがあとに続く。木の幹にリストが貼られ、スペランツァは短いスピーチを始めたが、配役を見ようと群れ集まってきた人々の中にたちまち飲み込まれてしまった。

「アントーニア！」アントネッラが喜びの声をあげ、宙に両腕を突き上げたので、銀のバングルが二重の滝のように落ちていった。「そうだと思った！」それから、彼女はヴィンチェンツォの役のところに書かれているダンテ・リナルディの名を指さした。「あたしはダンテのすぐ隣にいることになるのよ。だって、彼はあたしと共演する主演男優だもの」

スペランツァはこれを聞いてスミルツォをちらっと見た。ドキュメンタリーのためにこの光景を撮影していたスミルツォの顔は嫉妬でうっすらと紫色になっていた。

トレッツァ家から歓声が聞こえ、ビージ家、そしてザンプローニャ家からも喜びの声があがった。それからマエストロ家の集団が苦労しながらどうにか配役リストに近づいた。

「エルネスト、見ろ！」真っ先にたどり着いたイヴァーノが叫んだ。

エルネストは人だかりの一番前へ父親と進み出て、リストに人差し指を走らせた。「マルチェッロ」声に出して読む。

「それは歌う役だよ」まだ撮影しているスミルツォが甲高い声で言った。「きみのためだけにその役をぼくが書いたんだ」

エルネストはスミルツォを見てからリストにまた視線を向けた。放心状態ながらも、微笑が顔に浮かび始めた。

「こいつはいいぞ、エルネスト」マエストロはうなるように言い、息子の肩に腕を回した。スペランツァとスミルツォは勝利感のこもった視線を交わした。〝うまくいったぞ！〟

「で、スペランツァ」マエストロは向きを変え、腰に両手を当てた。「撮影はいつ始まるんだ？」

スペランツァは宙に大きく両手を広げた。〝わお！《オッディオ》〟この男ときたら、満足することを知らないんだ。

「わからないな」スペランツァは嫌味な口調で言った。「なぜ、おれに訊くんだ？」

マエストロは考えながら顎を撫でていた。「金曜から始めるのがよさそうだ」

スペランツァは天を仰ぎ、忍耐心の守護聖人である聖女モニカに懇願した。撮影を始めるふりをすることはできるだろうか？　できるはずだとスペランツァは思った。

「でも、ダンテはどうなってるんですか、ボス？」マエストロが去ったあと、眉間に皺を寄せたスミルツォが尋ねた。「それに撮影班や監督は？　彼らが金曜までにここへ着かなかったらどうします？」

スペランツァはもぞもぞ体を動かした。「ダンテは――あー――ダンテは自分抜きで始めていてほしいと思っている。彼は――おれたちを信頼していると言っていた」スペランツァは身をすくめてこのばかげた断言に対する質問を待ち受けたが、スミルツォはうれしそうに顔をピンクに染めて微笑んだだけだった。

その後、集まっていた人たちはちりぢりに去っていき、センセーションを起こしたスペランツァとスミルツォは店に戻った。スミルツォは脚本を完成させるため、スペランツァはうろうろするために。スペランツァの頭は配管を直すのに必要な残りの千八百ユーロのことでひそかにいっぱいだった。配役リストの公開は思った以上に楽しかったが、それが終わった今、気が抜けてしまった。「外でマットを洗ってくるよ、スミルツォ」声をかけて出入り口のドアを開けたが、スミルツォから返事はなかった。脚本に没頭してうわの空だったのだ。スペランツァはため息をついて外に出た。ホースの水を出そうとしたちょうどそのとき、たまたま目を上げるとドン・ロッコに気づいた。今思うと、さっきはカフェのところで姿を見かけなかった。ドン・ロッコは少し離れた教会の芝生に立ち、広場の向こうからきらりと光る目でスペランツァをじっと見ていた。

その晩の夕食の席で、ベッタは金儲けのアイデアを明かした。

「母の〝じゃがいものコロッケ《クロッケッテ・ディ・パターテ》〟よ、ニーノ」ベッタは勝ち誇ったように高らかに言った。「それがあなたの問題への答え」

スペランツァはテーブル越しに目をすがめて妻を見た。午後じゅう、こめかみのあたりが緊張していたし、こんな謎めいた提案をされ、ただでさえ痛い頭が激しくズキズキし始めた。彼は眉をひそめた。

「何のことを話しているんだ？」

わかりきったことじゃないの、と言わんばかりにベッタは目を見開いた。

「いやねえ、ニーノ。うちのコロッケにならみんな高いお金を払ってくれるわ。おいしいんだもの」

「わたし、覚えてる」ジェンマが声を張り上げた。「おばあちゃん《ノンナ》がパーティのとき、わたしのためにそのコロッケを隠しておいてくれたっけ。大人たちにみんな食べられないように」ジェンマはいぶかしげに父と母を交互に見た。「どうしてお金が必要なの、お父さん？」

ベッタが手を振りながら口を挟んだ。「お金がいるのはお父さんじゃないのよ。映画なの。映画に千八百ユーロ必要なのよ」

ジェンマの顔が明るくなった。「ああ、そうなんだ。だったら、いいの」パスタを食べながら言う。「いくらで売るつもり、お母さん？」

ベッタは肩をすくめた。「一ダースあたり十ユーロってとこかしら」

「うん」ジェンマが言った。「悪くないわね」

「今夜、試食の分だけ作ってみるわ」ベッタはテーブルから立ち上がり、冷蔵庫の上にある大きなステンレスのボウルを下ろした。「そうしたら明日、ノンノがノートを持って村をまわって注文を取れるでしょう。戸別訪問で売るのよ」

「あたし、ノンノと一緒に行く」カルロッタがスパゲッティをくるくるフォークに巻きつけながら、きっぱりと言った。「みんなのうちへ行きたいの」

「いい子ちゃんね」微笑しながらベッタが言った。「ノンノが売り込むのを手伝ってちょうだい。おばあちゃんの小さなカボチャ《ククッツァ》ちゃんにノーと言える人なんていないわ」

このときになってようやくスペランツァは家族への支配権を取り戻そうとした。

「悪い《スクーズィ》が、おれが村をまわるなんていつ言ったかな？」大声で言った。

ベッタはカッティングボードに小麦粉を少しこぼしてしまい、顔をゆがめた。「何ですって、大物さん？　もっといい考えでもあるの？」


スペランツァにはもっといい考えなどなかったから、翌朝スミルツォに電話をかけて店番を頼むと、ベッタが油の染みたペーパータオルを重ねたもので仕切りを作り、揚げたてのコロッケをバスケットに詰めるのを眺めていた。

「さあ、ニーノ」ベッタは人差し指を振りながら言った。「あなたが試食のコロッケを全部食べちゃわないようにカルロッタが見張っていますからね。そうよね、大切な子《カラ・ミーア》？」

カルロッタは返事代わりに歓声をあげ、ぴょんぴょん跳んでみせた。

試食品を全部食べるんじゃないかと妻にほのめかされたことに腹を立て、スペランツァは腕組みして険悪な口調で何やらつぶやいていた。

ベッタは早口で指示を与えながら、スペランツァたちを玄関まで送った。「ジェンマ、カルロッタが疲れすぎないように気をつけてね。もしも疲れたら、すぐにカルロッタを連れて帰ってきていいのよ。お父さんは一人で大丈夫だから。ニーノ、注文した全員の名と何ダース希望かをはっきり書くようにしてね。ああ、それと、これは映画のためだと必ず話すのよ。貢献してくれたら、クレジットに名前が載ると伝えて。気に入ってもらえるはずよ」

まさにベッタが言ったとおり、誰もがクレジットに名前が載ることをとても気に入ってくれた。試食のコロッケも気に入ってもらえたので、村のほとんどの家を訪ね回ったスペランツァは昼までに四十九件の注文をノートに記録し、ポケットには四百九十ユーロが入っていた。

ロッシ家を訪ねるために山を登り始めたとき、エルネストがスペランツァの一行に気づいた。

「シニョーレ！」彼は手を振りながら呼びかけてきた。

スペランツァは暑くて疲れていて、どんなに天使みたいな声をしていようが、これっぽっちもマエストロ家の者と関わりたい気分じゃなかった。横道にそれてエルネストの姿が目に入らなかったふりをしようとしたが、彼は元気よく小走りでこっちへやってきた。

「やあ、ジェンマ」エルネストは言った。「こんにちは、カルロッタ」そしてスペランツァのほうを向いてにこりと笑った。「歌の練習をしていたんですよ、シニョーレ」

「へえ？」スペランツァは曖昧に言った。「そいつはいい」彼はカルロッタを元の道に戻そうとした。「さあさあ、お嬢さんたち。急がなくちゃな。ノンナはおれたちに早く帰ってきてほしいだろう」

エルネストの表情が明るくなった。「どこへ行くんですか？」

きみには関係ないよと、ぴしゃりと言おうとしたスペランツァの機先を制してジェンマが答えた。「ロッシ家に行くところなの。母のクロッケッテ・ディ・パターテを買ってもらえないか、頼みにね」ジェンマは言い、試食品の入ったバスケットを持ち上げてクスクス笑った。「映画のために資金を調達しているのよ」

「そりゃ、すごい！」エルネストが言った。「ぼくも一緒に行ってかまわないですか？　少し歩きたくて」

スペランツァが異議を唱える間もなくエルネストが加わってしまい、四人は一緒に山を登っていった。

二十分後、もうすぐロッシ家に着くというころだった。

「この鞄には何が入っているんだ？」スペランツァは不機嫌な声でカルロッタに尋ねた。彼と孫娘はこぢんまりしたこのキャラバンの先頭にいた。ジェンマとエルネストは話しながら何メートルか後ろをのろのろ歩いている。スペランツァはカルロッタのキラキラ輝くピンク色のバックパックを持ってやっていた。どうしても持っていくのだとカルロッタが言い張り、必ず自分が背負うからとまじめな顔で約束したものだ。スペランツァが控えめに見積もっても七十キロはあった。

「ちょっと休んでマンマたちが追いつくのを待とう」スペランツァは言い、バックパックを道に下ろした。ファスナーを開けて中を覗いた。おもちゃだ。おもちゃがあふれそうなほど詰めてあった。

「ノンノ、あれはなーに？」カルロッタは爪先立ちして指さした。

スペランツァは手庇を作った。遠くのロッシ家の前庭にどうにか見分けられたのは、膨らんだオレンジ色の物体と、そこに群がっている白と黒のもっと小さないくつもの物体だった。

彼はため息をついた。「あれはな、カラ・ミーア、バンボリーナだよ」家の玄関扉が開き、ロッシが出てくるのが見えた。ひしめき合う犬たちに向かって怒鳴り、両腕を振り回している。

スペランツァたちの背後でジェンマとエルネストがカーブを曲がってきて、会話の一部が聞き取れた。

「気にしないでくれるといいんだが」エルネストが言っている。「しかし、ルカ・リッチは大バカ者だとぼくはいつも思っていたよ」

スペランツァは身を硬くした。心臓が激しく鳴る音が耳の中に聞こえ、ジェンマが叫ぶかわめくかするのを待った。ひょっとしたら、あの子はエルネストの顔を殴るかもしれない！

「ありがとう、エルネスト」ジェンマは言った。「そう言ってくれてうれしい」

スペランツァは開いた口がふさがらなかった。何だって!? おれがルカ・リッチの悪態をつきたかったとき、この〝そう言ってくれてうれしい〟の台詞はどこにあったんだ？　さらに、〝バカ者〟よりもひどい呼び方をしたかったときも、そんなことを言われなかったぞ！

スペランツァは茫然自失の体《てい》だったので、ジェンマとエルネストに抜かれてしまった。彼は勢いよく走るカルロッタのあとから歩いていくジェンマとエルネストをただ眺めていた。ジェンマが振り返る。

「さあ、早く、お父さん！」彼女は呼んだ。「何を待ってるのよ？」

彼らがたどり着いたときには、バンボリーナは無事にロッシ家の中に入って正面の窓台でのんびりしていた。バンボリーナの息で窓ガラスが曇っている。ほうっておかれたシュナウザーたちは遊び相手を迎えて大喜びで、芝生のあらゆる方向に弾むように走り回っていた。

「仔犬ちゃん！」カルロッタは叫ぶと、芝生にいるシュナウザーたちの真ん中に飛び込んで座り、うれしそうにポメラニアンの身代わりになっていた。

「先に入ったほうがいいんじゃないの、お父さん」笑いながらジェンマが言った。「カルロッタはまだしばらく時間がかかりそうよ」

ロッシ夫妻は一ダースの注文をくれた。

「今回のことではどれほどお礼を言ったらいいかわからないよ、シニョーレ」スペランツァの手に数枚の札を押しつけながらロッシが言った。「この映画ビジネスのおかげで、うちのセレーナがどんなに喜んでいることか」

「そうですとも」ソファで編み物をしながらロッシ夫人が同意した。「セレーナは踊ったり歌ったりしているの。あんなに変わったなんて、きっと信じていただけないわ」

〃たぶん、信じられるだろうな〃とスペランツァは思った。窓に視線を向けながら。カルロッタとエルネストが見えた。どちらもシュナウザーの群れと一緒に地面を転げ回っていて、その傍らにいるジェンマは彼らを眺めて声をあげて笑っていた。スペランツァはロッシ家の質素な室内を見回した。自分が育った家にあまりにも似ていて、良心がとがめた。

「実はだね」スペランツァは声を低めて言った。「そのダンテ・リナルディから連絡がないんだ。こういう映画スターっていうのは——とてもスケジュールが多忙でね」ためらった。「心配しているんだが、もしもなんらかの理由で彼がここに来られないとか、どういうわけか遅れることになったら——」

だが、ロッシは首を横に振った。「もし、彼がまったくここに来られなくてもかまわない」ロッシはきっぱりと言った。「彼が来るかもしれないという約束だけで、奇跡みたいなものだ」

それからスペランツァは夫婦に別れを告げ、今は眠っているバンボリーナの頭を軽く叩いて、この犬の悩みについてこれからも考えると約束した。外へ出ると、一匹だけ残してシュナウザーはいなくなっていた。

「おねがーーーーーーーーーーーーい、ノンノ！」小さな手をぎゅっと合わせてカルロッタが言った。

「うちが一匹もらってもいいという話なの」隣家のほうへ顎をしゃくりながらジェンマが言った。「シュナウザーがいくら好きでも、八匹は多すぎるみたいね。でも、まずはノンノに訊いてからねとカルロッタに言ったのよ」

エルネストは残っていた一匹をすくい上げてスペランツァに渡した。スペランツァには思いもかけないことだった。仔犬は彼の腕の中でもがいた。小さくて、柔らかい毛で覆われ、たぶん獰猛《どうもう》だろうと思われる犬は白い毛の生えた足をして、ブラシみたいな縮れた髭があった。

カルロッタは飛んだり跳ねたりしていた。「あたし、ちゃんとこの子の世話をするよ、ノンノ！約束する！　約束するから！」

スペランツァは苦り切った顔で空を見た。〝主よ、おれがただでさえ忙しいとはお思いにならなかったんですかね？　今度は仔犬までぶち込みたいのですか？〟

第十二章　スペランツァが介入する

金曜日は撮影の初日だったが、スペランツァは遅刻した。九時半にはまだパジャマ姿で、目は充血し、髪にも口髭にも櫛《くし》は通っていないまま、裏庭でシュナウザーと意志の戦いに取り組んでいた。

「家の中に入れるのがいつになるかはおまえ次第だよ、友よ」ヒステリー気味の口調でスペランツァは言った。「おまえがやるべきなのは、神から与えられた仕事《ビジネス》をすることだけだ。それをやったら、おれたちは中に入れる」

この〝用足し《ビジネス》〟とスペランツァが呼んでいる行為は三日間にわたって、ここにいるシュナウザーの仔犬によって行なわれてきた。キッチンの床で、バスルームの床で、寝室の床で、あげくの果てにはスペランツァの左右両方のスリッパの中で。シュナウザーがわざとこんなことをやっているに違いないとスペランツァが思ったのは、スリッパが理由だった。

「ニーノ！」キッチンの窓からベッタが呼んだ。「スミルツォから電話よ」

「わかった」スペランツァは返事をして犬に指を突きつけた。「まだ終わったわけじゃないからな」

スペランツァはキッチンで電話に出た。カウンターではベッタがコロッケ用にじゃがいもをつぶしている。

「ボス？」スミルツォの声はくぐもって聞こえ、パニックの響きがあった。「ぼくは間違いを犯したみたいなんですよ、ボス」

「どうしたんだ？」スペランツァはあまり注意を払わずに聞いていた。キッチンでシュナウザーを追いかけ回し、飛びかかってくるのを待っていたのだ。

「木曜のことなんです、ボス。店に一人でいたときなんですが。マエストロさんからクラフトサービスをやってもいいかと尋ねられました。ほら、出演者や裏方のために食べ物を用意することだけど、撮影初日に用意してもいいかと訊かれて、ぼくはイエスと言っちゃって」

スペランツァは耳と肩の間に受話器を挟み、いらだちながらシュナウザーを捕まえようとしたが、犬はすばやくテーブルの下に突進した。「だから何だ？」

スミルツォはため息をついた。「だから今、マエストロさんはボスの机の上、ヒートランプの下でローストビーフを切り分けているんですよ」

目の前にその光景が浮かび、スペランツァはこめかみがズキズキした。つかの間、怒りを爆発させようかと思ったが、疲れすぎていた。シュナウザーのせいで眠れなかったとき、人はそんなふうに戦意を喪失してしまうのだ。

「『コンペンディアム』だけはどけておいてくれ」小声で言って電話を切った。

「おはよう、お父さん」ジェンマが言い、スペランツァの脇をさっと通ってキッチンから出ていった。スマートフォンでメッセージを入力している。

「おはよう」スペランツァはつぶやくように言った。ジェンマの姿が消えると、ベッタに向けた顔をしかめた。「ローマの王様をベッドから引き出すには早すぎる時間じゃないか？」

だが、ベッタは首を横に振って微笑した。「あの人じゃないと思うわ」フォークの背でじゃがいもをつぶしながらささやく。「メッセージの相手はエルネスト・マエストロだと思うの」

スペランツァの眉が跳ね上がった。エルネスト・マエストロだと？　いったい、いつからジェンマは――

「ニーノ」ベッタはじゃがいもをつぶすのをやめて、床の上の水たまりをフォークで指し示した。「あの犬を連れていって」彼女は言った。

スペランツァの口髭が逆立った。「あ、あ、あの犬の飼い主はカルロッタだぞ！」大声をあげた。「ちゃんと世話をするように言ってやれ」

ベッタは天を仰ぎ、またじゃがいもをつぶし始めた。「ええ、そうね」彼女は言った。「たぶん、そのあとはカルロッタに側溝の掃除もさせましょうか」

スペランツァがクロッケッテ・ディ・パターテのバスケットを持ってプロメットじゅうをほっつき歩いていた間、スミルツォはもう一つ、そしてもっと重大な間違いを犯していた。だが、それが明らかになったのはその日のもっとあとだった。十時半にスペランツァと、世話をすべきモフモフが〈スペランツァ・アンド・サンズ〉に着いたとき、撮影を始める準備はほぼ済んでいた。アントネッラはコロッセオの大きなポスターの前に立ち、スミルツォと向かい合って、台本を見直している。ベッラ・ビージとカルメッロ・トレッツァは台詞をしゃべっていて、ベッラの母親のビージ夫人は床に膝をついて娘のドレスの裾にピンを刺していた。エルネストは部屋の隅に一人で立って、両耳を手でふさいで小声で歌っていた。

スペランツァはシュナウザーを床に下ろし、目をぱちくりさせて部屋を見回した。〝もう手に負えない〟寒々とした気持ちで思った。〝認めよう。今や手に負えないものになってしまった〟と。ここにいる全員に午後じゅう嘘をつき続けられるだろうかと危ぶんだ。

「スミルツォ！」スペランツァは呼んだ。

スミルツォが急いでやってくる。「何ですか、ボス？」

「スミルツォ、おまえに任せるよ」言葉を喉に詰まらせかけながらスペランツァは言った。こんな言葉はそれまで一度も口にしたことがなかった。当然ながら、この映画撮影は見せかけのものだから、本物よりは少し簡単だろう。

スミルツォはあ然としていた。「ぼくに任せてくれるんですか、ボス？」彼は訊いた。「今や、この映画の責任者はぼくってことですか？」

こんな大胆な発言のおかげで、スペランツァは強烈な良心のとがめから少なくとも一時的に逃れられた。

「もちろん、おまえはこの映画の責任者じゃない」スペランツァはきっぱりと言った。「だが、今日のところは撮影の監督をおまえに任せる。おれは疲れ切ってるんでな」

スミルツォはしおらしい態度でうなずいたが、スペランツァが店の奥までシュナウザーを追っていくころには台本を振り回し、自分がこの場を仕切っているとばかりに声高らかに告げた。

「よーし、みんな！」スミルツォは大声で言った。「さあ、始めるとしよう。音をいっさい立てないように。スマートフォンは禁止。ほかの音も」スミルツォが合図すると、エルネストは正面の窓のブラインドを引き下ろし、頭上の明かりを消した。カルメッロ・トレッツァがシェードを取ったフロアランプを引きずってきて、スイッチを入れた。アントネッラは大きなポスターの前に立って深呼吸した。

「三つ数えたら、〝アクション〟と言う」スミルツォが言った。

シュナウザーが机の下に消えるのを目撃していたスペランツァは両手と両膝をついて覗き込んだ。「ワン公！」小声で言った。「出てこい、今すぐだ！」小さな生き物がペタンと座り、机の上にあるマエストロのカービングボードから漂ってくるおいしそうなにおいがするものに目を向けているのが見えた。スペランツァは机の下に腕を伸ばし、犬を軽くつついた。お返しに小さなうなり声をあげられた。「クソ《オッディオ》」彼は低い声で毒づいて立ち上がった。

マエストロはヒートランプ越しにそっけなくうなずいた。「やあ、スペランツァ」うなるように言う。

「やあ、マエストロ」スペランツァは見下したように言った。

「アクション！」スミルツォが声をかけた。

撮影が始まり、スペランツァとマエストロは口をつぐんだ。どちらも腕組みしてショールームを眺めている。

「カット！」スミルツォが言った。「もう一度やろう」

そのシーンは何度も何度も演じられ、間もなくスペランツァは飽きてしまった。机の上にぎっしりとくまなく並べられたバイキング方式の肉へと視線が向いてしまう。「野菜はないのか？」スペランツァはジョークのつもりでささやいたが、マエストロは反応を示さなかった。まばたき一つしない。

スペランツァはきまり悪くなって撮影場面に視線を戻したが、そのときようやくマエストロが口を開いた。

「うちのエルネストはおまえがくれた役をとても喜んでいる」彼は言った。「おれたちは――女房は――少しばかり心配していたんだ。あいつには肉を切るしかやることがなかったからな。今ではあいつも幸せってものだ」

スペランツァは驚いてマエストロを見た。「本当か？」スペランツァは言ったが、肉屋は前方に視線を据えたままだった。店の屋根に載っている剝製《はくせい》のイノシシみたいに。

本当だと想像してみろよ、とスペランツァは思った。そしてロッシを、彼が娘のセレーナについて言ったことを思い出した。〝奇跡だよ、シニョーレ。奇跡みたいなものだ〟

「それからな、スペランツァ？」マエストロが不機嫌な声で言った。

「何だい《シ》？」

「おまえの犬がおれの靴に小便《しょんべん》してるぞ」

スペランツァはシュナウザーを頭上に高く持ち上げ、どいた、どいたとみんなにわめきながら〈スペランツァ・アンド・サンズ〉を出た。広場にたどり着くと、必死になって草地を探した。ここ三日間、仔犬と暮らして得た教訓があるとすれば、液体が登場したら、間もなく固体もお出ましになるということだった。教会の芝生に気づき、無謀にもそこへ向かって突っ走ったが、仔犬を地面に下ろしたとたん、ドン・ロッコが現れた。

「シニョーレ！」司祭は、そこにいてくれとばかりに声をかけると、慌ただしく教会の戸口を通り抜けた。

スペランツァはたじろいだ。犬に視線を落とし、逃げ出そうかと考えた。だが、一生に一度のことだろうが、この動物はまさしくスペランツァが願ったとおりの行動をとっていた。逃げ場はなかった。恐れていた瞬間が来たのだ。スペランツァはちらっと天を見やった。かえって好都合だろう。この司祭を永遠に避けるわけにもいくまい。

スペランツァは弱々しく手を振り返した。「こんにちは、神父様。お元気そうですね」

ドン・ロッコがさらに近づいてきた。「シニョーレ、お話ししたいことがあります」

スペランツァは片手を上げた。「これ以上そばには寄れませんよ、神父様」警告した。「こいつは靴が大好きで」

ドン・ロッコは急に立ち止まり、足元にいる、滑らかな耳をした侵入者を眉をひそめて見た。指さして尋ねる。「犬ですよね、スペランツァ？　あなたが犬好きとは知りませんでした」

スペランツァは目をむいた。「もちろん、犬なんか好きじゃないですよ、神父様。くだらないことを言わないでください。犬を好きな人間なんていやしない」

ドン・ロッコはこの説明を受け流した。「シニョーレ」彼は言った。「あなたと話したい大事なことがあるのです」

スペランツァは深呼吸した。ついに来たか。ドン・ロッコはスペランツァが真っ赤な嘘をついていると非難するつもりなのだ。そうしたら、このおれ、スペランツァがやることは――いったい何をするつもりだ？　スペランツァはめまいを覚えながら、夕食の席で声をあげて笑っていたジェンマのことを考えた。おれは何をするつもりなんだ？

「何人かの教区民から聞いたのですが、あなたはお金を集めているそうですね」ドン・ロッコは鋭いまなざしでスペランツァをじっと見た。シュナウザーが自分の靴下の片方によじ登っていることなど気づかないか、動じていないかのどちらからしい。「この映画プロジェクトのために総額七万ユーロを集めようとしていることはわかっています」

スペランツァの口髭はピクピクした。「映画のための資金集めは法に反していませんよ、神父様」

ドン・ロッコは同意した。「そう、違反ではありません」

スペランツァはもじもじした。自分を凝視するドン・ロッコの目つきと礼儀正しさそのもののような態度が気に入らない。

「あとどれくらいの額が必要なのですか、シニョーレ？」司祭は静かに尋ねた。「七万ユーロにするためには？」

スペランツァは仰天した。自分が思っていたのとは違う方向に話が進んでいる。「あと千三百ユーロです、神父様」考える間もなく答えてしまった。

ドン・ロッコはポケットから小さな巾着袋を引っ張り出した。慎重な手つきで千三百ユーロ分の緑の札を数える。そしてまっすぐにスペランツァの目を見ると、はっきりした力強い声で話した。

「もし、あなたのお話が本当なら――もし、プロメットのために映画を作る金が本当に必要なら――これを持っていていただきたい」

十二時の太陽がサンタ・アガータの尖塔の上に位置し、古びた塔のまわりで強い陽光が屈折して、ドン・ロッコが差し出した手に握られた札束に降り注いでいる。スペランツァは札を凝視し、気まぐれなシュナウザーもそれをじっと見ていた。その日二度目になるが、ペタンと座って注意を向けている。

スペランツァの心臓はどきどきしていた。懺悔《ざんげ》の言葉が喉まで出かかっている。それをのみこんだ。

「お——おれには本当に金が必要なんです、神父様」スペランツァは言った。無理やり司祭に視線をまた向ける。司祭はまばたきもしていなかった。

永遠にも思われる時間が流れたあと、司祭はうなずいた。

「では、あなたを信じましょう、シニョーレ」彼はスペランツァの手に金を押し込んだ。「これを持っていてください」

スペランツァは教会へ戻っていくドン・ロッコの背中を見守っていた。そしてシュナウザーを地面から乱暴に抱き上げると、くるりと向きを変えた。心の中では早くも〈スペランツァ・アンド・サンズ〉にある金庫のダイヤルを回していた。

だが、広場を渡りもしないうちにカフェの光景が目に飛び込んできた。

「奥さん！」彼はカトゥッツァ夫人に声をかけた。片手にトレイを持ち、布巾を肩にかけてテーブルの間をせわしく動き回っている。スペランツァはもがく仔犬を抱いたまま急いで彼女のところへ行った。

「何が起こっているんですか？」わくわくしながらあたりを見て尋ねた。カフェのテーブルはすべて埋まっていた。さらに、テーブルが空くのを待つ人の列もできている。客たちの顔をすばやく見回したスペランツァは、ふいにぞくぞくするほどの興奮を感じながら気がついた。ほとんどが見たこともない顔だと。

カトゥッツァ夫人は腕の内側で額を拭ってにっこりした。「どういうことかわからないのよ。でも、ずっとこうだといいわ！　何か持ってきますか？」

「いや、とんでもない！」スペランツァは片手を振った。「邪魔はしないよ」若者でいっぱいのテーブルをもう一度見回し、ジグを踊るようなしぐさをした。「さあ、食べて食べて《マンジャ・マンジャ》！」客たちに勧める。「いや《ケ・》、すばらしい《ベッロ》！」

胸がいっぱいになりながらスペランツァは狭い広場をぐるっと見渡し、ビージの〈エンポリオ〉に入っていくティーンエイジャーの一団に目を留めた。そこにも駆けていくと、戸口から頭を突き出して中を覗いた。小柄な店主のビージはレジの後ろから顔を上げた。丸い縁なし眼鏡の下の目はぼうっとしていた。

「何かのお祭りの日なんですかな、シニョーレ？」彼はスペランツァに尋ねた。あちこちの棚をじっくり見ている若者のほうに手を振る。「彼らはどこから来たんでしょうね？」

スペランツァは歓声をあげたいのをこらえた。「ダンテ・リナルディのお祭りなんだよ！　聖なる《サント》ダンテの！」

彼はまた向きを変え、〈スペランツァ・アンド・サンズ〉へ急いで戻った。ピカピカに輝く配管とお金の山という光景が頭の中をぐるぐる回っている。店に着くと、ドアをそっと押し開け、ささやき声で呼んだ。

「スミルツォ！　ちょっと来い《ヴィエニ》！」

ショールームの床に座っていたスミルツォは脚本から目を上げた。店の奥では休憩中の出演者たちが肉の載ったテーブルのまわりをうろうろしている。シュナウザーはこれが最後とばかりに身をよじって床に飛び降り、またしてもすっ飛んでいってしまった。

「ボス、どうしたんですか？」スミルツォが戸口まで来た。

スペランツァは声を低めてせかせかとささやいた。「こっそり金庫まで行って金を取ってこられるかな。ファスナーつきの小袋に入れろ。ちゃんと数えろよ。六万八千七百ユーロだ」スペランツァの頭はふらふらしていた。パルデスカには為替を扱っている銀行がある。まずはそこへ行き、それから急げば、閉まる前にはレッジョにある〈地方水委員会〉に為替を直接持っていけるだろう。

そのあと――

「五万三千ユーロですよ」

スペランツァの頭は真っ白になった。「何だと《ケ》？」

「五万三千ユーロですよ、ボス」スミルツォは繰り返した。「えーと、五万三千七百ユーロなんです」

スペランツァは目をしばたたいた。耳には奇妙なブンブンという音が聞こえている。

「スミルツォ」ゆっくりと言う。「六万八千七百ユーロだろう。おれが自分で金をしまったんだからな」

スミルツォはうなずいた。「知ってます。だけど火曜日にボスが出かけていたとき、ボスのフランコ叔父さんに一万五千ユーロを渡しました。円形劇場の建設費用として。映画館のためですよ。その件についてはボスと話がついてると言ってました」スミルツォの耳は赤く染まった。「そうしちゃいけなかったんですか、ボス？」

スペランツァは教会の向こうの野原へ全速力で走った。かつてはロバが二頭いる、みすぼらしい放牧場があったところだが、近ごろは雑草が伸び放題で、壊れた柵だのゴミだのが散らかっているだけだった。

「叔父さん！」到着したスペランツァはぜいぜいとあえいだ。急に立ち止まったので、ふらついた。作業着姿で野球帽をかぶり、タバコを吸っているフランコ叔父がいた。袖は肘までまくり上げられ、一団の男たちを指揮している。男たちは杭で目印がつけられた巨大な円の内側の芝土を手際よく運びだしていた。甥に気づくと、フランコ叔父は手を振ってゆっくりとこちらへやってきた。

「なかなかいいだろう、な？」フランコ叔父は肩越しに後ろを見てタバコを振りながら言った。「明日の作業はもっと大変になるぞ。地面を掘らなきゃならんからな。傾斜を正しくつけるのは容易じゃないんだ」彼はにやりと笑った。世の中でこんなに楽しいことはないとばかりに。

スペランツァは言葉を失っていた。一万五千ユーロ。一万五千。それはつまり——計算しようとする努力で頭がズキズキした——二千九百万リラ以上ということじゃないか！　人がいなくなって荒れ果てたプロメットの映像が心に浮かんだかと思うと、たちまち血で汚れた前掛けをつけたマエストロのイメージに取って代わった。スペランツァは身震いした。

「叔父さん」弱々しい声で言った。「お金のことだが。お金は使ってしまったんですか？」

フランコ叔父は眉を寄せて腕組みした。「もちろん、使ったとも。こういうのを何だと思ってるんだ？」片手を振ってみせた。「作業員たちに報酬を払わなけりゃならん」もう一方の手も振る。「資材も買わなくちゃな。おれの兄貴から金について教わったことはなかったのか？」

スペランツァは七月の青空を見上げた。〝主よ！〟とだけ声に出さずに言った。それしか言葉が出てこなかったし、ほかには何も考えられなかったからだ。

その時、おかしなことが起こった。五十年前に一度だけ起こったような出来事だった。当時スペランツァは、ゴッフレード・フラテールニタがしょっちゅうホテルをうろついてベッタの父親の使い走りをしたり、母親に愛想を振りまいたりしているという噂を聞いた。ゴッフレードはベッタに求婚するらしいと。そのときも今みたいなことが起こった。真夜中にスペランツァが寝室の中を行ったり来たりし、両手を揉み合わせて、どうしたらいいかと絶望していたときだった。

薔薇《ばら》の香りがしたのだ。数キロメートルの範囲に薔薇など一輪もないのに、寝室にいた彼はそのにおいを感じた。そして今、ほんの数日前はゴミだらけだったこの大きな穴で薔薇の香りがした。甘い香りがスペランツァのまわりじゅうに漂っている。

〝母さん！〟ふいに喉が詰まるのを感じながらスペランツァは思った。

今やフランコ叔父は足踏みしていた。どういうわけか、茶色の野球帽をかぶってこの野原にいる九十三歳の彼は、スペランツァが子どものころと変わらないように見えた。

「さて、大人たちは作業に戻ってもいいのか、どうなんだ？」フランコ叔父はいらだたしげに訊いた。

「いいですよ、叔父《シ》さん」スペランツァはあっさりと言い、不思議なことに穏やかな気持ちになった。「作業に戻ってください。いい仕事ぶりですね」

ベッタはスペランツァの話に注意深く耳を傾けていた。一万五千ユーロがどうなったかということ、叔父から金を取り戻そうとしたこと、そして最後に、突然、むせ返るほどの薔薇の香りがしたことを。カフェや〈エンポリオ〉で目撃した大勢の人についての話もしっかり聞いていた——確かに望みが持てる話だが、あと四十六日で金を蓄えられるだろうか？　夫婦はベッドに入って、ダンテ・リナルディのDVDをテレビで流していた。ベッタは身を起こしてヘッドボードにもたれ、ベッドカバーをウエストまで引っ張り上げている。

「チケットよ、ニーノ。チケットを売るべきよ」彼女は腕を組みながら言った。「あと、Tシャツを。この間抜け男の顔をTシャツにくっつけられるでしょう、そうしたら、それも売ればいいわ」

スペランツァもベッタもテレビ画面を凝視した。ダンテ・リナルディは日焼けした肌に盛大にオイルを塗り、せっせと白いタンクトップを着て、共演者にけだるそうな笑いを向けていた。「八時にカフェで会おう、いとしい人《カラ・ミーア》」ダンテはゆったりした口調で言った。

スペランツァは目をぎょろりとむいた。「どうして、こんな映画がうちにあるんだ？」ぶつぶつ言った。「どうして、みんなこんな映画に金を払うんだ？」

ベッタはリモコンのポーズボタンを乱暴に押した。「ニーノ、ちゃんと聞いて！」たしなめるように言った。「状況はこうよ。映画ができるのをみんなが期待している。マエストロ。ドン・ロッコ。あなたの助手。今では叔父さんさえ、屋外映画館を作ろうとしている。だから……」ベッタは肩をすくめた。「……彼らに望みのものを与えましょうよ。映画を作るの」

スペランツァは眉を寄せた。「しかし――」

「しかしも何もないわ！」ベッタは軽やかに手を振ってみせた。「チケットを売って。配管のお金を払って。映画を完成させるの。簡単なことよ。それに、本当に映画があれば、誰にも返金しなくて済むのよ」

この最後の言葉を聞き、スペランツァの口髭は逆立った。配管を修理して、しかも誰にも返金しなくて済むとは！　夢のような考えだった。

もちろん、たちまち現実が割り込んできた。

「そううまくはいくまい」頭を振りながら言った。「マエストロが出資してくれたのは、ダンテ・リナルディが出演するからだ。さもなければ、金なんか出したはずはない。返金してもらいたがるに違いないんだ」

「うーん」ベッタは言った。「もしかしたら、実際には違うけれど、ダンテ・リナルディが映画に関わっているように見せる方法があるかもしれないわ。何かないか考えてみるわね」

スペランツァは天井に目をやってため息をついた。「うまくいくかどうかわからない。ダンテの役をやる人間を見つけなければならないんだ」

「スミルツォはどうかしら？」ベッタが言った。

スペランツァは鼻を鳴らした。「想像がつくか？　もしかしたら、この映画を３Ｄにしたらいいかもしれない。スミルツォの鼻が顔に刺さるんじゃないかと心配しなくちゃならない映画を、みんなたっぷりと金を払って観に来るだろうよ」

ベッタはクスクス笑いを抑えた。「あまりスミルツォにつらく当たらないのよ、ニーノ。彼はこの役を心から望んでいるはずよ」ベッタは自分側のナイトテーブルの明かりを消した。ふいに暗くなった部屋に月光が満ちる。

「おれにはわからないな」スペランツァはベッタの提案を考えながら言った。「スミルツォは二枚目俳優って柄じゃないぞ」

ベッタは肩をすくめ、ポンポンと叩いて枕を膨らませた。「たぶん、彼にチャンスをあげるだけでいいのよ。スミルツォはちょっとハンフリー・ボガートに似ていると思うけど」

スペランツァは首を横に振った。「あり得ない――本物の映画を作るなんて。自分たちが何をやっているかさえわからないのに」

寝室のドアが開き、廊下から差し込む光がベッドに広がって、カルロッタと仔犬が駆け込んできてスペランツァたちの上に乗った。カルロッタは仔犬を毛布の上に乗せようとしていたが、犬はうれしそうに駆け回って誰彼かまわず顔を舐めた。入り口から差してくる光がもたらすちょっとした魔力と、窓ガラスに反射するテレビ画面、カルロッタのイチゴの香りがするシャンプーのかすかなにおい、ベルベットを思わせる仔犬の毛並みの光沢。こういったもののせいで、取るに足りないささやかな時間にありがちなように、今という瞬間が崩れ去り、スペランツァは自分がそのさなかにいるのに奇妙な懐かしさを感じた。

「このベッドに犬は禁止だ!」彼は叫び、不心得者の滑らかな首筋をつかんで床にポンと置いた。

「猿もお断り!」今度はうれしそうに歓声をあげているカルロッタをつかみ、両足首を持って逆さまにした。

「ごめんなさい、お父さん」ジェンマが声をあげて笑いながら、部屋に入ろうとして立ち止まっていた。「この子たち、おやすみなさいを言いたがってたの」

ふたたびちゃんと立ったカルロッタは腕組みしてにらみつけた。祖母のミニチュア版といったところだ。「ワンちゃんには名前がいるわ、ノンノ。この子はキリスト教徒だし、ちゃんとした名前がなくちゃ。ずうっと名前がないのよ。もう三日になるのに」

スペランツァがぷっと息を吹くと、口髭が広がった。「この犬はキリスト教徒なのかね？　洗礼を受けたのかい？　おまえはそう言っているのかな、カボチャ《ククッツァ》ちゃん？」

教理問答などよくわからないカルロッタは少しためらうと、助けを求めて母親をちらっと見た。ジェンマはまたしても笑っているだけだ。

「ノンノに自分の考えを話しなさい、カラ・ミーア」

カルロッタの目にいたずらっぽい光がひらめいた。「この子にはおじいちゃんのおじいちゃんの名前をもらって、グイドってつけたらいいと思うの。だって、双子みたいにそっくりなんだもん」

ベッタは噴き出した。「あらまあ、ニーノ！　カルロッタの言うとおりよ！　どちらも同じようにまじめくさった顔だもの。黒と白の混じった髭も同じ。眉もそっくりよ！」彼女は頬に両手を当てて頭を振った。「この犬はおじいさんに瓜二つね」

今度はスペランツァが腕組みした。「どうして、おれのノンノのグイドの顔を知っているのかな、ククッツァ？」

ジェンマはにやりと笑った。「炉棚に載っているアルバムで見たのよ」

「あなたの仔犬をグイドという名前にしたら、グイドおじいちゃんは誇りに思うはずよ」ベッタが言った。

けれども、カルロッタは首を横に振った。「グイドじゃないのよ、ノンナ。ハンノ・グイド。それがこの子の名前なの」

スペランツァは目をむいた。「そうだな、おまえのノンノ・グイドをここから連れ出したほうがいいぞ。こいつがおれのスリッパをトイレ代わりにする前にな。さあ、ベッドへ行くんだ！」

カルロッタは大声をあげて部屋から飛び出していき、小さなシュナウザーは猛スピードであとを追った。ジェンマはドアを閉めかけたが、手を止め、頭を部屋の中に突き出した。

「ちょっと考えてるんだけど、お父さん」彼女は言った。さりげない響きになるように気を遣っている。「映画ではメイクアップをする人がいるものでしょう。ちょっと思っただけなんだけど、もし、誰かそういう人が必要なら……」ジェンマは口ごもって肩をすくめた。

スペランツァとベッタは暗がりの中で視線を交わした。ベッタは夫の手を探り当ててきつく握った。

「わかったよ、ジェンマ」スペランツァは軽い口調で言った。「言ってくれてありがとう」

ジェンマがドアを閉めるまで待ってからベッタは歓声をあげた。「聞いた、ニーノ？　あの子が手伝いたがっているのよ！　ハハ！」夫の肩をつかんで揺する。

だが、スペランツァは顔をしかめていた。この二週間、オイルが目詰まりしたエンジンのようになんとかもがいていた、疲労困憊《こんぱい》した良心は今や完全に停止してしまった。スミルツォに、彼の脚本が大物の映画スターの出る本物の映画になると告げるのは確かに問題だ。充分ひどい行動だろう。それに、ダンテ・リナルディのそばで演技する予定だと、アントネッラ・キャプラに話すことだって、充分ひどい。エルネスト・マエストロに希望を抱かせることも、セレーナ・ロッシやトレッツァ一家やビージ一家やザンプローニャ一家やほかのみんなに希望をもたらすことだって、充分ひどい。スペランツァはそんなひどい行動をジェンマにとるつもりはなかった。自分のかわいい娘に嘘をつくつもりはない。いつも傷つきやすくて、とても神経質で、希望にあふれていた幼い娘。スペランツァの小さな女の子は六歳のとき、シリアルの箱の裏に載っていた懸賞に応募したことがあった。スペランツァは今でもあのシリアルの箱をときどき思い出してはたじろいでしまう。

「景品はね、お人形さんの家なのよ、パパ」ジェンマはそう言ったのだった。「それが届いたら、あたしのベッドのすぐ横に置くつもりよ。そうすれば、眠っているときも、ちゃんとそこにあるってわかるでしょ」ジェンマはシリアルの箱から人形の家の写真を切り抜き、部屋の壁に貼った。そして小さな人形たちやクマのぬいぐるみたちみんなに、もうすぐおうちが来るからねと話していた。それから、とてもおしゃれなおうちだから、おしゃれな飾りつけをしなくちゃねと言い、アルミホイルを切って星やハートを作った。

「人形の家を買うわけにはいかないかな、ベッタ？」ジェンマが寝てからスペランツァはベッタにささやいたが、カタログを見ると、とても手が届かない値段だとわかった。

「代わりにこの家はどうかしら？」翌朝、朝食のときにベッタは陽気な口調でジェンマに尋ねた。もっと小型で安い人形の家を指さしながら。

けれども、ジェンマは首を横に振っただけで、裏側の大部分が切り取られた箱からシリアルを食べた。彼女は頑なに信じていた。温かくて壊れやすくて大きな夢を抱いた心で信じ込んでいたのだ。自分が望むものはすべて手に入るのだと。人形の家が来なかったとき——待っている数日が数週間になり、数週間が数ヵ月になっても景品が届かなかったとき、ナイトテーブルの上にある銀色のちっぽけなハートや星がしわしわになって、壁に貼った人形の家の写真が丸まり始めたとき——ジェンマは何も言わなかった。ただ、ある日の午後、そういったハートや星や写真がゴミ箱にあるのをスペランツァが発見しただけだった。

今、スペランツァはまばたきして暗い天井を見ていた。もし、ジェンマがこの映画でメイクアップ・アーティストをやりたいなら——それで幸せになれるなら——実現するように彼は全力を尽くすつもりだった。もう嘘はつくまい。と言っても——スペランツァは躊躇《ちゅうちょ》した。ダンテ・リナルディが本当に来るわけではないから、一つだけは嘘をつかなくてはならないだろうな？

「やってみることにするよ、ベッタ」スペランツァはゆっくりと慎重な口ぶりで言った。「映画の製作を本当にやる。だが、どんな結果になるか、確かなことは言えない」

ベッタは息をのんで手を叩き、夫をハグした。それから二人は身を落ち着けてようやく眠ることにした。ダンテ・リナルディの媚《こ》びへつらうような顔の画面でDVDを停止させ、電源を切った。

スペランツァは目を閉じた。しばらくはいくつもの数字で頭がふらふらしていた。ほかの問題に頭を悩ませていないとき、近ごろは常に数字が渦巻いていたのだ。それから、自分が嘘をついたあらゆる人間の顔が列を成して登場した。手の中に金を押し込んできたドン・ロッコ。配役リストを見てぼうっとした微笑を浮かべていたエルネスト・マエストロ。スミルツォも出てきた。脚本のために申し分ない場面のつなぎ方を思いついて顔を輝かせていた。それからロッシ——〝もし、彼がまったくここに来られなくてもかまわない。彼が来るかもしれないという約束だけで、奇跡みたいなものだ〟彼らがみんな通り過ぎて意見を言い終わったとき、スペランツァは眠りに落ちた。

十分後、ベッタに腕をつつかれた。

「ニーノ」ベッタは興奮した口調でささやいた。「ボール紙を切り抜いたパネルはどう？」

スペランツァが目を覚まし、妻が何を言っているのか理解するまでやや時間がかかった。

「こういうのはどう思う？」彼女は尋ねた。「ドン・ロッコからルンバを借りて、それにダンテのパネルを載せて背後で走らせるの。そういうのって、〝カメオ出演〟って呼ばれるんだと思うわ」

第十三章　マエストロ、お返しを要求する

　スミルツォは翌朝の職場で、ダンテ・リナルディの到着がやむを得ず遅れるという知らせを受けた。なにしろ、映画スターというものは多忙なのだ。彼がさらに驚いたのは、自分がダンテの代わりに主役のヴィンチェンツォを演じると知ったことだった。

「ぼくがですか、ボス？」スミルツォは口をぽかんと開けた。「それがどういう意味か、ちゃんとわかっていますか？」

　ちゃんとわかっているよとスペランツァが請け合うと、スミルツォはノートに走り書きしたり、考えを声に出して言ったりしながらショールームを行きつ戻りつし始めた。

「もちろん、ダンテがトップに表示される役者なのは変わりませんよ。脚本を手直しして、撮影にあまり時間がかからない、ダンテ向けの役を新しくどこかに入れなければならないですね。アルフレッド・ヒッチコックが『サイコ』でジャネット・リーにやったようなものかな。あの映画は見たことあるでしょう、ボス？」

　スペランツァは鼻に皺を寄せた。「ダンテはものすごく忙しいんだ」そう言った。「昨夜ベッタが

言っていた、ボール紙製のパネルやルンバのことを思い出した。「もしかしたら、ダンテがさっと通り過ぎるだけの場面をこしらえられないか？」期待を込めて尋ねた。「スケートボードに乗って通るとか？」

スミルツォは聞いていなかった。「当然、ドキュメンタリーは延期しなければならないな。今はその時間がない」スペランツァのほうを見て言った。「ダンテ以外の誰かの最新情報はないんですか？　撮影班は？　監督はどうなんです？」

スペランツァの口髭がピクピクした。謝罪を込めて天井に視線をさっと向ける。どうして、ただただ嘘が積み重なっていくのだろう？

「彼は――おれに監督をやってほしいと言ったんだ」

歩き回っていたスミルツォの足が止まった。眉が跳ね上がる。「あなたにですか、ボス」

スペランツァはうなずいた。「ああ、おれに」長い沈黙が続いた。スミルツォを見やると、疑うように目を細めている。「なぜだ？　おまえは何を言いたいんだ？」

スミルツォは肩をすくめて首を振った。「何もないです、ボス。ただ――ボスがダンテの父親と一緒に炭鉱にいたとき――落盤事故でもあったんですか？　で、彼の父親の命を救ったとかなんとかってことがあったとか？」

＊

ダンテ・リナルディの間抜け面をTシャツにくっつけるとベッタが言ったのは冗談じゃなかった。

彼女はさらに、ダンテの顔を水筒や枕カバー、バンパーステッカー、記念の冷蔵庫用マグネットにもくっつけていた。

仕事から帰って居間に入ったとき、スペランツァは危うく倒れそうになった。

「いったい、これは何だ?」彼は息をのんだ。段ボール箱がところ狭しと置かれ、どこもかしこもTシャツで覆われている。床に置かれたレーザープリンターは光沢のあるダンテ・リナルディの顔写真をラグマットの上に吐き出していた。ベッタはアイロン台に向かっていて、ジェンマはドライヤーを使って熱収縮フィルムで写真を水筒に貼っている。カルロッタとノンノ・グイドはぐるぐる駆け回っていて、空気には焦げたビニールのつんと鼻を刺すにおいがかすかに漂っていた。

ベッタは顔を上げてにっこりした。「すごいでしょう? わたしと女性陣は今朝、はるばるチッタノーヴァまで車で遠征してこういうものを買ってきたの。すごくいい掘り出し物だったわ。たった五百ユーロしか使わなかったのよ」

〝五百ユーロだと?〟スペランツァは息が詰まった。「どの五百ユーロだ?」咳き込みながら尋ねた。

ベッタは事もなげに手を振った。「出発前に店に立ち寄ったのだけれど、あなたは化粧室に入っていたの。スミルツォが金庫からお金を出してくれたわ。この件についてはあなたに話してあると、わたしは言ったのよ」

スペランツァは天井にじっと目を向けた。残りがあと四十五日なのに、このざまだ。〝主よ、おれを殺すつもりですか? それがこういう仕打ちだと? スミルツォに殺されるってことですか?〟

「アイロンかけを代わってくれない、ニーノ?」ベッタが頼んだ。「アントネッラ・キャプラに電話したいのよ。商品を売るためのウェブサイトの準備をする件でね。あの子はコンピュータにとても詳しいから」

スペランツァはぼんやりとアイロンを持ち上げた。「Tシャツは何枚あるんだ?」箱のほうに視線を向けて尋ねる。

「百五十枚よ」電話をかけるために部屋を出ていきながらベッタは言った。

百五十枚。スペランツァはダンテ・リナルディの顔の裏に熱いアイロンをかけながら、訓練を積んだ頭ですばやく計算した。叔父絡みの災厄のせいで一万五千ユーロがなくなり、配管のために貯めてあった金は七万ユーロから五万五千ユーロに減った。今度はベッタが五百ユーロを持っていったので、残りは五万四千五百ユーロ。もし、こういうTシャツについてのベッタの考えが正しくて、一枚当たり二十ユーロで売れたら、残金に三千ユーロが加わって五万七千五百ユーロになる。胃を締めつけられるような感じが楽になった。こいつはそう悪くはない。しかも、Tシャツ以外にもいろいろある。

スペランツァはジェンマをちらっと見た。ドライヤーのスイッチを切ったところで、水筒の仕上がり具合を調べている。

「どう思う?」ジェンマは水筒を掲げながら尋ねた。「これって、水を飲むたびに見たいと思う顔?」彼女はクスクス笑った。

ベッタが戻ってきた。

「すべて準備できたわよ。明日の午後、アントネッラが店に来て、あなたがウェブサイトのデザインをするのを手伝ってくれるんですって。あの子、とても興奮していたわ」

スペランツァは眉根を寄せた。「このウェブサイトって奴を、みんなはどうやって見つけるんだ？　こいつがサイバースペースの中で迷子になったらどうする？」

ジェンマがふたたびクスクス笑った。「サイバースペースなんて言う人はいないわよ、お父さん」

「サイバースペース！」カルロッタが叫び、いっそうスピードをあげて駆け回り出した。ノンノ・グイドがうれしそうにすぐ後を追っている。

「アントネッラはその点についても対処してくれるのよ」ベッタが言った。「自分のフォロワーにリンクを送るつもりなの」

スペランツァは目をむいた。となると、アントネッラの十七人のフォロワーが百五十枚のＴシャツを買ってくれない限り、三千ユーロは入らないのか。

「アントネッラはチケット購入の機能もつけ足すつもりですって。家でチケットを購入してそれを印刷できるように」

この知らせを聞き、スペランツァは希望と恐怖が同時に湧き上がるのを感じた。チケット。チケットというものは、いつか映画が完成して公開される準備ができることを意味する。そんなことが可能だと、おれは本気で信じているのか？

ノンノ・グイドは走り回るのをやめた。座り込むと三回、鋭く吠えた。

「この子は外へ行きたがってるのよ、カルロッタ」ジェンマは言い、ソファから立ち上がった。

「おいで、ククッツァ、手伝ってちょうだい」

スペランツァは話が聞こえないところまでジェンマたちが無事に行ったのを見届けると、妻に向き合った。

「ベッタ、ダンテ・リナルディの顔をあちこちにくっつけるっていうのは、本当に名案だと思ってるのか？」アントネッラの熱中ぶりを思いながら尋ねた。ささやき程度まで声を小さくする。「ジェンマにはそんなことを望まないがな……つまり、夢中になるっていう意味だが」

ベッタは頭をのけぞらせて大笑いした。「ニーノ！　いやねえ。ジェンマはダンテ・リナルディなんか好きじゃないわよ！」

スペランツァはほっとした。「違うのか？」

「もちろん、違うわ」ベッタはアイロンを置いた。「どんなバカだって見ればわかるじゃないの。あの子はエルネスト・マエストロが好きなのよ」


〝エルネスト・マエストロ〟日曜の午後、スペランツァは眉を下げた陰気な顔をして小さくぶつぶつ言いながら重い足取りで店へと歩いていた。マエストロの息子が天使みたいな声で「アヴェ・マリア」を歌うのはおおいに結構。だが、このスペランツァはだまされないぞ。カエルの子はカエルと言うじゃないか。スペランツァはマエストロ家を訪ねた夜を思い出した。自宅の壁つきの燭台を選ぶ自由すら与えられなかったマエストロ夫人は、ナッツ入りのボウルを持って何度も何度もダイニングルームを小走りで出入りしていた。それに、あの犬ども。凶暴な犬の一団と一緒に、どうやってジェンマはやっていけるのだろう？　洗濯のことだってあるじゃないか！　スペランツァは身震いした。あのおぞましい何枚もの前掛けを誰が洗うと、ジェンマは思っているのだろう？

「この状況をどう思うかな、父さん？」声に出して尋ねた。父親に相談したのは少し前だった。スペランツァの頭にはさまざまな数字があふれていた。ありがたいことに、ルイージ・スペランツァはいるはずのところにまだいてくれた。息子の心の奥でバケツに腰を下ろし、赤トウガラシの束を糸でつないでいた。

「ほかのことを考えたらいいと思うぞ、ジョヴァンニーノ」父は糸の玉越しにうなずいた。「今はこの映画について考えたらどうだ？　おまえは監督をやるそうだな？」

スペランツァはちょっと胸を張った。「そうだよ、父さん。映画の監督をやるつもりだ。驚いた？」

ルイージは小首を傾げた。「考えていたんだが、監督をやるつもりなら、スミルツォみたいに帽子が必要かもしれないぞ」

スペランツァは鼻を鳴らした。スミルツォみたいな帽子をかぶるのはばかげている。とはいえ、歩く速度を緩めながらスペランツァは思った。あれとは違うタイプの帽子ならふさわしいかもしれない。まともな帽子は――もちろん、まともな人間がかぶった場合だ――さりげなく権威をもたらしてくれるし、敬意を集めるだろう。黒のベレー帽じゃないことは間違いない。スミルツォの直感が正しかったためしはめったになかった。柔らかいつばがついたカーキ色の探検帽はどうだろうか。革紐を顎の下で結ぶタイプだ。それなら堂々とした感じだろう。帽子と似合いのヴェストを着れば、なおさら引き立つ。検討する価値はありそうだ。自分が監督になるつもりなら、村人たちはその役割にふさわしい姿に見えることを期待するだろう。

監督としての新しい格好を考えて元気づいたスペランツァが店に着くと、スミルツォが床に座っていた。何やら書いてある紙だのノートパソコンだのに囲まれて脚本に取り組んでいる。

「ここで何をしているんだ？」スペランツァは鍵を机の上に放りながら尋ねた。「今日は定休日だぞ」

「わかってますよ、ボス」スミルツォは言った。「家にいると集中できなくて」

スペランツァは倉庫に行って古いパソコンを引っ張り出してきた。学生だったころのジェンマが使っていたもので、それ以来、彼が店にしまっていたのだ。「アントネッラがウェブサイトを開くためにここへ来る」そう言った。

スミルツォはうなずいた。「彼女から聞きました」脚本の一ページを掲げてみせる。「ボス、ちょっと質問させてください。セット・ピースの終わりで、アントーニアとヴィンチェンツォはキスする予定になっていますよね」

スペランツァは眉を寄せた。「だから？」

「だから……」スミルツォの顔は朱に染まった。「……ぼくがヴィンチェンツォの役をやることになった今、そのシーンをカットすべきだと思いませんか？」

スペランツァは困惑していた。「なぜ、カットするんだ？　アントネッラとキスするのが嫌なのか？」

スミルツォはまばたきした。「もちろん、嫌じゃないですよ。だけど、だからこそ、カットすべきだと思うんです。キスしたいと彼女に思ってほしいけれど、そうしなければならないシーンを脚本にぼくが入れたら、いかさまをしているような気がする」

スペランツァはこんな論理を考えている余裕がなかった。ドアのベルが鳴って、アントネッラが入ってきたからだ。

「チャオ、おじさん。スミルツォも」アントネッラはスマートフォンに目を向けたまま挨拶したが、二人が挨拶を返そうとしたとき、待ってとばかりに人差し指を上げた。

「ちょっと待って。ダンテにあと一件、メッセージを送らなくちゃ」

スペランツァの眉は――そして血圧も――跳ね上がった。「何だって？」急いで机から店の入り口に行った。「それはどういう意味だ、お嬢さん《シニョリーナ》？」と尋ねた。奇妙な落ち着かない気持ちで胸がいっぱいになる。「どういう意味なんだ、ダンテにメッセージを送るというのは？」

アントネッラはすばやく入力している画面から目も上げなかった。「言ったでしょう、おじさん」ちょっといらだったように言う。「これはソーシャルメディアなの。誰とでも話せるのよ」彼女は片手を離し、二人のほうへスマートフォンを振ってみせた。「今じゃ、あたしのフォロワーが七百人まで増えているって言わなかったっけ、おじさん？　そう言わなかった？」

スペランツァは口がカラカラに渇き、舌で唇を湿した。「ダンテに何を言ったんだ？」どうにか小声で訊いた。

アントネッラは肩をすくめた。「あなたがここへ来るのをみんな楽しみにしています、と言っただけよ。撮影のためにね。それと、なかなか来られないのをみんながっかりしています、って」

「それから？」スペランツァは促した。頭が今にも破裂しそうだった。「返事はあったのか？　リナルディさんから返事はあったのかな？」

アントネッラは入力を終えてため息をついた。「いえ、まだなの、おじさん」だが、すぐに明るい顔になった。「でも、いったんここへ来て、あたしが彼に会えるようになったら、いつでも返信してくれるようになる。そうなったら、事情は変わるはずよ」

「そうだな」スミルツォは床に散乱した原稿をじっと見ながら言った。「変わるだろう」

スペランツァの心臓は普段どおりのリズムを打ち始めた。アントネッラはダンテと話していたのではなかった。インターネットと話していたのだ。それは独り言を言っているようなものだろう。何もかも空想みたいなものだ。ちらっと天井に視線を向けた。〝感謝します！〟

「まだ理解できないんだけど、どうして主役をスミルツォに任せたの、おじさん」アントネッラは眉を寄せながら言った。

スミルツォの顔は耳の先まで真っ赤になった。

「ダンテが自分で主役をやりたがらないなんて、筋が通らない」アントネッラは当惑しながら話し続けた。そこで突然、彼女は真っ青になってあえいだ。「まさか、あたしい、あたしのせいじゃないよね？おじさんがあたしの写真を送ったら、ダンテが手を引いたってことじゃないでしょう？」両手をさっと頭に当て、髪を引っ張る。二羽の痩せこけた鳥がやっているみたいに。

「きみはどうかしてるんじゃないか？」スミルツォは腹を立てた様子で声をあげた。「もちろん、そんなことはなかった。そんなことはあり得ない」

アントネッラは涙ぐんだ目をしてスミルツォに微笑みかけた。「ありがとう、スミルツォ」彼女は言った。まだ顎を震わせながらスペランツァのほうを向く。「そんなことはなかったのよね、おじさん？」

「ああ、そうだよ、シニョリーナ」スペランツァは参ったとばかりに両手を上げた。「スケジュールの都合というだけだ。ダンテはこんなに大きな役を引き受けられなかった」

アントネッラは震える息を深々と吸い込んだ。「そうなんだ。よかった」彼女は部屋の奥にあるパソコンを指さした。「そろそろ取りかかる?」

スミルツォが慌てて立ち上がった。「ちょっといいかな、ぼくのノートパソコンを使ったほうがいい。カフェに持っていける」

スミルツォとアントネッラが出ていったかと思うと、また入り口のベルが鳴った。マエストロが腕組みしてドアのところに立っていた。不穏な形相で。

「スペランツァ」彼は言った。低く轟く声は〈スペランツァ・アンド・サンズ〉の梁に共鳴し、スペランツァの足元で床が揺れた。「話がある」

この肉屋の店主といると、最も無害な状況でも、スペランツァの神経はあまりうまく活動したためしがなかった。なのに、彼に六万八千ユーロもの借金をしていて嘘八百を並べ立てている今、まともな人ならみんな家で日曜のランチを楽しんでいるはずのときに、店で彼と二人きりになりそうだったから、スペランツァの神経は麻痺《まひ》していた。今度は何だ? 頭をひねって考えた。金曜日の撮影時、エルネストはうまくやっていたんじゃなかったか? 思い出そうと必死になった。たしかエルネストは歌の練習をして、ブレザオラ(主に牛肉の生ハム)を食べて、ほかの役者とおしゃべりしていた。どこにも逃げ出していかなかったし、木にぶつかってもいなかったはずだ。

「座ったらどうかな」スペランツァは机の隣の折りたたみ椅子をマエストロに指し示し、肩越しに声をかけながら奥の部屋に急いで入っていった。「コーヒーはどうするのがいいんだ? おれの場合はミルクと砂糖三杯を入れるのが好みだが、しかし――」

「ブラック」マエストロはうなるように言った。

スペランツァはコーヒーを淹《い》れたが、半分はカウンターにこぼしてしまった。カップをトレイに載せ、クッキーの入った皿も添える。

「今日はどうしたんだ？」スペランツァはトレイを机に運んでいきながら、愛想よく尋ねたところで気がついた。マエストロはスペランツァの革製の回転椅子に腰を下ろし、無造作に引き出しの中身を探っていた。

スペランツァの口髭が逆立った。もしも今、こんなときにマエストロが〈水委員会〉の書類を見つけたらどうする？　きちんと折りたたんで、小槌を収めたクルミ材の箱の下にしまってある書類が目に浮かんだ。

スペランツァは音をたててトレイを下ろした。「本当に暑いな」大声で言った。「そう思わないか？　今日はとても暑い」スペランツァはすばやくソーサーに載ったコーヒーのカップをマエストロの前に片手で置き、もう片方の手で机の引き出しをピシャリと閉めた。

「クッキーは？」尋ねて折りたたみ椅子に滑り込み、皿をマエストロの鼻先に突き出す。マエストロは熊が蜂を払いのけるように皿を押しやった。スペランツァは一口分にしては大きすぎるクッキーを噛んだ。

「エルネストのことか？」クッキーのくずをまき散らしながら、かすれた声で尋ねた。「やっぱり、あの役が気に入らなかったのか？」その午後はこれで二度目だったが、スペランツァの鼓動が速くなった。もし、エルネストが映画製作から降りたいと言ったらどうする？　マエストロが金を返せと要求したら？　スペランツァは金庫をちらっと見て、目を天井に向けた。〝主よ、もしもおれを殺すおつもりなら、ずいぶん遠回りなさっていますね〟

けれども、マエストロは重そうな頭を横に振った。「違う」コーヒーを取り上げて一息で飲み干す。それからスペランツァの椅子の背にもたれて胸のところで腕組みした。「頼みごとがあって来たんだ。ダンテ・リナルディにおれの肉屋のコマーシャルをやってもらいたい」

スペランツァの左目の下まぶたが痙攣《けいれん》した。

「コマーシャルとは？」

スペランツァは身をよじって、またクッキーを食べた。

マエストロはてのひらを広げた両手をさっと前に突き出した。「〝マエストロの店で買うのは一流の人間だけ！〟」両手を下ろす。「それから、アニメのチキンや何かがダンテの口の中に飛び込む、ってところだ」

スペランツァはクッキーの粉を喉に詰まらせ、拳で胸を叩いた。「チキン？　ニワトリを一羽丸ごと、ダンテ・リナルディの口に飛び込ませたいのか？」

マエストロは肩をすくめた。「チキンカツでもいい」無頓着な様子で言う。「それでもかまわない」

「あー」スペランツァはまたしても天井に目を向けた。言うまでもなく、肉屋に関することを『コンペンディアム』で調べてあったが、この件についてはどのように祈りを捧げればいいのか、まだ戸惑っていた。聖ヴィンセンテ・フェレルと配管について起こった事実を考えればなおさらだった。結局のところ、マエストロに好意を抱いているかもしれない守護聖人に助けを求める気にはなれなかった。おそらく『コンペンディアム』の作成者が意図したと思われる、肉屋のための祈りではなく、肉屋から逃れるための祈りを捧げたかったのだ。

今は緊急事態で時間に追われているし、肉屋が実際に目の前にいてこの瞬間も自分をにらみつけているのだから、スペランツァは「悩み苦しむ者の慰め」である聖母マリアにすばやく懇願した。こんな場合、あらゆる状況に対応してくださる便利な聖人に。

「さあ、どうだろうな」祈り終わると、スペランツァは微妙な調子でゆっくりと言った。「映画スターが肉屋のコマーシャルをやるかどうかわからない。やるとは思えないんだが」

マエストロは胸を張った。「だったら、おれのコマーシャルが最初の例になる」

スペランツァは眉根を寄せた。「おれには思えないな、ダンテが――」ふたたび打ち消そうとした。

「あいつはやってくれる」マエストロは言い、立ち上がると指の関節で机を打った。「おれにかなりの借りがあるわけだからな。映画のための」マエストロは出入り口に向かいながら、スペランツァに指を突きつけた。「奴がここへ来たら、おれに会わせろ。さもなければ、金を返してもらいたい。わかったか《カピーシ》？」

スペランツァの胸は激しく鼓動を打っていた。

「ああ《シ》、シニョーレ」哀れっぽい声で言った。「わかった《カピスコ》」

第十四章　テクノロジーは大変

夫が監督デビューを記念するための特別な服装に憧れていると知り、ベッタはTシャツ作りの手を休めると、日曜の午後、カルロッタを連れてスクリザにあるリサイクルショップへ行き、ビニール製の買い物袋を二つ持って帰ってきた。袋はスペランツァが詳しく話したものにそっくりのカーキ色の探検帽、ポケットがいくつもついたヴェスト、ゆったりしたカーゴ・ショーツ、深緑色のハイソックスでいっぱいだった。メガホンもあった。

「あなたが部屋の向こうからみんなに怒鳴ることになるかもと思って」ベッタは説明した。

そんな道具の必要性を考えてもみなかったスペランツァは、そういうものかと疑いもしなかった。しげしげとメガホンを検《あらた》めながら、前にテレビで見たことがあるドキュメンタリーの映画監督を思い出した。サハラ砂漠の撮影現場で油圧リフトのてっぺんに腰を下ろしていたはずだ。その話を妻に聞かせた。

「油圧リフト？」ベッタは眉間に皺を寄せて思案していたが、顔がぱっと明るくなった。「ベッペ・ゼッロに電話をかけてみるわね。もしかしたら歯科用の椅子を貸してくれるかもしれないわ」

新しいウェブサイトは月曜の朝一番に開設され、アントネッラはその知らせをソーシャルメディアで立て続けに投稿した。二時までにはTシャツが売り切れ、五時になるころには売れ残った商品はダンテ・リナルディの笑顔がついたマグネット一個だけになった。それをカルロッタが取って冷蔵庫の正面にくっつけた。

「本当にアントネッラは誰とでも話しているのかもしれない」スペランツァは言った。キッチンのテーブルについて売り上げを点検していたが、軽くめまいがした。Tシャツで三千ユーロ、水筒で五百ユーロ、マグネットで七十五ユーロ、そして枕カバーで三百二十五ユーロの売り上げが出ていた。さらに、プレミア試写会のチケットを一枚につき七ユーロで二百五十一枚売ったから、その合計が千七百五十七ユーロになった。〈地方水委員会〉が水の供給を止めるまであと四十三日という現在、六万百五十七ユーロあるわけだ。

「プレミア試写会の日程を決めなければならないわね、ニーノ」冷蔵庫に貼ってあるカレンダーを見ながらベッタが言った。「未定だと言い続けるわけにはいかないもの」

スペランツァは苦い顔で貧乏ゆすりをした。映画を作るといったんは宣言したものの、今はそんな挑戦をする準備ができていると思えなかった。

「具体的な日程は言えそうにないな」スペランツァは曖昧に言った。「それはいよいよ最後になったら決めることだろう。結局、映画は取りやめにしなければならないかもしれないし」

ベッタの眉が跳ね上がった。「何ですって？　そしてみんなにチケット代を払い戻すの？」頭を振ってカレンダーを八月までめくる。「水道は月曜日に止められる予定になっているのよね？　その前の金曜日に映画を公開しましょう」

スペランツァは天井に目をやってうめいた。どうやったら、そんなに早く映画を全部撮り終えられるんだ？　どうやって？

だが、ベッタはできないという返事を受け入れなかった。「さあ、しゃんとしてちょうだい、ニーノ」彼女は腰に両手を当て、ピシリと言った。


火曜日は撮影の二日目で、スペランツァが正式に監督デビューする日だった。彼は早い時間にカフェでドン・ロッコとランチをとった。司祭は頼んだパーネ・パチオという料理を前に顔をしかめていた。それは急にカフェの客が増えたせいで料理する量にまだ順応していないカトゥッツァ夫人が前の週にパンを焼きすぎたため、残り物を利用した料理だった。堅くなったパンを、オリーブと玉ねぎと薄いトマトソースを煮たどろっとした液に柔らかくなるまで浸したものだ。しかし、ドン・ロッコは料理に対してしかめ面をしていたのではなかった。

「プレミア試写会があるのですか？」司祭は信じられないという口調で言った。「ここで？　プロメットで？　しかも、あと六週間でですか？」

新しい服に身を包んだスペランツァはこの言葉を聞いて内心で身震いしたが、表面上はどうにか冷静な表情を保っていた。フォークでパーネ・パチオを切り分け、軽く手を振る。「どういうふうかはわかるでしょう、神父様」彼は言った。「スタジオ・システム（一九二〇年代から一九五〇年代初期にかけて、アメリカで少数の映画会社が映画産業を独占した形態を指す）に縛られないと、撮影はより速く進むんですよ」アントネッラのように業界用語を用いれば、司祭に嘘をつくのがいっそう容易になると気づいた。自分が言っていることの意味を完全に理解しているわけじゃないなら、本当の嘘にはならないんじゃないか？

ドン・ロッコはフォークを置いた。「で、ダンテ・リナルディは来るのですか？　それとも、来ないのですか？　どうも状況が理解できませんね」

スペランツァは急いで冷たい水をごくごくと飲み、料理を一口がぶりと食べた。「カメオです」皿に目を落としたまま言った。「彼はカメオ出演する時間しかないでしょう」ベッタがこのカメオ出演を成功させるために計画している方法をドン・ロッコは知らなくてもいい。司祭だからって、い、い、い、あらゆることを知る必要はないのだ。

ドン・ロッコの額に皺が寄った。「しかし、肉屋についてはどうします？　彼がコマーシャルの件で大きな計画を立てていると聞きましたよ」

スペランツァはたじろいだ。二日前にマエストロが店を訪ねてきて以来、その方面の問題については考えることとさえしないようにしていた。そんな余裕などスペランツァの脳にはなかった。それについてはあとで対処しなければなるまい。

スペランツァはナプキンで口を拭いた。「ダンテの関係者が対処しますよ」そう言うと、口に出したばかりの言葉のおかげで、ある考えがひらめいた。マエストロの希望をはねつけなくてもいい――自分の代わりに、ダンテ・リナルディの関係者に対処させれば済むことだ。そうだとも！　手紙。手紙が答えだ。しゃれた便箋に書いてやろう。〝拝啓、貴店のビジネス感覚は称賛に値しますし、貴店の牛肉や鶏肉が高品質であることは疑いもないでしょう。しかし遺憾ながら、絶対に、何があろうとも、ダンテ・リナルディが貴殿のような大バカ者のためにコマーシャルに出演する可能性などないとお知らせしなければなりません〟こう考えて、スペランツァは笑みが浮かびそうになるのをこらえた。とにかく、そんな感じの手紙になるだろう。夜陰にまぎれてローマへ車で行ってもいい。手紙に本物のローマの消印をつけるために。十五人の息子がいる肉屋にまとわりつかれている場合、十三時間の運転など何だというのだ？　どうってことはない！

　ドン・ロッコはまたしても顔をしかめていた。「それで、どんな映画なのですか？」

　スペランツァはリラックスした。これについてなら一日じゅうでも話していられる。フォークだけでは切りづらいのでバターナイフを取り上げ、力を入れてパンを切った。「最高ですよ、神父様」熱心に言った。「スミルツォはみんなが好きな要素をすべて入れている。ロマンス。アクション。スパイ。ミュージカルコメディ」

　ドン・ロッコはこれにふさわしい驚きを示した。「そういう要素をすべて入れているんですか、シニョーレ？　そんな映画を見たことはありませんね。どんな名で呼ばれるのでしょう？」

　スペランツァはさっと手を振った。「『ジョヴァンニーノ・スペランツァの偉大なイタリア映画』」反応を待った。

　ドン・ロッコは目をぱちぱちさせた。

　スペランツァの顔は真っ赤になった。「仮タイトルですよ」口ごもりながら言い、ふやけたパンの大きなかけらをフォークで刺した。「でも、信じてください。きっととても驚きますよ《ノック・ユア・ソックス・オフ》」

「靴下《ソックス》と言えば……」司祭はテーブルの横を覗きながら言った。

　スペランツァは視線を下に向けた。小さな鋭い歯で何かに靴下をぐいっと引っ張られている。

「ノンノ・グイドだ」彼はぶつぶつ言った。そしてドン・ロッコを見た。

「神父様」冷静な口調を保ちながら言った。「それを飲み終わりましたか？」司祭の皿の横にある

〈アランチャータ〉の小さな缶を指した。

「この缶ですか？」ジュースを取り上げながらドン・ロッコはいぶかしげな表情で言った。「空ですが。なぜでしょう？」

スペランツァは説明している余裕がなかった。今ですら、おろしたての深緑色のハイソックスはどれくらいなら引っ張っても持ちこたえられるかが試されている最中だった。「聞いてください」声をひきつらせて言った。「その缶を地面に投げつけてほしいんです。おれの脚のすぐ隣を目がけて」

ドン・ロッコは缶を見やると、テーブルの下に目をやった。ご主人様の靴下にしっかりと歯を食い込ませているノンノ・グイドが、それを真っ二つに引き裂こうと必死になっていた。

「缶を投げてくれ、神父様！」スペランツァは怒鳴った。

ドン・ロッコが投げたのか、勝手に手から飛び出したのかはともかく、缶は音をたてて地面にぶつかり、オレンジジュースの飛沫が飛び散ると、仰天したノンノ・グイドは靴下を放した。皺が寄った靴下はジュースで濡れてスペランツァの足首にぺたりとくっつき、ノンノ・グイドは〈スペランツァ・アンド・サンズ〉へ弾丸さながらに駆けていってしまった。

スペランツァが昼食後に店へ戻ると、ベッペ・ゼッロの二番目にいい、歯科用の油圧椅子が倉庫の横に据えてあるのが目に入った。それを点検して気分が高揚した。もしかしたら状況はさほど悪くないかもしれない。この椅子や机に置いてあるメガホンを試したくて、わくわくしていた。それに〝アクション！〟と声をかけることを思うと、心が浮き立った。今朝、鏡の前で練習してみたのだ。マエストロに関する悩みは解決したのも同然だし、ノンノ・グイドと〈アランチャータ〉の缶の問題もうまくいった。大成功だったのは紛れもない事実だ。

映画について考えるだけではまだ足りないかのように、スペランツァはノンノ・グイドが社会のよき一員としてやっていけるようにと必死になっていた。昨夜はあの若いごろつき犬が裏庭でナメクジを舐めているのを発見したあと、一時間かけてインターネットで解決策を探し、ついに空き缶を使うという助言を偶然に見つけた。

「あなたの犬は理解しにくい相手ではない」禿頭のいかめしい顔つきの男が動画でしゃべっていた。彼はまわりを囲まれた納屋みたいな広いところに、飼い主を信用しているらしいラブラドール一頭と一緒にいた。「もし、犬がリスを見ていたら、リスのことを考えている。もし、犬がボールを追いかけていたら、それを捕まえたいからだ」

スペランツァは背筋を少し伸ばして座り直した。この男は自信を持っている。こいつならシュナウザーに人生を台なしにされるのをほうっておかないだろう。男は説明を続け、実演した。犬がスニーカーを噛むようないたずらをしたら、やるべきなのは空き缶を投げることだけだ。できれば二枚ばかりコインを入れた缶を、何かやっている犬のすぐ隣に投げることだと。

「犬は完全に集中しているので、音をたてたのはそのスニーカーだと思って、たちまちスニーカーから離れるだろう」

スペランツァは半信半疑だったが、もはやその説が裏づけられた事実を目《ま》の当たりにした。ドン・ロッコがオレンジジュースの空き缶を投げたら、ノンノ・グイドは靴下を噛むのをやめたのだ。あれは奇跡ではないにせよ、少なくとも奇跡に近いものだっただろう。

十二時半になると、出演者や裏方が現れ始めた。

「ハイ、お父さん！」不安そうな笑みを浮かべたジェンマが、化粧品やブラシを入れた小さなバッグを持って入ってきながら声をかけた。

スペランツァは手を振った。

「すてきな椅子ね、おじさん」アントネッラが言った。油圧を機能させるペダルをどうやって動かすかスペランツァが見せようとしていると、彼女は許可も得ずにぴょんと椅子に飛び乗り、髪をふわっと膨らませて自撮りした。

一時になると、スペランツァはメガホンを利用して、静粛にと全員に命じた。マエストロ兄弟のうちの二人がカフェから借りたテーブル一台と椅子数脚を運び入れ、ショールームの床に置いた。ヴィンチェンツォとアントーニア役のスミルツォとアントネッラが椅子に座る。ランプを安定して持っていられることが金曜日に証明されたカルメッロ・トレッツァが、またしてもコードを引っ張りながらシェードを取ったランプを掲げた。ピエトロ・マエストロがカメラを担当し、ジェンマはアントネッラの口紅に最後の仕上げをして、スミルツォのとがった鼻に白粉《おしろい》をもう一度はたいた。スペランツァは歯科用の椅子を一番高い位置まで上げて腰かけ、メガホンを持ち上げて声をかけた。

「アクション！」

アントネッラが腕組みした。「〝戦争のことなどどうでもいいわ、ヴィンチェンツォ。米国国防総省やイギリスの秘密情報部のスパイのことだって、どうでもいいの。大事なのは、あなたがわたしを愛しているかどうかだけ〟」

スミルツォはタバコを取り出して口の端にくわえた。「〝何でもきみの言うとおりにするとも、愛する人。ぼくと一緒に逃げたいなら、喜んで賛成するよ〟」

「〝ああ、ヴィンチェンツォ！〟」アントネッラはさっと立ち上がり、手首の裏側を額に当てた。「〝もしもわたしたちに逃げる方法があるなら、大統領のフェラーリを盗まなければならないわ。燃料噴射キャブレターがついている車よ。わたしたちが逃げられるだけのスピードを出せる車は世界にあれしかないわ！〟」

スミルツォもぱっと立ち上がってアントネッラの両手を取った。「〝だったら、それを盗もう、ベイブ！　ぼくに任せてくれ〟」

二人はそれぞれポーズを決めたまま立ち続けていた。とうとうスミルツォがスペランツァのほうを向いた。

「もう〝カット〟と言うべきだと思いますがね、ボス」スミルツォは脇台詞のようなささやき声で言った。

興奮していたスペランツァは「カット」と声をかけるべきだったのを忘れていた。顔をゆがめ、関わっている全員にはっきりわからせようとメガホンを取り上げるまで、さらに何秒か手間取った。

「カット！」

三時には休憩となり、誰もかれもが店の中を歩き回ったりおしゃべりしたりした。ちょうど化粧室から出てきたとき、スペランツァは掃除機の紙パックを積んだ棚の隣にある、ジェンマのメイク用の椅子にエルネストが腰を下ろしているのを目に留めた。ジェンマはエルネストの顔にスポンジで化粧を施しながら声をあげて笑っていた。ノンノ・グイドは椅子の下に寝そべり、店の電話帳を満足そうに嚙んでズタズタの紙切れにしている。

スペランツァは髭に隠れるほど口を引き結んだ。「ふうむ」うなるように言い、大股で歩いて机に戻った。「あいつはいつからここにいるんだ?」エルネストのほうを肩越しに親指で指しながらスミルツォに小声で尋ねる。「今日はあいつの出番はないはずだろう」

黒いフェルト地のベレー帽がかしいでいるスミルツォは机の横のキャニスター型掃除機に腰かけ、次のシーンに最後の仕上げをするのに熱中していた。水中から浮かび上がってきたかのように顔を上げた彼のまなざしはぼうっとしている。「誰のことですか、ボス?」

スペランツァは目をむいたが、話を続ける前に電話が鳴った。机の前の椅子に座り、何も考えずに受話器を取った。ぎらついた目でエルネストをにらみつけるのに忙しすぎたのだ。厚さ八センチのパンケーキほどもありそうなメイクを顔に施し、岩並みに退屈な性格だと思われるエルネストだが、とにかくジェンマを笑わせていた。ついに彼女が鼻を鳴らして荒く息をつくまで。

「もしもし《プロント》」スペランツァは低くうなるような声で受話器に言った。「〈スペランツァ・アンド・サンズ〉です」

「もしもし」震えている声が言った。「どうかダンテと話せませんか?」それから声は忍び笑いに変わり、背後でもクスクス笑う声が聞こえた。

スペランツァは受話器を耳から遠ざけ、しかめ面をしてやった。「どなた?」大声で言った。「何の用だ?」

クスクス笑いは大きく甲高いものに変わり、電話を落としたようなガタンという音がしたかと思うと、受話器を布の上で引っ張るようなくぐもった音が聞こえ、誰だかわからない相手はとうとう切ってしまった。

スペランツァは腹を立てた。店じゅうに視線を走らせる。「アントネッラがいたずら電話をしているようだな！」受話器を置きながら言った。「やたらに笑いまくって、ダンテと話したいと頼んできた」

「違いますよ、ボス」スミルツォは首を横に振った。「アントネッラじゃない。見てください」スミルツォは〈スペランツァ・アンド・サンズ〉にかかってきた電話の内容をすべて記録してあるメモ帳を取り出した。びっしり書かれている三枚のページをめくって見せる。「ボスがいなかった朝じゅう、こんなことが起こってたんですよ。アントネッラがぼくのすぐ隣に立っていたときにも一度」

「そいつを貸せ！」スペランツァはメモ帳をひったくり、メッセージをじっくりと読んだ。どれも後ろに傾いたスミルツォ独特の筆跡で書いてあった。

〈ダンテはいますか？〉

〈ダンテはいつ来るの？〉

〈ダンテが好きな色を教えてくれますか？　彼にマフラーを編むつもりなのよ〉

その他いろいろなメッセージ。

「これはどういうことだ？」スペランツァは茫然として言った。「なぜ、ここに電話すればいいと、みんなわかるんだろう？」

スミルツォは肩をすくめた。「アントネッラは映画についての投稿をたくさんしています。今、彼女のフォロワーは千人にもなってるんですよ。投稿した写真の一枚の背景にこの店が映っていたんじゃないかな」

スペランツァは眉を寄せた。なのに、掃除機の修理に関する電話はまだ一件もない。いかにも今の世代の若者らしいじゃないか？　目立ちたがるばかりで中身がない。

「そいつらに何て話したんだ？」スペランツァは動揺しながら尋ねた。

「ダンテはまだここにいないと言っただけですよ、ボス」スミルツォは言った。「たいていの人はそう聞いても感じよかったです。ぼくにわめいたのは一人だけでした」

スペランツァは顔をしかめた。「おまえにわめいた？　何のことを？」

「さあ、わかりません、ボス。彼女は頭がどうかしていたんです。ダンテのエージェントのふりをしていたんだから。とても失礼でしたよ。ぼくは電話を切るしかなかった」

スペランツァは愕然とした。ダンテのエージェント？　若い娘にしてはずいぶん奇妙な切り口のいたずら電話だな。

店の入り口からジェンマの声が聞こえてきた。「外へ出て、自然の光の中ではどう見えるか確かめましょうよ」彼女とエルネスト、電話帳に飽きたノンノ・グイドが店から出ていくと、彼らの背後でベルが鳴った。

スペランツァはジェンマたちが出ていくのを眺めていた。いったん姿が見えなくなると、椅子から飛び降りた。

「スミルツォ、急げ！」小声で言った。「おまえのあの、点滅する光がついた箱だ。押しボタンがついた奴だよ！　持っているか？」

スミルツォは当惑していたが、バックパックを取り出して中をかき回し、箱と、対になったリモコンを引っ張り出した。「これですか？」彼は訊いた。

「そいつをテープで椅子に留めろ！」スペランツァはショールームにある、エルネストがさっきまで座っていた椅子を荒々しく身振りで指した。「座面の裏だ！　裏にテープで貼りつけろ！」

スミルツォは入り混じっている役者や裏方の間を軽やかに動き回り、この悪辣《あくらつ》な任務をやり遂げた。顔を真っ赤にし、フーバー社のスタンド型掃除機に爪先を二度ぶつけながら。作業が終わると、彼は神経が参ってしまい、顔に水でもかけようと奥の部屋へ駆け込んだ。

スペランツァは自分の役目を果たすために机にかがみ込み、まわりのおしゃべりなど無視して入り口のドアと手に握り締めたリモコンに神経を集中していた。ベルが鳴り、ノンノ・グイドが真っ先に走ってきて机の下を目がけてダッシュし、ご主人様の足元でふざけ回ろうとしたが、スペランツァはまったく注意を払わなかった。まわりにいるみんなを忘れているらしいジェンマとエルネストに集中していたのだ。スペランツァは完璧な瞬間を待った。エルネストが椅子に腰を下ろし、ジェンマが化粧品の小瓶を調べようと彼に背を向けたときを。スペランツァは手を開いてリモコンの音量ダイヤルを最大まで回し、赤いボタンを押した。

ブウーーーーーーーーーーッ！

全員が振り返ってスペランツァをじろじろ見た。

スペランツァはぽかんと口を開けた。

ノンノ・グイドがキャンキャン鳴いて、倉庫へ駆けていった。

「うわっ！」エルネストが言った。

「お父さんったら!!!」ジェンマは言い、みんながどっと笑い出した。

「あー」奥の部屋からこそこそ出てきたスミルツォが言った。顔は今にも吐きそうな青白さで、ところどころ紫がかっている。スミルツォはまだ蓋が開いたままスペランツァの机の上にあったバックパックに手を入れ、光が点滅する黒い箱の正しいもの、リモコンで操作するおならマシンを取り出した。今、エルネストの椅子の裏にテープで貼ってある、便利でコンパクトな外づけハードディスクじゃないものを。

「すみません、ボス」スミルツォは口ごもりながら言った。

第十五章　スペランツァ、戦いに備える

スペランツァは夕食の間じゅうむっつりしていた。

「もう一回、話して、マンマ！」カルロッタは手を叩きながらジェンマに向かって声をあげた。

スペランツァは腕組みした。「本物じゃなかったんだ」きっぱりと言った。「そういうふりをしたんだよ。見せかけのものだ。機械がやったのさ」

ジェンマはうれしそうにため息をつき、テーブルから皿を片づけ始めた。「お父さんの顔を見るべきだったわね、お母さん！　見ものだった。本当に傑作」

「そうらしいわね」くつくつ笑いながらベッタが言った。夫に向かって言う。「ニーノ、ここになんかついてるわよ」彼女は自分の顎を指した。

スペランツァは身動き一つせず、妻にうなっただけだった。ベッタは目をむいて、参ったとばかりに両手を上げた。「さあ、お嬢さんたち、もう行って」ベッタは言った。「犬を散歩に連れていってちょうだい。わたしはおじいちゃんと話があるの」

ジェンマとカルロッタが出かけると、ベッタはテーブル越しに手を伸ばし、夫の肩をピシャリと

打った。

「何をするんだ？《ケ・ファィ》」スペランツァは悲鳴をあげた。

ベッタはまた椅子にもたれて目を細くした。

「わたしをバカだと思っているの、ニーノ？　今日、あなたがエルネストに何か企んだことがわたしにわからないとでも？」

スペランツァの口はきゅっと結ばれて髭の中に隠れた。眉は目のすぐ上まで下がって生け垣のようになった。

「そんなことだと思った」ベッタはきつい口調で言った。「ばかね《ディスグラツィアータ》！　ジェンマが新しい誰かに関心を持つことを喜ぶべきじゃないの！　今夜のあの子を見たでしょう——また人と打ち解けて話すようになったのよ」

「マエストロ家の男だぞ？」スペランツァは感情を爆発させた。「ジェンマがマエストロの男に関心を持ったのを喜べというのか？　もしかしたら、次は配管工とつき合うかもしれないぞ！」

「静かに！」ベッタは片手を上げ、開いた窓のほうへ頭を振ってみせた。「何が問題なのかわからないわね。エルネストにチャンスをあげて！　申し分なくいい男性のようよ。きれいな声もしているとジェンマが言っているわ」

スペランツァは天井を仰いだ。「それと、農耕馬みたいな首もな」

「もうたくさん！」ベッタは言い、残りの食器をテーブルからさっと取った。「あなたは首を突っ込まないでね。ジェンマ自身の判断に任せるのよ。わかった？」

スペランツァは小声でつぶやき、端から端へと口髭をひねりながら退散した。ベッタが頑として譲らないときは、そうやって逃げるのがいつも最高の戦略だった。胸の中ではまだ議論を続けていた。そこでは妻がもっと協力的だったから、彼はかなりの成功を収めた。〝この前のことを覚えていないのか？〟彼は問いただした。〝ジェンマがベッドから出ようともしなかったことを覚えているだろう？　どんなに泣いていたかを？〟

〝ああ、そうね、ニーノ〟想像上のベッタは従順に答える。〝またあんな経験をするあの子を見ていられないわ。あなたの言うとおりよ〟

スペランツァは椅子の背にもたれ、鼻から息をぷっと吹き出した。〝もちろん、おれの言うとおりだ〟

それから数週間、映画撮影は急速に進み、オンラインで商品を販売するベッタの努力も急激に加速した。今や商品は限定版のダンテ・リナルディの皿、ティーカップ、イヤリング、エプロン、鍋つかみ、キーホルダー、それにクリスマス用オーナメントまであった。

「トイレの便座カバーにこの男性の顔をつけても、ファンは買ってくれるでしょうね」ある晩、収益を調べながらベッタは感嘆の声をあげた。考え込むような顔つきになる。「それを作るにはいくらかかるかしら？」

ベッタの労力のおかげで――それに、アントネッラが絶えず投稿してくれるので――〈スペランツァ・アンド・サンズ〉の金庫にある金は六万八千七百七十五ユーロにまで増え、必要な額には千二百二十五ユーロ足りないだけとなった。プレミア試写会まであと十九日、〈水委員会〉の期限まではあと二十二日。スペランツァはどうにか一息つけそうに感じていた。

夕食後、彼はベッタとキッチンのテーブルの前に座り、ダンテ・リナルディの顔がついたランチボックスでどれほどの利益が生み出せるかを判断しようとしていた。そのときドアベルが鳴り、二人は困惑して顔を見合わせた。少なくともこの一年、ホテルに思いがけない客を迎えたことはなかった。

「誰かしら？」ベッタは首をひねった。「ジェンマたち？」

スペランツァは首を横に振った。「あの子たちがノンノ・グイドと裏庭にいる物音を聞いたばかりだよ」にやりと笑った。「もしかしたら、ダンテ・リナルディかもな」

ベッタは鼻を鳴らし、戸口に出ていった。

「すみません、奥さん《スクーズィ》」玄関ホールに入ってきながらロッシが言った。「お邪魔して本当に申し訳ない。夕食の最中じゃなければいいが」ロッシは不安そうに、ベッタの肩越しに向こうを見た。

「いえ、いえ」ベッタは言い、彼を案内して居間へ入っていった。「どうかお気になさらずに」

「どうしたんだ？」スペランツァが加わりながら訊いた。「何も問題ないといいが」

「ああ、とてもひどい状況なんだ」ロッシは言い、ソファに腰を下ろして両手を握り締めた。「バンボリーナのことだよ。バンボリーナを連れてきた。外にいるよ。こんな話をしたくないが、あの子は食べないんだ」

ベッタが息をのんだ。「食べないですって？」

「あのシュナウザーのせいだよ」ロッシは言った。ぎゅっと握った両拳が真っ白になっている。「うちのバンボリーナは片時も落ち着いていられない。今じゃ、あの犬たちは夜に吠えるようになってね。月に向かって咆哮するんだが、ベビーベッドで寝ているバンボリーナは仰天してしまう」

ロッシの目に涙がきらめいた。

スペランツァは耳をそばだてた。「バンボリーナがベビー、ベッド、で眠っていると言ったかな？」ベッタは夫のあばらを肘でつつき、ロッシに微笑みかけた。「わたしたちに何かお手伝いできることはある？」そう尋ねた。

家の裏手の網戸がバタンと開き、ジェンマとカルロッタ、それにノンノ・グイドが騒々しく入ってきた。

「お父さん！」ジェンマが声をあげた。「カルロッタが、巨大なオレンジ色の綿毛みたいなものを玄関前のバンの中で見たそうよ。ノンノ・グイドはイカレちゃってる」

ロッシはさっと立ち上がった。「バンボリーナ！」と叫ぶ。

スペランツァは慌ててノンノ・グイドを捕まえた。すさまじい勢いでぐるぐる走り回りながら吠えていたのだ。「心配いらないよ、ロッシさん」スペランツァは言い、ふわふわの悪魔をすくい上げた。「この犬を更生させているところなんだ」ちょうど部屋に入ってきたジェンマに犬を渡した。「上へ連れていけ」声を引きつらせて言うと、ジェンマは犬を連れ去った。

ロッシは窓辺にいた。カーテンをぐいっと引き開け、首を伸ばして外を見ている。

「バンボリーナは大丈夫だよ」スペランツァは指さしながらなだめた。「ほら、な？」

ロッシは安堵したようにため息をつき、ソファにまた沈み込んだ。「女房と考えていたんだが」ロッシはノンノ・グイドが連れられていったばかりの階段をちらっと見ながら切り出した。「バンボリーナは元気を取り戻すため、二週間ほど家から離れたほうがいいんじゃないかと。ここが人間のためのホテルだとはわかっている。しかし――」彼はためらって言いよどんだ。

「しかし」ベッタが先を話すように促した。「しかし、もしかしたら、このホテルに犬も泊まれるんじゃないかということね？」

「そうなんだ！」ロッシは言った。「もちろん、宿泊費はお支払いする。たった二週間だよ。休暇だ！　そうすれば、バンボリーナは元気を取り戻せるとも。食欲が戻るだろう。バンボリーナが面倒をかけることはない。おれは——おれは考えてもいなかったんだが——」ロッシは口ごもり、またしても階段に視線を向けた。

　スペランツァは両手を上げた。人間以外の宿泊客に割引料金を請求したとしても——たとえば一泊あたり十ユーロとか、そこらへんだろう——あと千二百二十五ユーロ不足している今は、ばかにならない金額だと思いながら。「面倒なんてないと思うよ」スペランツァは言った。「さっき見かけた犬なら自分の部屋に閉じ込められる。バンボリーナは完全に安全だ」

　ロッシの顔が輝いた。「どうもありがとう《ミッレ・グラッツィェ》、シニョーレ！　外へ行ってあの子を連れてくるよ」


　二時間後、スペランツァは居間にいてスミルツォと電話で話していた。ノンノ・グイドは二階の部屋に閉じ込められており、監禁状態に対してやかましく抗議している。カルロッタは絨毯に座り込み、新しい泊まり客がいることを理解しようとしていた。

「天気を調べたんですがね、ボス」スミルツォは話している。「明日は晴れそうですが、そのあとは雨ばかりらしいです。一週間ずっと雨だとか。もしかすると、二週間になるかも」

　スペランツァは眉を寄せ、老眼鏡を調整して、コピーした台本をパラパラめくっていた。屋内でのシーンは黄色のマーカーで、屋外のシーンは青のマーカーでマークしてある。すでに撮影済みのシーンは赤のマーカーで消してあった。スミルツォが何を言おうとしているのか、スペランツァにははっきりとわかった。

「もう潮時ですよ、ボス」スミルツォは続けた。「セット・ピースを撮影しないと」

スペランツァはため息をつき、眼鏡を外して天井を見上げた。映画のセット・ピース向けの守護聖人などいない。ちゃんと調べたのだ。さらに、スペランツァはいらいらしていたときに『コンペンディアム』の編集者たちに出す手紙の下書きを書き始めていた。同じものをローマ教皇庁気付で教皇フランシスコにも送るつもりだった。登録された聖人の多様性の不足と専門性の不足について抗議する手紙だ。こうしてさまざまなことの真っただ中にいる今、絶えず起こる具体的な問題について、聖ヨハネ・ボスコのような万能型の聖人に頼らなければならないのは明らかにどうかしていた。聖ヨハネ・ボスコは映画産業全体の監督に加えて、実習生や労働者、学生、メキシコ人の若者、編集者、手品師も受け持っている。それは自分の外科医が整備士も兼ねていることを発見するようなものだった。スペランツァは激怒し、午後をまるまる費やして厳しい顔で『コンペンディアム』のページをめくった。もっと時間を割いてくれそうな聖人を探し、とうとう勝ち誇ったように現れたのが聖女バルバラだった。砲弾による死を避けてくれる守護聖人で、近ごろはまったく退屈しているに違いなかった。それと、爬虫類《はちゅうるい》の守護聖人であるフュッセンの聖マグヌスも現れた。どれほど爬虫類を称賛したり尊敬したりする人がいても、爬虫類のために守護聖人に祈ろうとは思わないだろう。

どの守護聖人が天から力を貸してくれたのであれ、スペランツァは少なくともスミルツォの説得にどうにか成功した。スミルツォが当初考えたセット・ピースを安全でもっともらしく演じることは無理だと――それは岩壁にいる人間をオートバイに乗って救出するという劇的なものだった。危険だし、スミルツォがオートバイの乗り方を知らないだけでなく、そもそもオートバイがなかった。

「もしかして、予算にいくらか余裕は――」スミルツォは期待するように言った。

「ない」スペランツァはきっぱりと言った。あまりにも強い口調だったので、スミルツォは最初から練り直すことにした。

そういう次第で、その点ではましになった。とはいえ、代わりにスミルツォが思いついたシーンは相変わらず複雑で、山を登ってボスコ・ディ・ルディナで撮影しなければならないのだが、容易ではないだろう。スペランツァはそんな撮影が不安だった。

「わかった」依然として天井をにらみながら、スペランツァはとうとう言った。「今夜、その撮影については何か考えよう。明日の朝八時半に森の北側に集合と、みんなに伝えてくれ。おれは途中で教会に立ち寄って、必要な花火をドン・ロッコから手に入れる」自分の運命が決まってしまったスペランツァは電話を切った。

「ノンノ、見て！」床に座っているカルロッタが言った。

スペランツァはそちらを見た。バンボリーナが絨毯の真ん中に寝そべっていて、頭のてっぺんから尻尾まで赤ちゃん人形用の服を着せられていた。ピンク色の舌を口の横からだらりと垂らし、穏やかな息遣いをしている。小さなキツネみたいな顔がレースで縁取りされたボンネットから覗いていた。

スペランツァは目を白黒させた。「なんてこった《マンマ・ミーア》！」

「あの子を一人で部屋に置いておくわけにはいかないのよ、ニーノ」ベッドに入ったとき、ベッタがたしなめた。「真夜中に何かを欲しがったら、どうするの？」

スペランツァは寝室の向こう側にいるバンボリーナをにらみつけた。ジェンマが屋根裏から引っ張り下ろしてきた、カルロッタの古いベビーサークルの中に落ち着いている。ジェンマたちはバンボリーナに毛布で寝床を作ってやり、カルロッタはおやすみなさいと言って、オレンジ色のふさふさの毛をした額に優しくキスした。その前に、スペランツァたちは手の込んだ三品コースのディナーを、テーブルから小さな銀のスプーンでバンボリーナに食べさせていた。王族の子どもに食事を与えるのに使いそうなスプーンだった。ロッシが伝えていった厳格な指示どおりにやったのだ。

スペランツァは口髭がムズムズするのを感じ、毛布をいじくった。「少なくとも、バンボリーナはおとなしくしている」ぶつぶつ言った。きちんと座ってヘッドボードに寄りかかり、膝に台本のコピーを載せた。

ベッタは枕を叩いて膨らませた。「その懐中電灯をまた使うつもりじゃないでしょうね、ニーノ？　わたしはとても疲れてるのよ」

スペランツァはムッとした。「これは懐中電灯じゃない！　読書灯だ！」厳密に言えば真実ではなかった。先週ずっと夜に仕事をしなければならないことに気づいた彼は、カーキ色の服やメガホンといった支出のあとは何も買う気になれなかったので、自分なりに携帯用の照明装置を考案した。車から取り外したヘッドライトを、ベッドの横に置いたスリッパの隣に設置した充電式バッテリーに細い赤のワイヤーでつないだものだ。それはかすかにブンブンという音をたてるだけで、まぶしいほどの明かりを発してくれた。

「こいつの角度をこんなふうに変えて、おれの枕で光をさえぎるよ」スペランツァは妥協案のつもりで言ったが、ベッタはすでに眠っていた。

スペランツァはため息をつき、スミルツォの例のセット・ピースが現れるまで台本のページをめくった。この数週間、撮影していて発見をした。実際にセットで撮影する前にアングルやショットをある程度決めておくと、撮影時間が半分で済むということを。効率を高めるうえでそれと同じくらい役立つのは、アントネッラの出番が来るたびにスマートフォンを差し押さえることだけだった。

〈屋外。森林地帯。

アントーニアが木の上で立ち往生している。隣人の猫を救おうとしているのだ。下には重武装した男たちが彼女を捕まえようと待っている。

しかし、注目！　われらがヒーロー登場。ほかの木から蔓をつかんで空中を渡ってくる〉

スペランツァはうめいた。特定の一人の人間を支援することは聖人に可能なのだろうか？　たとえば、暇なのだから、聖女バルバラを説得してスミルツォに特別な関心を持たせられるだろうか？　砲弾が当たった事例のうちのどれくらいが、たまたま自らが招いた結果だったのかとスペランツァは考えた。スミルツォはまさしく聖女バルバラが扱い慣れていそうなタイプの人間だ。思わず、助手の姿が心に浮かんできた。過ぎ去ったどの時代かの戦闘服に身を包み、受け持ちの大砲の前でぐるぐる回っている姿が。〝ちょっと待ってください、ボス〟想像上のスミルツォが上官に呼びかける。〝たぶん、こいつは詰まっていると思います〟

〝ドカーン！〟

スペランツァがくつくつ笑ってボールペンの芯を出して書き始めようとしたとき、悪臭が鼻腔《びくう》を刺した。

「なんてこった《オッディオ》！」息をのんだ。鼻を覆って妻を起こす。「ベッタ！」彼は怒鳴った。「あのにおいがわかるか？」

ベッタは毛布の下にさらに深くもぐった。「わたしにかまわないで、ニーノ！」ぶつぶつ言う。「寝てるの」

「だが《マ》、ベッタ！　わからないのか――」

盛大な音に言葉をさえぎられ、スペランツァは身を硬くした。リモコンで作動するスミルツォの奇妙な装置など、バンボリーナのおならにはかなわない。

壁越しにジェンマとカルロッタの部屋からクスクス笑いが聞こえてきた。

「またお父さんなの？」ジェンマが声を張り上げる。

「ノンノ！」カルロッタの声がした。「お医者さんへ行ったほうがいいよ！」

スペランツァの口髭が逆立った。よりによって、こんなことで家族がまとまるとは。「寝ろ！」彼は大声で言った。それから妻の肩を軽く揺すった。「ベッタ！　こんな環境じゃ仕事ができない！」

ベッタは目も開けなかった。「うちはホテルよ！　ほかにも部屋があるでしょう。上に行きなさいよ！」

スペランツァは身のまわりのものを集め、鼻をつまんで息を止めた。〝神よ、お助けください！〟と思った。出ていきながらバンボリーナの様子を覗くと、仰向けで穏やかに眠っていた。太い前足を宙に突き出し、申し分なく幸せそうだ。〝神の為せる業はなんてすばらしいのだろう！〟

スペランツァは小脇に枕とノートを抱え、不機嫌でむっつりしながら三階へそっと上っていった。慣れないベッドで眠るのは好きじゃないのだ。ガスが腹にたまるポメラニアンに寝室を乗っ取られたせいで、慣れないベッドで寝る羽目になるのは何よりも気に入らなかった。自分の主義に反するだけでも許せない。スペランツァは最初の寝室、「グリーンルーム」に大股で入っていった。そんな名前で呼ばれているのは、緑の芝生のような絨毯が敷いてあるからだ。明かりのスイッチを入れると、ふいにまぶしくなったせいで目を細めた。ちょうど真向かいにはベッタが注文した、物憂げな微笑を浮かべてタンクトップと短パンを身に着けた、ダンテ・リナルディの等身大のボール紙製パネルがあった。

「ああ、最高だな」スペランツァは持ってきたものをベッドの上に放り投げながら、しかめ面で言った。「きみか」

午前二時、スペランツァはこれ以上ダンテ・リナルディに凝視されていることに耐えられなくなり、パネルを裏返した。四時、彼は座ったまま、明かりもつけっぱなしで眠りに落ちた。八時四十五分、カーテンが開いて陽光が差し込んできたのとノンノ・グイドに鼻を舐められたせいで目を覚ました。

「マンマ・ミーア！」スペランツァはわめき、自分の顔をピシャリと叩いた。

「おはよう、ノンノ！」カルロッタがうれしそうに言った。

スペランツァが引き結んだ口は髭の中に隠れた。「何をしているんだね《ケ・ファィ》、シニョリーナ？」彼は訊いた。「おまえとこの犬はぐるなのかな？」ノンノ・グイドの下半身を指さす。犬の上半身は枕カバーの内側へこっそり入っていた。

カルロッタはクスクス笑った。「ノンノが寝坊してるってノンナが言ってる。スミルツォが何回も電話してきたんだよ。マンマはもう出かけちゃった」

スペランツァはベッドサイドテーブルにある時計をちらっと見てうめき声をあげた。コードレス電話を取ってきてくれとカルロッタに頼み、スミルツォにかけた。

「おれは一時間遅れる」スペランツァは告げた。「みんなをおとなしくさせといてほしい」

「リハーサルをしてもいいかもしれませんね、ボス」スミルツォは言った。「マエストロ兄弟を二人ばかり使ってアントネッラを木に登らせて、そして――」

「絶対にだめだ」スペランツァはきつく言った。「おれが行くまで、みんな地面にとどまっているんだ」彼がおおいに恐れているように、もしも今日、誰かが脚でも折ることになるのなら、カメラが回っている間であってほしい。

十五分後、カーキ色の服と緑色のハイソックスを身に着け、首に紐で掛けた、新鮮な水を入れた水筒をバタバタさせて、ラップで包んだ卵とじゃがいもの大きなサンドイッチをつかむと、スペランツァはサンタ・アガータ教会へ大急ぎで向かった。今日は暑くなりそうだった。猛暑だろう。教会の入り口から駆け込むと、中はひんやりして薄暗かった。ステンドグラスの窓から入る光がさまざまな色彩のかけらとなって床に映り、ドン・ロッコがひざまずいて静かに祈っていた。スペランツァは首をすくめ、急いで十字を切ると、水筒が体にぶつかる音をたてながら近くの信者席に滑り込んだ。ドン・ロッコが顔も上げなければ、いっこうに彼がいることに気づいた様子もないので、スペランツァは咳払いした。

ドン・ロッコは身じろぎもしなかった。「わたしは対話をしている最中なのですよ、シニョーレ」小声で言う。

「もちろんそうですね、神父様」スペランツァも小声で返した。「すみません。本当に申し訳ない」彼は膝つき台にガタガタと音をたててひざまずくと、自分も祈ろうとした。目をきつく閉じる。あたりは静寂に包まれていた。「ただ……」スペランツァは片方の目を開けて、また言いかけた。

「……おれが行くまでスミルツォが現場を預かっているんですよ、神父様。こんなことを考えるとぞっとするなんて言いたくないが、しかし――」

ドン・ロッコはため息をついた。目を開けて天井をじっと見つめる。

スペランツァは司祭の視線を追った。「屋根に問題でもあるんですか、神父様？」

ドン・ロッコは垂木《たるき》に据えた視線を下に向けようとしなかった。「信徒たちが彼らの意向のために祈りを捧げてほしいとわたしに頼んできました。だから今、そうしているのですよ、シニョーレ。とても重要なのです」

スペランツァはしばらくこれについて考えていた。「その意向とはどんなものか、彼らは言いましたか、神父様？」

ドン・ロッコは首を横に振った。「そんなことは話さないものです」

スペランツァは眉を吊り上げた。「じゃ、神父様はそもそも何のためかも知らずに、他人のために祈っているのですか？」

ドン・ロッコは今や目を細くしてスペランツァをじっと見ていた。「司祭にとって、信徒の嘆願のために祈るのはお決まりのことですよ、シニョーレ。もし、あなたが彼らの意向を信じられないのだとしたら――」

「もし！」スペランツァは感情を爆発させ、ぶら下げていた水筒が舞い上がった。「ある人たちがどんなことを祈るか、神父様はおわかりにならないのでは？　わからないですよね！　以前、ヨシュア・パーゴラがカフェで最後のモッツァレッラ・イン・カロッツァを食べてしまったとき、おれが祈ったのは――」そこで言葉を切った。今言いかけていたことはゆるしの秘跡によって守られないだろうと気づいたからだ。

ドン・ロッコは腕組みした。「はい、それで？」

「実を言えば、神父様、その話は別の機会がいいと思います」スペランツァは愛想よく言った。「要するに、誰かの意向が何かもわからないで神父様が祈るべきじゃないと思うってことです。誰のものでも」

ドン・ロッコはため息をついた。「ある人が何かを祈るとして……」適切な言葉を見つけようと苦心している。「……何か愚かなことを祈るとしたら、わたしの祈りはその人がもっといい道を見つける助けになるかもしれません。もしもある人が別の人を不利にするために向上することを願うなら、わたしの祈りがその人の助けになるかもしれないのです。ペテロから借金をしてパウロに借金を返すようなことはすべきではないと理解するために」

今度はスペランツァが目を細める番だった。ドン・ロッコは今、何をほのめかしているのか？　マエストロがペテロで、〈水委員会〉がパウロだとでも？

スペランツァは眉根を寄せた。「何をおっしゃっているのかわかりませんね、神父様」

ドン・ロッコはすっかりあきらめた様子で腰を下ろした。「わたしに何か用事でしたか、シニョーレ？」きつい口調で尋ねた。

話が本題に入ったことにほっとして、スペランツァはセット・ピースに必要なものを大まかに述べた。「十キロから十五キロほどの花火がいるんですよ、神父様」そう締めくくった。「次の祝日の前には代わりの花火をお返しすると約束します」

サンタ・アガータ教会の横には、簡単な南京錠がついた小さな差し掛け小屋があった。そこにドン・ロッコは小規模な田舎の教区を維持するのに必要なものを全部しまっていたが、小屋は神聖な環境と不釣り合いだった――庭仕事用の植木鋏、小型の回転式芝刈り機、焼き石膏が入ったバケツ。焼き石膏はドン・ロッコのまたいとこである前任者が一九七〇年代に買ったもので、若い不心得者が不道徳な挑戦から打ち砕いた彫像の腕を直そうとしたのだった。そして最後に、重要な祝日を祝うための花火が入った大きな防水の収納箱があった。

「まさかこれをスミルツォに点火させるつもりじゃありませんよね？」ドン・ロッコは収納箱のところでためらいながら尋ねた。

「神父様！」スペランツァは意味ありげなまなざしで彼を見た。

ドン・ロッコは両手を上げながら前言を撤回した。「いや、スミルツォの手に負えないと言っているわけじゃないのはおわかりでしょう。ただ――」

「ただ、何しろスミルツォはスミルツォですからな」スペランツァはふたたび聖女バルバラと大砲のことを考えながら、司祭が言いよどんだ言葉の続きを言った。

二人で花火を一つ一つ点検し終えると、スペランツァは鞄にしまった。

「お尋ねしたいことがあるのですがね、シニョーレ」ドン・ロッコが言った。南京錠を閉めている彼の顔は真剣だった。「司祭館に妙な電話がずっとかかってくるのですよ。特にあるご婦人がおかしなメッセージを残していて、自分はダンテ・リナルディのエージェントだというのです」

スペランツァの首筋が恐怖でぞくぞくし始めた。「あー——いたずら電話ですよ、神父様」広場の向こうの〈スペランツァ・アンド・サンズ〉に視線を据えながら言った。

ドン・ロッコは眉をひそめた。「そうでしょう、しかし——」

スペランツァが広場を眺めると、バルバロ夫人とペドゥラ夫人が歩く姿が目に入った。ダンテ・リナルディの顔がついたおそろいのTシャツを着て、ダンテ・リナルディの顔がついた水筒を持っている。スペランツァは元気づいた。「ほら、誰か来ますよ」そう言って彼女たちに手を振った。

「ああ！」ドン・ロッコは言い、灌木の後ろに身をかがめた。「彼女たちの邪魔をする必要はありませんよ、シニョーレ」

だが、バルバロ夫人とペドゥラ夫人はちっとも邪魔だと思っていないらしかった。

「マリアンナ！」バルバロ夫人が指さしながら声をあげた。「ちょっと、誰がいると思う！」

「誰なの《キ・エ》？」弱々しくてか細い声でペドゥラ夫人は言った。

「イエス様よ！　イエス様がここにいらっしゃるわ！」

「ああ！　なんてすばらしいの《ケ・ベッロ》！」

二人は灌木の後ろにいるドン・ロッコのところに押しかけた。スペランツァは居心地の悪い質問の連続から逃れると、花火の入った鞄を背負って逃げ出した。

このいたずら電話の主はどれくらい問題になるだろうか？　スペランツァは教会の裏の草地や岩の間を通ってゆっくりと山へ向かいながら眉を寄せていた。自分自身にさえ認めたくなかったが、電話に関するドン・ロッコの報告を聞いて薄気味悪くなっていた。クスクス笑う女の子の集団が店にかけてくる電話は気にもならない——実に無害なものだ。だが、ダンテのエージェントのふりをしているこの女は——彼女の場合はまるで話が違った。

スペランツァは店の電話に出るなとスミルツォに指示してあった。すると、エージェントを装うこの女は留守番電話にメッセージを残したので、スペランツァはそれを何度も再生して聞いた。明らかに年配の女の声だった。年のいった女がエージェントのふりをして日々を過ごすほど、ダンテ・リナルディみたいな若造にのぼせあがるものだろうか？　あり得ない気がする。とはいえ、別の可能性、つまり彼女が本物のダンテのエージェントだというのはばかげていた。本物のダンテ・リナルディの本物のエージェントが、アントネッラの大げさなソーシャルメディアの投稿をたまたま見つけたばかりか、それを真に受ける確率はスペランツァに言わせれば万に一つもない。

とにかく、この女が本当にダンテのエージェントだと仮定してみようか？　スペランツァはその考えを理論的に検討してみた。彼女はおれたちにどんなことをしそうだろう？　訴訟を起こすと脅してくるとか、ほかにも不愉快な事態になりそうだったら、おれはちょっとした声明を出せばいいんじゃないか？　近ごろじゃ、みんなそうしている。〝すべて誤解です〟と言ってやろう。自分たちの映画にダンテ・リナルディが個人的に関わるなどとほのめかすつもりはなかった、と。ただ、ダンテに刺激を受けたからとか、彼に敬意を表した結果、あるプロジェクトを実行しようと努めたにすぎない。

もちろん、こんな説明をされたら、マエストロは喜ばないだろう。スペランツァは顔をしかめ、吐き気を催した。それに、Tシャツの件があるじゃないか、と自分に思い出させた。すっかり気分が落ち込んでしまった。水筒の件もある。記念の食器類も。使用許諾とやらの問題があるだろう。「集中しろ！」声に出して言い、頬をぴしゃりと打った。何も問題など起こらない。しつこく電話してくるらしい女はほかのみんなと同じようにただのファンだろう。最後のメッセージで彼女はどう言っていた？　鼻に皺を寄せて思い出そうとした。ああ、そうだ。折り返し電話をくれたほうがいい、何が起こっているかをダンテの母親が嗅ぎつけてとても動揺しているから、と。フン！　タレントの非常に有能なエージェントが、クライアントの母親についてまくしたてるなんてことはあり得るだろうか？　いや、あり得ない。

だが、大事を取って、新しい注文には待ったをかけるようにベッタに言おう。利益が出ている間にやめるべきだろう。たぶん、そっちをやめても、もう二回ほどポテトコロッケを売れば、目標額にたどりつくはずだ。あと二週間もすれば、プレミア試写会に相当な金を払った人々がやってきて、また帰っていく。そうしたら全プロジェクトは穏やかに世間から忘れられていくだろう。配管は修繕され、おれはふたたび掃除機の修理の仕事をして、何もかもがあるべき姿に戻る。そうだとも。それで終わりだ。スペランツァは不安な気持ちを封印した。すべてに決着がついたのだ。

スペランツァはもう教会の裏側にある丘の頂上に来ていた。昔はロバの放牧場で、フランコ叔父の野心的な屋外の円形劇場が建てられる場所だ。ここ二週間あまり、建設現場を訪れていなかった。

今、それをちらっと見て息をのんだ。叔父は何をやったんだ？　ほんの二週間前は大きな泥の穴でしかなかったところに、滑らかな煉瓦でできた直径十五メートルほどの平坦な円がある。半円を描いて段々に配列された石造りの座席が並んでいるさまは、池に立つさざ波のようだ。煉瓦か石ででききていない部分はどこも柔らかなベルベットみたいで鮮やかな緑の芝生で覆われていた。巨大な宝石箱の内側に貼られた布を思わせる。

スペランツァは、あ然として見つめていた。どれくらいの人間を収容できるだろう？　三百人？　もしかしたら四百人か？　フランコ叔父がここに円形劇場を建てていると知った最初の日に感じたのと同様に、奇妙なほど平穏な気持ちを覚えた。〝完璧だ〟と思った。煉瓦の最後の一つまで完璧だ。芝生の最後の一本まで完璧。

「叔父さん！」スペランツァは声をかけた。手を振って呼び止め、急いで叔父のもとへと向かう。「こいつはすごいじゃないか？　いや、すばらしい《ケ・ベッロ》！」

フランコ叔父は顔を上げて目をぎょろりとむいた。「ちょっと行って、このおしゃべり《キャッキエローネ》が何の用か確かめてくる」彼は作業員たちにぶつぶつと言い、大股でこちらに歩いてきた。

スペランツァは一人で微笑んだ。まったくフランコ叔父ときたら、タフな男だ。作業員たちを見回した。ここの男たちが叔父を尊敬していることが見て取れた。それは五人兄弟の末っ子だった男にとって、満足できる経験に違いない。

今、スペランツァの心の奥のどこかで、最近は静かすぎたルイージ・スペランツァが目を覚ましていた。「おれのちっちゃな弟を見ろよ」トウガラシを糸でつないで微笑みながら言った。「あいつはいつも物を作ることが好きだった。ありがとうよ、ジョヴァンニーノ」

スペランツァはこんな父の言葉を聞くとは思ってもいなかったから、ふいに熱いものが喉にこみ上げるのを感じた。想像してみろよ、と彼は思った。この気難しい九十三歳の老人が誰かのちっちゃな弟だったときを！

まだ感傷に浸って喉がふさがっているうちに、叔父がそばへ来た。

「あー」フランコ叔父は甥の横に立ち、円形劇場をぐるっと見渡しながら言った。タバコに火をつけて吸う。「悪くないようだな」肩をすくめながら言った。

スペランツァは声をあげて笑った。「ああ、叔父さん。悪くないですよ。ウェスパシアヌス皇帝（ローマ帝国の第九代皇帝。コロッセウムの建造に着手した）だって悪くないと言うでしょう」

フランコ叔父は吠えるような声を出したが、彼が二十年前に妻を亡くしてから、最も笑いに近いものだった。「ああ、かなりいいと思うぞ」つぶやくように言い、皺だらけの顔にはゆがんだ微笑が浮かんだ。

「考えてみてくださいよ」スペランツァは言い、驚きに打たれてまたしてもあたりを見た。「これだけのものを叔父さんはたった一万五千ユーロで作ったんだ」

それを聞くと、フランコ叔父から本物の笑い声があがったのだった。

第十六章　スミルツォの劇的なセット・ピース

フランコ叔父は笑いすぎてゼーゼーと息を切らしていた。

「どうかしとるんじゃないか？」叔父は尋ねた。「これまで請負業者を雇ったことがないのか？半額を前金で払って、仕事が完了したときに残りの半額を払うんだ。そういう仕組みになっとる」

フランコ叔父は身を乗り出し、甥の側頭部をトントン叩いた。「やあ！　誰かいるか？」

スペランツァはまじまじと叔父を見つめるだけだった。息をするのも忘れていた。

フランコ叔父はスペランツァの肩をぴしゃりと打った。「しっかりしろ、ジョヴァンニーノ。誰も死んじゃいない。金はみんな払ってもらった。昨日、残りの代金をスミルツォが払ってくれたよ」

スペランツァは口をパクパクさせた。話そうとしたが、言葉が出てこなかった。

「フランコ！」作業員の一人が呼びかけた。「来《ヴィエニ》てくれ！」

フランコ叔父はそっちへ行ってしまい、スペランツァは一人で残された。

天を見上げる。〝主よ、どうしてこんな仕打ちをなさるのですか？〟彼は尋ね、目は何もない空を探っていた。〝おれがどんなに頑張ってきたかご存じでしょう。ご存じのはずだ〟疲れた脳は思わず、勝手に計算していた。今朝の時点で必要だった千二百二十五ユーロは、あっという間に一万六千二百二十五ユーロまで膨れ上がってしまった。金を作るのにここまでやってきたすべてを考えた――腰を低くしてマエストロに頼んだこと、暑い日差しの中をコロッケの入ったバスケットを持って家から家へ訪ね回ったこと、自分の店をリングが三つあるハリウッドのサーカスみたいなところに変えたこと――それが今、こんな事態に？

どっとこみ上げた怒りで胸がいっぱいになった。〝主よ、こういう状況をおもしろがっていらっしゃるのでしょう？〟かつて感じたことのない苦々しさを味わいながら尋ねた。〝あなたにとって、おれの人生はジョークみたいなものなのですか？〟

神は答えてくれなかった。

スペランツァは二十分後、汗びっしょりのすっかりイカレた状態で撮影現場に飛び込んだ。

「ボス！」手を振りながらスミルツォが呼んだ。「ボス、見てください！」

スペランツァはあたりの光景に目を走らせた――岩がころがって雑草が生えた、起伏のある地面、森の暗い外れ。ジェンマはメイクアップ用のテントにアントネッラと一緒にいた。テントと言っても、粗末なアルミ製の室内物干しにベッド用のシーツを広げて留めたものにすぎなかった。青と白のクーラーボックスが見えた。そのまわりにマエストロ家の一団が群がっていて、ピエトロは〈ベータマックス・ベータムービー〉をふざけ合う兄弟たちに向けていた。最後にスペランツァは一人だけこっちへやってくるスミルツォに気づいた。ぐったりした巨大なピンク色の動物のぬいぐるみみたいなものを興奮した様子で指さしている。

「これはボスにですよ！」スペランツァがさらに近づくと、スミルツォは叫んだ。「母がボスのために作ったんです！」

スペランツァは一度だけスミルツォの家に行ったことがあり、そのときたまたまバスルームを使わせてもらった。そこで発見したのはトイレのタンクの上に置かれた、スミルツォの母親の手作りらしい目を見開いた派手な人形で、服の部分はトイレットペーパーのロールを覆っていた。

どうやら今度、スミルツォの母親の野心はさらに高まったようだ。

「ここにトイレットペーパーがあるのか？」スペランツァは用心深くスミルツォにささやいた。

「ボーーーッス！」スミルツォは言った。「椅子ですよ！　監督用の椅子。見てください！」

スミルツォの母親はトイレットペーパーを飾るのにとてもうまくいった、絶対確実な方法を採用していた。巨大なピンク色の、上からかぶせるタイプのカバーをかぎ針で編み、シンプルな折りたたみ椅子を覆ったのだ。

「ああ」スペランツァは言った。まだ怒りと絶望で頭がいっぱいのまま、めまいを覚えながらふらふら歩いていくと、椅子をあらゆる方向から眺めた。うわあ、なんてみっともないんだ。身震いしながら思った。しかも実用的じゃない――スミルツォの母親はなぜ、ロケに毛糸がぴったりだと思ったのだろう？　雨が降ったらどうする？　泥だらけになったら？　この椅子が本物の監督用椅子の隣に並んだら、どんなふうに見えるか想像してみろ！　ただ醜いだけではない――これ以上ないほど間抜けに見えるぞ。

「それから、見てくださいよ、ボス！」スミルツォは椅子カバーの背を指した。「Regista《レジスタ》」と読めた。白い糸でおぼつかない刺繍がしてある。

〝監督、か〟とスペランツァは思った。その言葉をしばらく眺め、でこぼこの文字を指でなぞりながら。スミルツォの母親の美的センスを誰がどう言おうと、この部分については彼女もちゃんとやってのけたのだ。スペランツァはおおいに期待がこもった、おおいに誇らしげな様子で自分の反応を待っているスミルツォを見上げた。――ぜひとも気に入ってほしいと思っているのだろう。彼は撮影現場に視線を向けた。この映画を作るために加わってくれたほかの若者たち、懸命に取り組んでくれているみんなを見つめた。

「すばらしい」スペランツァは怒りやケチな考えをのみ込んで、きっぱりと言った。「とてもすばらしいよ。おれが気に入ったとお母さんに伝えてくれ」

スミルツォの顔が輝いた。「ありがとうございます、ボス」

八月の真っただ中に山のてっぺんで、赤道からわずか四千五百キロメートルしか離れていないところで、毛糸に覆われた椅子に座っているのはめったにない経験だった。死ぬまでこのことを忘れない自信がスペランツァにはあった。最悪なのは膝の裏側で、カーゴ・ショーツのおかげでむき出しになっていたため、正午になるころには毛糸のせいで発疹《はっしん》ができていた。問題はそれだけじゃなかった。道具に関するちょっとした災難があったのだ。イヴァーノが現場で喫煙していることにスペランツァが気づいたあとだった。

「あいつは何をしているんだ？」双眼鏡の照準をイヴァーノに合わせながらスペランツァは小声で言った。それから立ち上がると、ぶつぶつができた膝裏にひんやりした風が当たった。彼はメガホンを使って怒鳴った。「**禁煙だぞ！**」

　イヴァーノにとって不運だったのは、スペランツァは逆側から双眼鏡を覗いていたため、獲物がはるか遠くにいるものと思ったことだった。実際には、イヴァーノはメガホンの声が出る部分からほんの数センチしか離れていないところにいた。

「**何で《ケ》すか、シニョーレ？**」イヴァーノは叫び返した。耳の中がガンガンして、自分の声がよく聞こえなかったのだ。「**何て言ったんですか？**」

　スペランツァはかゆくてムズムズさせる止まり木から不機嫌に計画を説明した。アントネッラは画面の明るさが最大限に得られるように、森外れの栗の木で最も丈夫そうな枝まで登らされることになる。架空の隣人の猫を助けるため、彼女が木に登って立ち往生するという設定はあきらめた。というのも、このときのために借りることにしていたビージ夫人の猫は会ったとたんにアントネッラを嫌いになったようで、鋭いかぎ爪の前脚で彼女の顔をひっかこうとしたからだ。

「となると、なぜ彼女は木に登ってるんでしょうね、ボス？」スミルツォは心配そうに眉を寄せて尋ねた。

　アントネッラはあきれたような顔をした。「携帯電話の電波の受信状態がいいところでも探してるのかもね」そう言って、スマートフォンを頭上に掲げ、目を細めて画面を見た。「なんだかアマゾンにでもいるみたい」小声で言った。

「その点は気にしなくていい」スペランツァは手を振りながら言った。「重要ではないよ。何か伏線を張っておけば済む」このいわゆる〝伏線を張る〟というのも、ここ二週間ほどの間にスペランツァがスミルツォから学んだ脚本制作のトリックだった。スミルツォの話によれば、脚本家が途中で充分なヒントをまき散らしておけば、観客は何でも、本当にどんなものでも受け入れるようにさせられてしまうらしい。「たぶん、映画の始めのほうで彼女がツリーハウスを建てたがっているとか、小鳥の友達だとか言っておけばいいだろう」

「このヒロインはだんだんと超おかしなキャラクターになってきてるね、おじさん」アントネッラは文句を言った。この一週間に書き換えられた脚本のせいで、ヒロインは標準中国語を話すことになり、短期記憶障害になり、長らく行方不明だった双子のきょうだいがいることになってしまっていた。

「気にするな」スペランツァは大声で言った。「さて、ロレンツォ。イグナチオ」問題のマエストロ兄弟のうちの二人を探して見つけると、スペランツァはたじろいだ。「もうメイクアップ用のテントへ行ったのか？」慎重な口ぶりで尋ねた。

「そうですよ」

スペランツァは眉を寄せ、ぼそぼそとピエトロに話しかけた。

「わかっているだろうが、あの二人をアップにする必要はない。怪しい奴らがいるってことがなんとなくわかればいいだけだからな」

スペランツァはロレンツォとイグナチオに森の右側にある野原を指し示した。いくつか転がった巨石の裏にはスミルツォがうずくまり、〝アクション！〟の掛け声を聞いたら走り出す手はずになっている——トム・クルーズを意識した走り方に違いない——木の根や岩を飛び越えつつ野原を横切り、彼を捕まえようとするロレンツォとイグナチオの手から逃れながら。そしてスミルツォはイヴァーノが朝の数時間を費やして葉で飾りつけ、近くの木に固定しておいた丈夫な縄をしっかりつかむことになる。その縄にぶら下がってアントネッラのいる枝まで滑空し、ウエストをつかんで無事に助け出すというわけだ。

「それから、ぼくはすべてを爆破するんです、ボス」

スペランツァは目をじっと天に向けていた。そもそもの始めからスミルツォは頑として譲らなかった。まっとうな映画には、ヒーローが何かを爆破して、振り向きもせずにさりげなくそこから歩き去るシーンがつきものなのだと。

スペランツァは当惑した。「そいつは思ったよりも火が自分に迫っているかどうかさえ、振り返って確認しないのか?」

「しませんよ、ボス。こうです」スミルツォはその場面をショールームで実演したのだった。想像上のマッチをぽいっと肩越しに放り投げ、少しも動じていない表情を装う。「もちろん、スローモーションの画面に切り替えたいですよね」スミルツォは大げさな動きでそれをやってみせた。とはいえ、絨毯に足を取られ、真っ逆さまにひっくり返って床に倒れ込んでしまったが。

「いや、スミルツォ」スペランツァは歯を食いしばりながら言った。「おまえはすべてを爆破したがっているが、その必要はない。花火で充分うまくいく」

アントネッラはクスクス笑い、スミルツォは口をとがらせた。イヴァーノは野原の奥へ行くように命じられた。ここがロサンゼルスの郊外だという幻想をすっかり台なしにしかねない、迷い込んできた数匹のヤギを追い払うために。スペランツァは撮影開始の前に五分間休憩すると声をかけた。その間にクーラーボックスまで足を引きずりながら歩いていき、みみずばれができた膝の裏にボトル二本分の冷水をかけるつもりだった。

「ボス」あとを追いながらスミルツォが言った。「ボス、このシーンの最後はどうしますか?」

「何がどうしたって？」スペランツァはクーラーボックスの蓋を開け、砕いた氷の山に手を突っ込んでいらいらと探し回った。一本の水も残ってないじゃないか！　マエストロ兄弟に全部がぶ飲みされたに違いない。険悪な口調でつぶやいて氷をひとつかみすると、ハイソックスの中に詰め込んだ。

スミルツォはまだそばをうろうろしていた。「ボス、ただ――」ささやき程度まで声を小さくする。「ぼくは最後に彼女にキスすることになってるんですよ。覚えてるでしょう？」とがった顎をした顔は苦悶《くもん》をたたえてピンクと白に染まっていた。

「あー」スペランツァは理解した。「なるほどな。そいつはたいした問題じゃないぞ、スミルツォ。その瞬間が来て、自分にはやれそうにないと感じたら、こんなふうに顔を傾けて彼女の頬に頬を押しつけるだけでいい」スペランツァはてのひらのつけ根を自分の頬にぺったりと押しつけて実演した。「誰にも違いはわからないだろう」肩をすくめる。「映画のマジックってわけだ」

「わかりました」スミルツォは言い、深く息を吸ってゆっくりと吐き出した。「ありがとうございます、ボス」

「どうってことはない」スペランツァは言った。

スミルツォは振り返りながら駆けていく練習をするために小走りで去っていった。スペランツァはもうひとつかみ氷をすくおうとかがんで、ふと目を上げた。

「何をしてるんだ？《ケ・ファィ》」彼は叫んだ。

ジェンマとエルネストがメイクアップ用のテントの中でキスをしていたのだ。映画のマジックなんてものの助けをこれっぽっちも借りずに。

スペランツァがまだクーラーボックスの横に立ってジェンマとエルネストを茫然と見ていたとき、彼抜きでセット・ピースが始まっていた。実を言えば、そのシーンが始まることなど誰も予想していなかったし、ピエトロのカメラが回っていたのはまさしく神の為せる業だった。

スミルツォは重大な瞬間が来るのに備えて行ったり来たりしていた。イヴァーノとロレンツォとイグナチオはおしゃべりしながら、キャッチボールをしている。アントネッラは電波の受信状態がいいところを探しながらうろつき回っていたが、今はスマートフォンを掲げて振りながら、スミルツォがもうすぐ裏にうずくまる予定の巨石の一つに登ろうとしていた。撮影の準備をしてカメラをあちこちに向けていたピエトロが最初にそれを目にした。押し殺したような悲鳴をあげて指さす。声が届かなかったアントネッラ以外の全員が何事かと振り向いた。

スペランツァは目の上に手をかざし、あたりを見回した。息をのむ。

ヤギだ！

さっきイヴァーノが追い払ったヤギの一匹が戻ってきたのだ。角の一本が折れた茶色と白のやつれたヤギで、どこか異常なところがあるらしかった。まったく気づいていないアントネッラにどんどん突進していく。頭を上下に振り、目玉をぐるぐる回しながら。

スペランツァは拳を嚙んだ。あんな行動をとるヤギを前にも見たことがあった。五十五年前だが、村の学校長が広場で角に突かれて危うく命を落とすところだった。

今、ヤギは跳ね上がり、後ろ足で棒立ちになっている。ようやくアントネッラがヤギに気づいた。か細い悲鳴をあげ、巨石によじ登ろうとした。

ビュン！

スミルツォが猛スピードで野原を横切った。両脚をピストンさながらに上下に動かし、両腕を回転翼のように振り回している。彼は二度、肩越しにピエトロを振り返った。ピエトロはカメラを手にスミルツォを追いかけていた。

「離れていろ！」スミルツォは叫んだ。

あきらめる気がないピエトロはスピードを落としただけだった。

スミルツォは大声でわめいて両腕を振りながら野生のヤギに駆け寄った。ほんの一瞬、ヤギが躊躇した隙にスミルツォは向きを変えてアントネッラをすくい上げ、彼女のスマートフォンが脇に飛んだ。彼は撮影現場のほうに駆け戻り、激怒したヤギがすぐ後ろを追ってきた。

「走れ！　走れ！」ピエトロは怒鳴り、まだカメラを回したまま自分も走っていた。

それからの三十秒間のビデオはのちに何度も何度も見られることになったのだが、地面と空、走り回る人々の断片がごたまぜに入り乱れ、それから突然、スイッチが入ったメガホンからの甲高い声がすべてを圧して聞こえてくる。

「**イヴァーノ！**」スペランツァの声が轟き、ヤギですら仰天した。「**やめろ！**」

だが、もう遅かった。あとになってビデオでわかったように、イヴァーノはスペランツァの警告を聞きそこなったか、突進してくるヤギが見えなかったかだった。さらに、イヴァーノはロッシ家から借りてきた金属製のゴミ箱に、のちほど安全に配置することになっていた花火を保管してあるという情報を聞きのがしたらしかった。まあ無理もない話だが、彼はこれをちょうどいい場所にある本物のゴミ箱と勘違いし、火のついたマッチ棒をぽいっと投げ込んでしまった。

うろついていたマエストロ兄弟の一人がイヴァーノに飛びつき、何も知らずに楽しそうにしている彼を地面に引き倒した。一秒後、ぞっとするドカンという音が立て続けに起こった。思いもよらない目に遭わされたヤギは逃げ出した。そして、花火が耳障りな音をたてて一斉に華々しく開いた。それが合図だったかのように、花火が打ち上がる前で、スマートフォンの行方がさっぱりわからなくても今度ばかりは気にしなかったアントネッラは、スミルツォのとがった鼻を避けるために頭を四十五度傾げ、思い切り唇にキスしたのだった。

かぎ針編みのカバーがかかった椅子は、花火の爆発の犠牲になったと判明した。

「あれは美しい椅子だったのにな、スミルツォ」スペランツァは状況にふさわしい沈痛な口調で言った。

「かまいませんよ、ボス」スミルツォはピンク色の残骸を靴の爪先でつつきながら言った。そのときの彼は椅子が爆風で天国へ吹き飛ばされたとしても、気にもしなかっただろう。自分が救出されるぞっとする場面をもう三度もビデオで見たアントネッラは、スミルツォの腕にしがみつき、騒動の際になぜか擦りむけた彼の左のこめかみに優しく氷を当ててやっていた。

「必要なのはヤギ一匹だけだったんだな」スペランツァはつぶやいた。

セット・ピースを撮った喜びの雰囲気が全体に漂っていて、スペランツァ以外の誰もが浮き浮きしていた。スペランツァも気分はかなり上々だったが、その日の朝、フランコ叔父と追加の一万五千ユーロの件を知ったことを思い出すまでの話だった。もう七時四十五分で、夕闇が迫っていた。卵とじゃがいもの大きなサンドイッチを食べた記憶ははるか彼方に遠ざかり、スペランツァはなぜかウサギ穴に踏み込んで足首をひねってしまった。家に帰る時間だった。マエストロ兄弟の良心的な一人が、くすぶっている燃え残りや煙はないかと最後にもう一度、森を点検した。マエストロ家の別の一人はクーラーボックスを背負い、スペランツァは恐る恐る足首の状態を確かめた。

「もし、ぼくにもたれたほうがよかったら――」エルネストは控え目ながらも気遣いそのものの態度で切り出したが、スペランツァはけんもほろろにはねつけた。

「この足首は六十二歳だからな、お若いの」スペランツァは背筋を目いっぱい伸ばしながら冷たく言った。「家まで歩く力は充分にある」

腕をアントネッラの腕と絡ませていたスミルツォは目をしばたたいた。「年を取るごとに骨が強くなるなんてことはないですよ、ボス。骨が弱くなるのと勘違いしてますね」彼は言った。スペランツァは背伸びして、スミルツォの後頭部をぴしゃりと叩くしかなかった。

彼らは略式のキャラバンみたいにばらばらに村へ戻っていった。スペランツァは足首がだめそうだと気づくたび、エルネストの注意を引かないように小声でスミルツォをそっと呼んだ。「スミルツォ！」そう言うと、彼は手を貸すために慌ててやってきた。一緒にアントネッラを引きずりながら。

「**おれたちもホテルまで行きますよ、シニョーレ**」イヴァーノが大声で言った。ゴミ箱いっぱいの花火に一斉に火がついて打ち上がったあと、まだ聴力が本調子じゃなかったのだ。「**無事に帰ったのを見届けたいんです**」

スペランツァは難色を示したが、イヴァーノには聞こえず、ほかのマエストロ兄弟も同じことを言い張った。ボスの身の上を案じる点では引けを取るまいとばかりに、スミルツォも一緒に行くと言った。ホテルが近くなって、土手をまわり込んで建物の正面が見えそうになったとき、スペランツァは前方から人声が聞こえることに気づいた。

「何事だ？」スペランツァはつぶやいた。その瞬間、これまで二回しか鳴ったことがなかった携帯電話が、カーキ色のカーゴ・ショーツにふんだんについたポケットの一つで鳴り始めた。

「ベッタ、どうした？」スペランツァは眉を寄せながら電話に出た。二分ほど前に太陽は地平線の下に沈み、今は最初の星々が空に瞬き始めている。スペランツァは暑くて空腹で体が痛かったし、汗と汚れのせいで独特のいらいらする感覚も味わっていた。今度は何なんだ？　夕食とシャワーを邪魔しようとする新たな問題が起きたに違いない。

「ニーノ」百メートルほどしか離れていないところにいるはずなのに、電話から聞こえてくるベッタの声はくぐもっていた。「ニーノ、外に人がたくさん押し寄せているの。どういうことやらさっぱり――」

スペランツァは歩くスピードを速め、突き刺すような足首の痛みにたじろいだ。「何だろう？」彼は尋ねて、少しでも早く現場を見ようと急いだ。「カルロッタは大丈夫か？」

「ええ、大丈夫」

スペランツァは小規模なキャラバンの後ろのほうにいた。今やみんなをかき分けて進み、前に割り込もうとしたが、うまくいかなかった。だから、現場が見えるよりも先に声が聞こえた。

「おお！」明らかに驚いているジェンマの声が聞こえたかと思うと、エルネストが「うわっ！」と言ったのが聞こえた。

足首をひねっているわけではないし、痩せているおかげで人ごみをかき分けるのがいっそう簡単なアントネッラはスミルツォの手を離し、どうにか人を押し分けて前に出た。

「キャアーーーーーーーッ！」アントネッラが叫んで指さした。

人ごみに押しつぶされそうになりながら、スペランツァがようやく前のほうにたどり着くと、何が起こっているのかが見えた。胃がストンと落ちた気がした。

ホテルには明かりが二つ灯っていた。カーテンを開けっ放しの窓に二つ。あたりが暗くなり出すと、ホテルのそばを通った人にはこの明かりのせいで部屋の中がまともに見えた。一階の居間には、ジャックス（ゴム毬をつきながら、突起のついた丸い金属やプラスチックのコマを投げたり拾ったりする遊び）で遊ぶカルロッタと、その傍らのベルベットのクッションで眠っているバンボリーナがいた。そこから離れた三階では……。

スペランツァは凍りついた。息が止まった。携帯電話が手から滑り落ち、慌てて拾い上げた。

「ベッタ！　ベッタ！　グリーンルームだ！　電気を消せ！」彼は言った――今朝、急いでいたせいで電気を消し忘れたからだ。あの部屋の電気が消えているかどうか点検するなど、ベッタは思いつきもしなかったからだ。もはやベッタは三階の明かりなど調べることもなかったからだ。グリーンルームには一年以上、宿泊客などいなかったからだ。ダンテ・リナルディの等身大パネルは別として。それが今、ぎこちない置かれ方をしているものの、道路から丸見えになっていた。

アントネッラはまたしても悲鳴をあげた。「彼がいる！」

「ボス？　どういうことですか？」スミルツォはパニックに駆られた様子であちこち見回しながら尋ねた。

ベッタは記録的な速さで三階へたどり着いたらしく、明かりが消えた。グリーンルームは出し抜けに暗闇そのものに変わった。

だが、もう遅すぎた。すでに取り返しがつかないことになってしまっていた。

第十七章　宿泊客

スペランツァのホテルにいるのは、その所有者たちと宿泊費を払っているポメラニアン一匹を除いてゼロのままだった。しかし、ホテルの前の短い小道はそんなわけにはいかなかった。雨が降ると言ったスミルツォの予報が外れ、陽に照らされたこの不運な舗道は、一晩のうちに数キロ四方からやってきた若い女たちの集結場所となっていた。この世での貴重な何時間をも費やして小道に立ちっ放しで、誰も現れない窓に期待を込めた視線を送り続けるほど暇がたっぷりとあって、ダンテにのぼせ上がった女たちの集まる場所になっていたのだ。アントネッラは事実上、こうして集まった女たちのリーダーとなっていた。スペランツァはポリッジの入ったボウルをつかんで口髭をピクピクさせながら、アントネッラが聖なる場所を指さす姿を居間のカーテンの隙間から眺めていた。

「ニーノ、こぼさないで！」ベッタが叱った。

「あれじゃ、キリストの再来かと思うだろうな」スペランツァはぶつぶつ言い、妻が注意したのに、スプーンからポリッジをこぼし、ソファの背にかけてしまった。だが、そのとたん、ノンノ・グイドが飛んできて、こぼれたポリッジをピチャピチャと舐めた。ノンノ・グイドは覚えが早かった。

学んだ一つは、バンボリーナを大目に見ることが最も得だという点だった。バンボリーナを受け入れないと、自分の部屋に追いやられるからというだけではない。ノンノ・グイドがバンボリーナに耐えているおもな理由は、この犬も食事をこぼしがちだからだ。そこで野心的な若いシュナウザーがやるべきなのは、新参者の客が食べている間、静かに待つことだけだった。バンボリーナは一日に六回以上はこぼすから、ノンノ・グイドは待つだけの価値があると確信していた。

電話が鳴った。

「あなたによ、ニーノ」ベッタが声をかけた。「スミルツォから」

スペランツァは受話器を受け取った。

「何だ?」彼は怒鳴った。

「あいつはいるんですか、ボス?」誰かに聞かれているかのように、スミルツォは声をひそめて言った。「今、ボスと一緒なんですか?」

スペランツァはうんざりして天井に目を向けた。スペランツァの知る限り、今陥っているような状況に対処してくれる役割を割り当てられた聖人はいない。どうやら自分の力だけで前進しなければならないようだ。

「聞いてくれ、スミルツォ」スペランツァは言った。「落ち着くんだ、いいな? 万事順調だ」

長い沈黙があった。

「彼女はそこにいるんですよね、ボス?」スミルツォは力のない声で訊いた。「アントネッラですが? 彼女もいるんですね?」

スペランツァはちょうど今、誰かに呼ばれたふりをした。「ああ、わかった! すぐ行くよ」肩越しに大声で言う。それから受話器に向かって話した。「悪いな、スミルツォ。行かなくちゃならない。じゃあな《チャオ》」

三十秒も経たないうちにマエストロからの電話があった。

「ニーノ！」受話器を持ったまま、ベッタがささやき声で言った。「彼と話して！」

スペランツァは必死になって両手を振った。「絶対に話さないぞ！」

そんなわけで居間の入り口に立ったまま、ベッタがマエストロと話すことになった。「夫は今、忙しいんです、シニョーレ……そうですね、シニョーレ……いいえ、シニョーレ……もちろんですとも、シニョーレ……」額に皺が寄る。「それはいい考えだとは思えませんね」ベッタはしばらくうなずいたり、小声で話したりしながらそこにいた。「わかりました」とうとうそう言った。「夫に伝えます」

彼女は受話器を置き、夫に顔を向けた。

「それで？」スペランツァはやや乱暴な口調で言った。

ベッタは肩をすくめた。「これは問題よ、ニーノ」

スペランツァが壁からコードを引き抜かないうちにまた電話がかかってきた。

「シニョーレ！」ドン・ロッコの温かで陽気な声が言った。「ダンテ・リナルディがそちらへ来たそうですね。謝罪しようと思って電話しました。つまり、実を言うと、わたしは彼が来るとは信じていなかったのですよ」

＊

スペランツァは自分の職場へ行かなかった。どうやら十五人のマエストロ兄弟も肉屋へ働きに行かなかったらしい。その代わり、十一時半を回ったころ、小道にいる退屈そうな女たちがはっきりと関心を示したのだが、マエストロ兄弟はホテルの前に現れた。おそろいのカーキ色のパンツを穿き、黒いシャツを着て黒い帽子をかぶり、複雑そうに見えるイヤホーンを耳に差して。イヴァーノからなんらかの合図が出されると、彼らは敷地内に扇形に広がった。

それまで身を隠すことにしていたスペランツァだったが、居間の窓をぱっと開けた。

「いったい何をしているんだ？」彼は頭を突き出して大声で言った。

聴力が元に戻ったイヴァーノが叫び返した。

「警備する人間が必要じゃないかと思ったんですよ。リナルディさんは貴重な荷だから」

窓辺で腰を下ろしていたジェンマとカルロッタは手を振ってクスクス笑い、スペランツァはあきらめて上の階へ行った。

正午ごろ、シュプレヒコールが始まった。二時半、肉屋を閉めてやってきたに違いないマエストロが姿を現した。脅威そのものの様子でうろつき回り、深みのある低い声ではっきりと質問していたので、三階のグリーンルームにいたスペランツァにさえマエストロの言葉はよく聞こえた。スペランツァは部屋でうずくまっていたが、たじろぎながら集団を見下ろした。

「何か見た者はいないか？」マエストロは轟くような声で訊いた。「明かりはついていたのか？」に続き、「奴は窓から顔も出さなかったのか？」と。質問に対して満足がいく答えを一つも得られなかったマエストロはホテルの玄関から三メートルほど離れたところに足を大きく開いて立ち、腕組みした。「もしかしたら、奴はここにいないのかもしれん！」大声で言った。「映画スターなら、ファンに挨拶ぐらいするはずだろう！」

沈黙があった。そして、小道にいる女たちから同意のつぶやきが口々に起こり、やがてまた一斉に声があがった。「ダンテに会いたい！　ダンテに会いたい！」

スペランツァは絶望的な気持ちで部屋を見回した。どうしたらダンテが本当にここにいるように見せられるだろう？　ぱっとインスピレーションが湧き、彼は膝で床を這って行くと、手を伸ばしてフロアランプをつけた。それからダンテのパネルまで這っていって引きずってくると、ランプの前にぎこちない角度で置き、きっちり閉めたカーテンにダンテの形の影が映るようにした。

階下に集まっていた群衆から一斉に息をのむ音と歓声が聞こえてきて、スペランツァはささやかな勝利感を味わった。

当然の成り行きだったのだろうが、次の瞬間、グリーンルームのドアがいきなり開いてスミルツォが転がるように入ってきた。すぐあとからベッタも。

「ごめんなさい、ニーノ！」ベッタは手をもみ絞りながら叫んだ。「彼を止められなかったの！カルロッタが裏口から中に入れてしまったのよ」

ダンテ・リナルディと対決するためにやってきて――それから――自分でもどうするかよくわかっていなかったスミルツォは部屋を見回し、当惑して目をぱちぱちさせた。

「ボス？」スミルツォは甲高い声をあげた。

スミルツォはグリーンルームで一番座り心地のいい椅子へ案内され、元気づけとして、トレイに載せた甘いコーヒーを勧められた。ランプのスイッチは切ってあり、さらに侵入者が来るのを防ぐため、もう一つの椅子をノブの下に置いてドアが開かないようにしてあった。

「つまり、どれ一つとして本当じゃないってことですか、ボス？」スミルツォは茫然として尋ねた。この暑さにもかかわらず、毛糸編みのブランケットを肩に巻きつけ、歯をカチカチ鳴らしている。

「シーッ」スペランツァはドアのほうを手振りで示しながら警告した。「娘たちは知らないんだ」この上なくみじめそうなスミルツォを見つめたスペランツァはさらに気分が落ち込んだ。ああ、スミルツォ。こんなふうに真相をおまえに知らせるつもりじゃなかったのに。「いくつか本当のこともある」スペランツァはつぶやいた。

スミルツォは頭を振った。壁の一点をじっと見つめている。

「ダンテ・リナルディはぼくの脚本が気に入らなかったんだ」そう言ったスミルツォの声はうつろだった。

「おい、ちょっと待て！」スペランツァの口髭が逆立った。「おれはおまえの映画が気に入ったぞ。おれはいいものだと思った。とにかく、ダンテ・リナルディが何様なんだ？　フン！」身を乗り出してパネルを指で弾くと、ぐらぐら揺れて倒れてしまった。

スミルツォはゆがんだ微笑を浮かべた。「最低な野郎ですよね？」

スペランツァは両手を振り上げた。「あいつも悪くはないかもしれないぞ。日焼けサロンの宣伝に使うならな」

スミルツォの微笑が大きくなった。「タンクトップの宣伝とか」

「そうとも！」スペランツァは言った。「ヘアトニックでもいいかもしれん」

二人は声をたてて笑ったが、笑い声が小さくなると、スミルツォはふたたび不機嫌になった。「だけど、彼女はあいつが好みなんですよ、ボス」暗い顔でスミルツォは言った。「彼女が好きなのはあいつなんです」

スペランツァは顔をしかめた。この主張を否定しても意味はない。アントネッラはダンテの顔がついたTシャツを着て、それに似合いのイヤリングをつけて六メートル下の舗道にいるのだから。

「あいつは作り物の人間だよ、スミルツォ」代わりにそう言った。「単なる想像の産物だ。ダンテ・リナルディという人間すら、本物のダンテ・リナルディじゃないかもしれないぞ」

「うーん」スミルツォは言った。この論理に困惑しているようで、どっちが正しいとも言いたくなさそうだった。

それから事情が洗いざらいぶちまけられた。下級の配管検査官と配管の件（「あれは〈ハバ・ババ〉ガムでしたよ、ボス」スミルツォは思い出しながらかすかに微笑を浮かべて言った。「たしか、ストロベリー味だった」）、アルベルトの家まで行ったこと、ジョージ・クルーニーが家探しをしているという噂。スミルツォは適切なところで笑い声をあげたり、顔をしかめたりしながら話のすべてに耳を傾けた。

「でも、今はどうするんですか、ボス？」スペランツァが話し終えるとスミルツォは尋ねた。

「ダンテはここへ来ていたが、帰ったと言おう」スペランツァはきっぱりと言った。「そうしなくちゃな。明日になったら、ダンテが真夜中にこっそり帰ったと言うんだ。あんなアホどもをここにとどまらせるわけにはいかない」窓のほうを身振りで示した。

スミルツォは唇を噛んだ。「それはどうかな。マエストロが――」

「またか！」スペランツァは鼻を鳴らした。「またマエストロの話かい？　マエストロなんて悪魔《アンコーラ》に連れていかれるといいんだ」だが、そんな啖呵《たんか》を切ったくせに、スペランツァは落ち着かなげにカーテンの隙間から外を覗いた。女たちはまだいる。今や舗道にあぐらをかいて座ったり、お互いの髪を整えたりしていた。マエストロ兄弟たちは三メートルほどの間隔を空けて立ち、見張りの任務に就いている。それからマエストロその人がいた。さっきと同じところに立っている彼の足は根が生えたようだし、腕組みしたままだ。剝製のイノシシさながらに時を超越した頑強さで遠くを見つめている。

「思うんですけどね、ボス……」スミルツォはためらいながら言った。「……ダンテが本当にここにいるように見せるべきじゃないですか。せめて二日ほどは。大事を取ってということで。どうですかね？」

スペランツァは天井を見上げてため息をついた。

「たぶん、おまえの言うとおりだろう。どこから始めたものかな？」

スペランツァたちは、スミルツォがダンテのパネルの横で微笑しているぼやけた写真をポラロイドカメラで撮った。

「もっと照明がいりますね、ボス」結果を確かめながらスミルツォが批判的に言った。「この写真だと、フラッシュがダンテのタンクトップに反射している」

何度か試行錯誤を重ね、三階への通路をふさいで立てこもったあと、二人は説得力のある写真を撮るための明かりと距離の完全な組み合わせ——コードを廊下まで伸ばしたフロアランプを四つ使い、およそ二十歩離れる――を探り当てた。

スペランツァは目を細めて、完成した写真をためつすがめつ眺めた。「これはおまえとダンテのように見える」そう言った。「うんと一生懸命に見ればだが」

「ぼくは今日の新聞を持ったほうがいいかも」スミルツォが言った。

スペランツァは鼻に皺を寄せてこの提案を考えた。「おまえの考えているのは人質事件の場合だよ、スミルツォ。人質絡みでなけりゃ、そんなことをしなくてもいいだろう」

スミルツォは納得しなかった。「さあ、どうですかね、ボス」疑わしげな口調で言う。「ぼくはやっぱり新聞を持ったほうがいいと思いますが……」

スペランツァはあきれながらも、新聞を持ってきてくれと階下のベッタに叫んだ。

四時になると、ジェンマとカルロッタがフランコ叔父のもとへと送り出された。スペランツァとスミルツォは窓辺にひざまずき、二人が出ていくのを窓台越しに覗いていた。母と娘は玄関を出たとたん、群衆に囲まれた。

「彼はどこにいるの？」

「彼に会った？」

「彼と話したの？」

「どうして彼は外に出てこないのよ？」

ジェンマは手を振ってみんなを黙らせようとした。「知りません！　わたしは知らないの！」彼女は言った。「極秘事項なんです。母の話によると、ダンテは変装してチェックインしたらしいし、プライバシーを望んでいるとか。わたしは何も見ていません！」肩をすくめる。「もしかしたら、彼には吹き出物でもできているのかもね」

　スペランツァが期待したような笑い声があがるどころか、ジェンマが思いつきで言ったことについて、舗道にいる女たちの間で真剣な話し合いが始まった。しばらく意見交換がされたあと、十中八九、この可能性が正解だろうと、彼女たちは厳粛な顔で同意に達した。中でも勇敢な女はバッグ中をかき回して調べると、コンシーラーのチューブを取り出し、これを喜んで差し上げますと窓に向かって叫んだ。ダンテが小さな籠を紐でつないで窓から降ろしてくれさえすれば、と。

　作戦の第一段階が完了し、五時ごろスペランツァはベッタに家の外に出てもらった。表向きは玄関ポーチと私道を掃くためということにした。

「何も話せないのよ！」ベッタは大声で言い、口のチャックを閉じて施錠し、その鍵を捨てる真似をしてみせた。それからは誰にも一言も話さずに箒を勢いよく振り回して進みながら、舗道にたむろしていた女たちを追い払った。完全に掃除が終わり、満足そうに埃を巻き上げると、ベッタはマエストロのそばを通りざま、スミルツォとパネルが写ったポラロイド写真を落とした。写真がひらひらと舞いながらマエストロの足元に落ちるように。マエストロが写真を拾おうとかがんだときには、ベッタはすでに家の中に戻って質問する声も届かないところにいたのだった。

　スペランツァとスミルツォは息を殺してこの様子を見守っていた。

　マエストロはしげしげと写真を見た。それからうなり声をあげ、息子の一人を呼び寄せた。二人は一緒に写真を凝視していたが、また別の息子にこちらへ来いと命じた。

　スペランツァは天を仰いだ。「もしかしたら、写真にラベルでも貼っとけばよかったかな」彼はつぶやいた。

けれどもそのとき、集まっていた女たちの一人がマエストロ家の男たちの群れにこっそりと入っていった。と思う間もなく、彼女は金切り声をあげ、女たちがどっと殺到した。熱いじゃがいもを持っているみたいに、写真が手から手へと次々にまわっていく。

「スミルツォじゃないの！」アントネッラは息をのんだ。最初は信じられないという表情だったが、冷静さを取り戻すと、したり顔で頭を振りながら何度も同じ話をした。「ダンテと写っているのは、ほら、スミルツォよ。彼らは友達なの。スミルツォはあとであたしを紹介してくれるはずよ」それから、こんなことはよく知っているから退屈だとばかりに、アントネッラはあくびする真似をした。

このとき、スペランツァがグリーンルームの窓をさっと押し開け、顔を突き出した。

「そこにいたか！　イヴァーノ！」スペランツァは叫んだ。笛のおもちゃの吹き戻しみたいに口髭が外へ広がる。

誰もが動きを止めて上を見た。と思ったとたん、何人もがどっと前へ進む。

「彼に会える？」誰かが大声で尋ねた。

「彼はそこにいるの、シニョーレ？」

ものすごい騒ぎだった。

スペランツァはどの声も無視し、イヴァーノだけに話しかけた。

「いったいどういうことなんだ？」スペランツァは顔をしかめて尋ねた。「ダンテさんは休もうとしているが、おれをここへ呼んで、ひどい騒ぎだと言っている」

ダンテ・リナルディの今の気分に関する言葉を聞き、群衆はしんとなった。たちどころにみじめな立場に置かれたイヴァーノを見ようと、みんなが振り返る。イヴァーノは真っ赤になり、しどろもどろに答えた。

「本当にすみません」彼は帽子を脱いでひねくり回しながら言った。「もしかしたら、そっちへ行ってリナルディさんと話したほうがいいかと――」

スペランツァはイヴァーノをさえぎった。「それは無理だ。ダンテさんの話では――」ここでスペランツァは芝居がかったしぐさで言葉を切り、頭を傾げると窓の内側へ引っ込んだ。それからの数秒間、下で魅了されている群衆にはスペランツァの横顔と、彼の両側を隠しているカーテンしか見えなかったが、彼らは空白部分を埋めることができた。

「あの人、ダンテと話しているのよ！」ヒステリー気味の口調で誰かが言った。

スペランツァはまた窓から顔を突き出した。「ダンテさんが言うには、この状況が改善されなければ、自分の警備員を呼び入れるしかないということだ。それから彼は――」スペランツァはまた言葉を切り、さっきと同じようなしぐさをした。「ダンテさんが言うには、ここから人払いをしてほしいそうだ。考え事もできないそうだよ。それから彼は――」スペランツァはまた頭を引っ込めた。

「ちょっと話が長すぎますよ、ボス」カーテンの端から状況を観察していたスミルツォが小声で言った。

「わかった、わかった」スペランツァはいらだたしそうに言った。最後にもう一度、窓に身を乗り出す。「ダンテさんはさらにこう言ってほしいとおれに言っている」大声で言った。「みんなの前にいる、腕組みした男は――」

窓の下の一団は自分たちの集団に目を向けた。誰もが興味深そうにマエストロを見つめている。

マエストロは期待するように顔を上げた。

スペランツァは華々しく言葉を締めくくった。

「ダンテさんが言うには、そいつは牛のばら肉みたいに見えるそうだ」

そこでスミルツォは、本人のためを思って雇い主を部屋の中へ引っ張り込んだ。窓はひとりでにバタンと閉まった。

第十八章　スペランツァは調子に乗る

そのあと、イヴァーノは警備チームのリーダーとしての役割をとても真剣に果たした。スペランツァとベッタ、そしてスミルツォを除いて、警備チームのメンバー以外は敷地に入れないようにしたのだ。スペランツァたちは全員、特別の通行許可バッジを発行され、スペランツァ家の敷地に出入りするときは常に提示しなければならなかった。

「理解できないよ」スペランツァは言った。「そもそもなぜ、おれにバッジが必要なんだ。おれが誰なのかは知っているだろう。きみが赤ん坊のころからずっと知っているのに」

イヴァーノは首を横に振った。「すみませんね、シニョーレ。これはルールなんです。ルールを捨てたとたん、物事は混乱状態に陥ってしまう」

そうだろうな、とスペランツァは空をにらみながら思った。スペランツァ自身、正直さに関する神のルールを捨ててしまった。その結果がどうなったかを見るといい。ホテルの三階には「宿泊」しているダンテのパネルがあるし、郵便受けへちょっと行くたびに通行許可バッジを見せなければならない。そういうのが、ルールに違反した自分の成れの果てだ。

ジェンマとカルロッタはまだフランコ叔父の家に滞在していて、しょっちゅう電話をかけてきてはノンノ・グイドとバンボリーナの様子を尋ねた。そして今やスミルツォはホテルに入り浸っている。さまざまな間隔をおいてグリーンルームの明かりをつけたり消したりし、ときおりカーテンの前をすばやく通り過ぎるのがスミルツォの仕事だった。下の敷地から熱心に観察しているマエストロ兄弟たちが、人がいる気配にときどき気づくようにと。翌日、ダンテの存在に真実味を持たせるため、スペランツァはD・リナルディの名前で近くの町から大量の高級なランチの宅配を頼んだ。配達人がそれを届けてきたのだが、イヴァーノの厳しい点検を受けた。「毒かもしれないですからね」イヴァーノは言い、ただちに家の中へ料理を運ぼうとしたスペランツァを、腕を伸ばして押しとどめた。一束のスプーンが取りにやられ、イヴァーノは一つ一つの料理を毒見した。その間スペランツァは青空をじっと見つめ、高血圧の守護聖人の聖ゲルウァシウスと聖プロタシウスに、マエストロ兄弟のせいであまり血圧が上がりませんようにと懇願していた。スペランツァには、トウガラシとアーモンドの細切りであえたブロッコリーレイブをイヴァーノが口いっぱいに頬張り、咀嚼《そしゃく》する様子を眺めることしかできなかった。

　十五分経っても自分がまだ死なないと確認し、イヴァーノは今や冷たくなった料理の入った袋を持っていくことを許した。スペランツァとベッタとスミルツォはそれをキッチンのテーブルで食べ、次は何をすべきか話し合った。

「パネルでカメオ出演させるという手はもう使えない」スペランツァはきっぱりと言い、毒が入っていないと確認されたスパゲッティ・ボロネーゼをフォークにくるくる巻きつけた。「スミルツォと写っているポラロイド写真はみんなに見られただろう」

「そのとおりね」ベッタが言った。「それに、ダンテがこのホテルに何日も滞在し続けているとみんなが思ってるのに、背後でただ滑っていくだけの出演しかしなかったら、どう説明したらいいの？　誰もそんなこと、納得しないと思うわ」ベッタは玄関のドアのほうをちらっと見て身震いした。「マエストロさんが納得するとはとても思えないわね」

スペランツァはため息をついた。ダンテ・リナルディが突然ここに現れたことになったせいで、時宜にかなったときに偽の手紙を送ってマエストロに対処しようという計画はすっかりめちゃくちゃになってしまった。今やスペランツァは昔話に出てくる、戸口で狼に待ち伏せされている農夫になった気分だった。

「ちょっと思いついたことがあるんですが、ボス」スミルツォが言った。「ほら、ぼくは三階で映画をたくさん見ていたじゃないですか」

スペランツァはうなずいた。一日じゅうグリーンルームで明かりをつけたり消したり、カーテンを動かしたりしながら座っているだけのスミルツォがひどく退屈していたため、ベッタの提案で寝室からテレビとDVDプレーヤーを運び込んで、映画を見てもらうことにしたのだ。

「だから」スミルツォは続けた。「昨日、ここにあるダンテ・リナルディの映画を見ていたんです。で――」

スペランツァが話をさえぎった。「なぜ、あの間抜け男の映画を見ようと思ったんだ？」

スミルツォは眉を上げた。「ヘイトウォッチング（嫌いなテレビ番組や映画を、けなす目的で観賞すること）って呼ばれる奴ですよ、ボス」

スペランツァは自分とベッタもダンテの映画を見ようとしたときを思い出しながら考えた。片手を振る。「続けてくれ」

「ぼくが考えていたのは……」スミルツォはためらった。「ダンテの顔が必要ないとしたらどうだろう、ってことです。必要なのはあいつの声だけだとしたら？」

スペランツァは額に皺を寄せた。「どういう意味だ？」

スミルツォはダンテの以前の映画から音声をコピーし、それを自分たちなりに継ぎはぎできるのだと説明した。

「単純な話なんですよ、ボス」スミルツォは言った。計画を詳しく説明しているうちに熱が入り、取り分けていたサラダを半分はテーブルにこぼしてしまった。「ぼくは言葉やフレーズを編集できる。ダンテをわれわれのナレーターってことにできるんですよ」

「ナレーターか」スペランツァはじっくりと考えながらつぶやいた。

「必要な装置ならすべて持っていますよ、ボス」スミルツォは言った。「今日にでも、音声ファイルに取り組めますよ」

スペランツァはテーブルの向こう側にいるベッタと視線を合わせ、肩をすくめた。「マエストロはそんなものを気に入らないかもしれないぞ」そう言った。

ベッタは目を輝かせながら腕組みした。「まあ、気に入ってもらわなくてはならないわね」

*

スミルツォはその日、昼も夜も音声に取り組んで過ごした。翌日、彼とスペランツァは家を出て店に行かざるを得なかった。撮影しなければならない最後のシーンがまだあったのだ。そこではスミルツォ演じる登場人物が、アントネッラが演じる人物にプロポーズすることになっていた。エルネストがギターを持って歌うセレナーデをバックにして。

家の敷地を離れるとき、スペランツァはしきりに不吉な予感がしてならなかった。

「外に出るなよ。誰も中に入れてはだめだ！　それと、あのバカ者たちとは絶対に話さないようにな！」出かけようとしながらスペランツァはベッタに言った。

「すべて厳重に封鎖されていますよ」イヴァーノは意気揚々と敬礼して言った。実際、警備は固そうだった。ところどころに制服姿のマエストロ兄弟が配置された、荒涼としたホテルの敷地にスペランツァは視線をさまよわせた。兄弟たちはきっちりとスケジュールを決め、七時間交代で二十四時間、警備に当たっていた。

〝これはおれがしでかしたことなんだ〟スペランツァは暗澹《あんたん》たる思いだった。〝おれの行動の結果がこれだ。マエストロの男たちの行列ってわけだ〟空を見上げた。〝主よ、もう満足じゃありませんか〟

スペランツァとスミルツォはイヴァーノにバッジをさっと見せると、配置に就いているマエストロ兄弟に手を振って別れを告げた。

いったん店に着いて中に入り、無事にドアを施錠すると、スペランツァが考えるべきことは二つあった。映画の最後のシーンについて。そして十八日後に支払い期日が来る、配管の修理代の不足分、一万六千二百二十五ユーロについて。この七十二時間近くというもの、不足の金額について一度も考えていなかった。やることが多すぎる！　ダンテ・リナルディがいるという、この偽の状況は手に負えないほどだった。考え事をする余裕などなかった――息をする暇さえなかったのだ。

スペランツァは『コンペンディアム』をもてあそび、窓の外をちらっと見た。非常に疑い深い人、すなわちドン・ロッコが道を横切っている姿が目に留まった。「ロザリオの婦人会」のメンバーの到着を待っているのだろう。それから、ああ、最高じゃないか――マエストロがいる。肉屋の前をうろうろと行ったり来たりして、遠くをにらんでいた。ホテルのある方向を。スペランツァが眺めていると、マエストロは広場を渡って〈スペランツァ・アンド・サンズ〉の窓へまっすぐ向かってきた。顔を両手ですっぽりと包み、窓ガラスに額を押しつける。そして握り拳で窓をバンと叩いた。

「スペランツァ！　話がしたい！」

ギターのチューニングをしていたエルネストはスペランツァに一瞬目を向けて、身をすくめた。「すみません、シニョーレ」そう言って、ギターのストラップを首から外した。「ぼくに任せてください」エルネストは玄関の鍵を外し、頭を突き出した。「父さん、頼むよ。今は静かにしてくれないかな。ぼくが歌うときなんだ」

マエストロは降参とばかりに両手を振り上げ、喉を鳴らすような声をあげた。顔を奇妙な紫色に染め、憤然とした足取りで広場を横切って帰っていった。

「空飛ぶチキンカツか」スペランツァはつぶやき、また『コンペンディアム』をパラパラとめくり始めた。〝主よ、おれがいかなることに対処しているかおわかりですか？　激怒している男が相手なのです。アニメのチキンカツを有名な映画スターの口の中に飛び込ませたいのに、と〟スペランツァは天井をちらっと見上げた。〝この男をお作りになったのはあなたですよ！　あなたじゃないですか！〟　スペランツァが天の父なる神を非難することはそうそうなかったが、世の中には品質管理というものが確かに存在するのだ。

九時になると、メイクのためにジェンマがやってきて、エルネストが中へ入れてやった。「おはよう、ハンサムさん」ジェンマは言い、爪先立ちして彼にキスした。

机からこの光景を眺めていたスペランツァは目をぎょろりとむいた。

カルロッタが早口にまくしたてながら、母親の足元を回って駆け込んできた。「エルネスト！」と叫ぶ。「ビージさんのお店でマンマが買ってくれたものを見て。ヨーヨーだよ。あたし、やり方はちゃんとわかってるの」カルロッタはヨーヨーの紐の端にある輪に指を入れ、思い切り円を描いて振り回したから、それは危うくエルネストの顔にぶつかるところだった。

「わーお、とてもクールだね」エルネストは言った。「ほら、ぼくも見せるものがあるよ」彼はヨーヨーを取って糸を巻きつけ、ぱっと離した。手首をすばやく動かして紐を軽く弾ませると、ヨーヨーは床の上でゆっくりと前進した。紐でつながれた犬のように。

カルロッタの顔がぱあっと輝いた。「それ、あたしに教えて！」きっぱりと言う。

スペランツァが咳払いすると、ジェンマは目を上げた。「あら、おはよう、お父さん」彼女は言った。それから身をかがめてカルロッタに何かささやく。カルロッタも目を上げて手を振った。

「おはよう、ノンノ」

スペランツァは手を振り返し、声に出さずにぶつぶつ言った。天使の声を持ち、ヨーヨーのいろいろな技を心得たエルネストがうろついているなら、もうおじいちゃんなんていらないだろう？

〝おれは今やバンボリーナみたいだな〟彼は思った。〝年寄りだ。忘れられた存在。昨日のニュースにすぎない〟そのうちどこかの芝生に無防備に横たわって、シュナウザーの群れに襲われるんだろうよ。

その朝はいらだたしいものだった。撮影を進めるのに普段よりも時間がかかった。アントネッラが三十秒ごとに手を止めて、スマートフォンの情報を更新し続けずにはいられなかったからだ。スマートフォンは巨石にぶつかったものの、何カ所かへこんで傷がついただけで、壊れずに済んだのだった。

「もうすぐダンテがプロメットに到着した話を何か投稿するに違いないのよ」アントネッラはやきもきしていた。何のニュースも投稿されていないのを見るたび、眉をひそめている。「見逃したくないの」アントネッラはスミルツォのほうを向いた。「あなたはもう彼と話したんでしょう？　ダンテはあたしについて何か言っていた？」

スミルツォはまぶたを震わせた。「ぼくは――彼とは話してないんだ」スペランツァのほうをちらっと見ながら口ごもるように言う。「彼は――自分の部屋にこもっているんだよ」

そのあとスペランツァはメガホンを取り出し、みんなの注目を集めた。

非常事態が発生したのは一時を回ってすぐのことだ。スミルツォはこれで十回目となるプロポーズの場面にけりをつけているところで、アントネッラはまたしてもヴィジンの目薬をさして涙を作っていたし、エルネストのセレナーデ《セレナータ》は十分の一の強さに弱まって《デチモ・クレッシェンド》いくところだった。たまたま窓に視線を向けたスペランツァは目撃した。マエストロが店の入り口から勢いよく出てくると、前掛けを投げ捨て、〈スペランツァ・アンド・サンズ〉のほうへ拳を振り上げてから、去っていくところを。ホテルの方角を目指していたのは間違いない。

「ろくでなしめ《スコストゥマート》！」スペランツァは息をのみ、「カット！」の声もかけずに、撮影が進行中の現場から出入り口のドアを目指して駆け出した。

「どうしたんですか、ボス？」スミルツォが叫んだが、すでにスペランツァはドアの外に出ていた。

スペランツァはサンタ・アガータ通りを走り抜け、猛スピードで左へ曲がると、昔、両親が経営するホテルに住むベッタに会いに行った少年時代によく使っていた、ほとんど人通りがない近道を通った。ふくらはぎまでの高さがある黄色のリコリスが生えていて、進むのに苦労した。若いころ、こんなにリコリスがあっただろうか？ ここを通り抜けるのがこれほど大変だったことは覚えていなかった。

スペランツァはマエストロが現れる前に到着した。服は乱れ、なぜかリコリスの茎が髪に刺さって口髭の形が変わった状態で。

「シニョーレ」イヴァーノは言い、がっしりした体を張って道をふさいだ。「いらっしゃるとは思わなかった。バッジは持っていますか？」

息をしようとあえいでいたスペランツァは魚のように口をぱくぱくさせた。次の数秒のうちに、先回りしたことは無駄になってしまい、マエストロがよろめきながら登場した。あとからスミルツォ、アントネッラ、エルネスト、ジェンマ、そしてカルロッタが走ってくる。

「どうしたんですか？」イヴァーノはイヤホーンを軽く叩き、両腕を広げながら尋ねた。

「**おれはこの家に住んでいるんだぞ！**」スペランツァは怒鳴った。

「そう急ぎなさんな、スペランツァ！」マエストロが大声で言った。人々をかき分けてスペランツァのほうへ進んでくると、彼の真ん前に立つ。「策略はばれたぞ」

スペランツァはイヴァーノを横目で見た。「ちょっと助けてくれないか？」スペランツァは言った。「彼はバッジを持っていないぞ！」

だが、父親を一目見るなり、イヴァーノの顔は耳の先まで真っ赤になった。「すみません、シニョーレ」もごもごと言う。

スペランツァは天を仰いだが、祈る余裕はなかった。

「聞け、スペランツァ」マエストロは人差し指をスペランツァの胸に突きつけた。「うちの息子たちはここに三日間いる。七十二時間だ。この薄汚いホテルにエアコンがないのはわかってるし、あの窓は――」ここでマエストロは巨大な腕を振り回し、三階のグリーンルームのほうを指した。「――ほんの一ミリの隙間も開いたことがない！　なぜだか、わかるか？」

スペランツァはもじもじした。「宿泊客の中には普通じゃない気温を好む者もいるので――」そう切り出したが、マエストロにさえぎられた。

「おれが理由を言ってやろう！　ダンテはあそこにいないからだ。おれの考えではそういうことだ。ダンテはいないが、おまえはみんなにあいつがいると言っている」

この主張のあと、全員が押し黙ってしまった。ようやく話せるようになったとき、スペランツァの声は震えていた。

「そんなふうに思わせてしまったなら申し訳ない。もし、ダンテがいることをきみに証明してやれるなら――」

「そうだ」マエストロは腕組みした。「そうとも、おれに証明してみろ。ダンテ・リナルディに会いたい。今夜だ」

スペランツァはなすすべもなく肩をすくめた。「彼に訊いてみるよ。しかし――」

「だめだ」マエストロは首を横に振った。「仲介役はいらない。六万八千ユーロを払ったんだから、おれが自分でダンテに尋ねる」彼は腕まくりをした。「今すぐ」イヴァーノを脇へ押しやり、ホテルへと大股で歩き出す。

「シニョーレ！」スペランツァは彼のあとを小走りで追いながら叫んだ。

すると、みんながマエストロを追い始めた。ルールなどどこかへ吹っ飛んでしまい、通行許可バッジなんか何の意味もなくなったからだ。あとを追う集団からスミルツォだけが離れた。

「心配いりませんよ、ボス！」スミルツォはスマートフォンを耳に押し当てて、場をこっそり離れながらささやいた。「ぼくにすばらしいアイデアがあります」

マエストロは玄関のドアへ行かなかった。その代わり、身をかがめて地面から小石をひとすくい拾った。彼は身を起こすと、グリーンルームの窓に向かって散弾でも放つように小石を投げ始めた。

何も起こらない。

スペランツァの耳には自分の心臓の音がドクドクとこだましていた。

マエストロは両手を腰に当てた。

「リナルディさん！」そう呼んだ。「あんたは自分を大物と思ってるのか？　ふうん、おれも大物かもしれないぞ！」

答えはなかった。木々にいる小鳥たちの声が遠くから聞こえてくるだけだ。

「トントン！」マエストロはまた呼びかけた。「そこにいるのは誰かな？」

今度はカーテンの後ろで何かが動く気配があった。アントネッラは悲鳴をあげたが、スペランツァが手を振って彼女を黙らせた。

ツァに投げた。

「どうせあれは女房だろう」マエストロはつぶやき、腕組みしながら蔑《さげす》んだような視線をスペラン

窓がゆっくりと十五センチほど開き、かろうじて見える手が白いハンカチをひらひらさせた。

スペランツァは目をむいた。これがスミルツォの言う、すばらしいアイデアなのか？

マエストロは鼻を鳴らしたが、今度は感じのいい、おだてるような口調で言った。自分が間違っていた場合に備えているのだろう。「どうか自己紹介させてほしいんだが、リナルディさん。おれはアントニオ・マエストロ。大成功している肉屋で、あんたの新しいプロジェクトの資金支援者だ」


しばらく沈黙があったが、それから快活で歯切れのいい声が聞こえた。

「やあ《チャオ》」

アントネッラはあえいだ。「あれは彼よ！」彼女は言った。「ダンテ・リナルディの声は知ってるもの——あれは彼なのよ！」

マエストロ兄弟たちは興奮してどよめき、カルロッタはきいきい声をあげて飛び跳ねた。

「おれがそう言っただろう、おやじ」イヴァーノはにやりと笑って言い、イヤホーンの具合を直した。「本当にダンテがここにいるって」

マエストロは自信を打ち砕かれたばかりの人間という表情をしていて、スペランツァはとことんその眺めを楽しんだ。だが、マエストロは分別を取り戻した。太い右の前腕を左手で、左の前腕を右手でつかみながら、さらに近づいていく。

「お願いだ、リナルディさん。あんたと話し合いたいビジネス上の提案がある。とても儲かりそう

な話だよ。もし、直接会ってもらえるなら……」マエストロは途中で言葉を切り、質問を最後までは言わなかった。

スペランツァは息を詰めた。間があった。普通の会話で考えられるよりも長い間だったが、期待して待っているせいで長く感じるのだとマエストロが思ってくれるように願うしかなかった。

「わかった」ようやくダンテが心ここにあらずといった物憂げな声でゆったりと言った。「八時にカフェで会おう」

そして、話はこれで終わりだとばかりに窓がピシャリと閉まった。マエストロ兄弟たちは一斉に祝福の声をあげた。

スミルツォがみんなのところに戻ってきた。

「なかなかうまくいったでしょう、ボス？」にやりと笑いながら小声で言う。

突然、生きる意志を奪われたように思っていたスペランツァは、この状況で唯一とれる行動をとった。背伸びすると、助手の後頭部をピシャリと叩いたのだ。

第十九章　お忍びで

スペランツァとベッタとスミルツォはグリーンルームに集まり、さっき起こったばかりの災難の影響を考えていた。

「スミルツォは最善の手を尽くしてくれたわ」ベッタはきっぱりと言った。家の中でスミルツォと共謀していたのは彼女だった。スミルツォの電話を受けてキッチンから階段を駆け上がり、ノートパソコンの電源を入れに急いだのだ。そこにスミルツォはダンテの映画のＤＶＤから取ったすべての音声ファイルをコピーして分類したものを入れてあった。ハンカチを振ったのは、音声プログラムがうまく読み込めなかったので、とっさに行なわれた時間稼ぎの作戦だった。

「スミルツォはとても冴えていたのよ。スミルツォがいなければ、わたしにはやれなかった」ベッタは元気づけるようにスミルツォに微笑みかけながら言葉を続けた。「彼はどの番号がどの録音と一致するか正確に記憶していたの」

スペランツァは腕組みして助手をにらみながらうなった。「つまり、あらかじめ計画していたってことか」不機嫌な口調で言った。ベッタの惜しみない賛辞を聞いて輝いていたスミルツォの顔は、またしても見るも哀れな表情に戻った。

「すみません、ボス」これで百回目になるが、スミルツォは謝った。「ぼくは――ぼくはよく考えなかったんです」

ベッタは鼻を鳴らした。「そんなふうに言わないのよ、スミルツォ！　あなたのボスは一度だって物事をよく考えたことがないわ。この人は物事をじっくり考えない人の〝守護聖人〟ですからね！　謝らないで。これからどうするか、みんなで考えましょう」

三人は声をひそめて意見を交換した。ナイトテーブルの上の時計が時を刻むごとに八時へと近づいていく。窓のすぐ外に見える、新たな活力を得た「マエストロ兄弟警備保障会社」の面々のぼんやりとした妖怪のような姿は、どんな危機に瀕しているかを思い出させる不気味なものだった。

「断るしかない」スペランツァは降参とばかりに両手を振り上げて言った。「それで決まりだ。ほかの方法は考えられない」

ベッタはたじろいだ。「さあ、どうかしら、ニーノ。あなたが立っていたところからはマエストロさんの表情が見えなかったものね」身震いする。「会えなくなったと彼に告げる役割は、わたしならごめんだわ。夕食は中止よと狼に言おうとするようなものだもの」

スペランツァはつい昨日、マエストロを狼になぞらえたことを思い出して眉をひそめた。

三人してベッドにもたれかかり、考えを巡らせながら天井をにらんでいた。

「電話をかけるというのはどう？」ベッタが言った。「音声ファイルをまた使えるわ」

スミルツォは首を横に振った。「さあ、それはどうですかね。ぼくはまだファイルの大半の編集を終えていません。背景の物音とか音楽がいまだに残ってる。とても妙に聞こえてしまうと思いますよ」

「どうせ、ダンテが『空飛ぶチキンカツ』なんて言っているだけなんだろう」スペランツァが指摘した。

何度も堂々巡りの意見を交換し合い、とうとうスペランツァがすばらしいアイデアを思いついた。背筋を伸ばして座り直す。何をしたらいいか、彼は正確にわかっていた。細部にいたるまで詳しい計画を説明すると、たちまちスミルツォは熱心に賛成した。ベッタはしぶしぶながらも同意してくれた。

「わかったわ、ニーノ、手伝うわよ」ベッタの額の真ん中には心配そうな皺が刻まれていた。「でも、前にも言ったことを繰り返させてもらうわ――もしもこれが失敗して、あなたが投獄されることになっても、わたしは何も知りませんからね」


スペランツァにとって、無慈悲な歳月の歩みはさまざまな腹立ちの種を提供するものだった。まずは、ゆっくりと遠視になっていき、次に、香辛料の利いた料理を食べたくなくなった。ここ十年間は、恥ずべきことだが、食物繊維入りのドリンクだのサプリメントだのに頼っている。最近は――家族の歴史を考えれば、おおいに驚きだったが――ヘルメットをかぶったように見事にふさふさだった頭頂部の辺りが薄くなるという、嘆かわしいが、まだそれほど目立たない現象まで起きている。だが、こういうすべての事態の中で、どうしても譲れない点が一つあった。

「だめだ」スペランツァは唇を突き出した。「口髭を剃るつもりはない。そのせいで無残にもマエストロにおれが殺されることになるなら、それでかまわない」

ベッタは天を仰いだ。「ニーノ、ちょっとおとなしくして、あんまり芝居がかった真似はしないでくれない？　たぶん、それを隠すとかなんとかする方法があるでしょう」小さな銀製の髭専用コームを巧みに使って夫の髭をあちこち梳《す》いてみた挙句、彼女はとうとう匙を投げた。「上着のファスナーを鼻まで上げるしかないわね」

実際的な面から言うと、それは問題ではないだろう。スペランツァが着ているだぶだぶのベロア地のトレーニングウェアなら、そんな着方ができるほどのゆとりが充分あったのだ。ワイン色のベロア地を鼻のところ、さらにいいのは鼻が隠れるまで引き上げ、飛行士風サングラスをかけると、誰なのか完全にわからなくなるだろう。ベッタは黒の靴墨を塗ってスペランツァの白髪を隠した。

スミルツォはあらかじめカフェのカトゥッツァ夫人に電話をかけ、八時にテーブルを予約しておいた。おそらくマエストロが先に来るだろうと伝えた。

「ところで、どうでしょうか、奥さん」スミルツォは言った。「よかったら、店の外の木々についた豆電球を消してもらえませんか？　リナルディさんは目立たないほうが好きなんですよ。それに――」

カトゥッツァ夫人は話をさえぎった。受話器から聞こえる彼女の声はかすれていた。「それはもう充分にわかりますとも、スミルツォ。わたしは一流のお得意様のご要望に応えた経験がありますからね」

「カトゥッツァ夫人は誰のことを言ってたんだと思いますか、ボス？」電話を切ると、スミルツォは当惑したように尋ねた。「もしかして、ドン・ロッコとか？」

マエストロ兄弟への対処には巧妙な計画が必要だった。名案がひらめいたとき、まるで神から授かった気がしたので、スペランツァは十字を切ったほどだ。スペランツァは紙切れに警備担当の兄弟の名を二人ずつペアにし、二列に分けて書いた。一組の兄弟はカフェのそばの広場にいる人たちを追い払う。残りの者はおとりとして行動することになる。

「これはアメリカのCIAでとても一般的なテクニックだ」スペランツァはマエストロ兄弟たちに言った。「最先端の方法だよ」

ペアになった兄弟の片方は警備用の制服を着て、もう片方はダンテに変装する。こうすることによって、本物のダンテに危害を加えたがる人間の注意をそらさせ、混乱させられるだろう。どの兄弟も〝本物のダンテ〟担当ではないという事実は、自分が警備している人間が本当のダンテなのか、あるいはおとりなのかを明らかにしないという厳粛な誓いを立てることで簡単に隠せる。警備の任務に当たっていた兄弟は一人残らずこの計画のすばらしさに驚嘆し、全員一致の質問が一つあがっただけだった。ダンテ・リナルディはどんな服を着ているのか？

この質問に答える準備をスペランツァは充分に整えていた。

「映画で見る彼がいつもタンクトップ姿なのはわかっている。そう、タンクトップだ」スペランツァは持って回った言い方をした。「だが、オフの時間、映画に出ていないときの彼はベロア地のトレーニングウェアを好んで着ているんだ」

午後七時四十五分、スペランツァとスミルツォは、おとり役のマエストロ兄弟がそれぞれペアになってホテルの敷地から夜の中へ出ていくのを三階の窓から眺めていた。七つのカーキ色の服と七つのベロア地が動いていく。スペランツァたちはかっきり八時になるまで出かけないつもりだから、マエストロがカフェに先に着くのは間違いなかった。

「よし、これで済んだ」マエストロ兄弟がいなくなると、スペランツァはほっとして言った。トレーニングウェアを着てファスナーを鼻の上まで閉め、飛行士風サングラスをかけている。スペランツァはダンテ・リナルディのパネルの横に立ち、ポーズを取った。

「どんなふうに見える？」

スミルツォはスペランツァを見やり、視線をあちこちに向けた。「さあ、わかりませんね、ボス」のろのろと言う。

スペランツァは両手を上げた。「もちろん、おれたちがそっくり同じに見えるはずはない」いらだたしげに言う声は上着の内側でこもって聞こえる。「どう思う？　このダンテはただの紙だが」

スミルツォはためらった。「そーーーですね、ボス。それが違いの一つですね」彼はさらに考えていた。「タンクトップを着なくていいのは確かですか？」

スペランツァは眉を寄せた。「なぜだ――タンクトップを着たほうがもっとそれらしく見えると思っているのか？」

スミルツォの耳が赤く染まった。「よく考えるとですね、ボス、トレーニングウェアというのはいい思いつきかもしれませんよ。ダンテよりもボスのほうが肉づきがいいことを隠してくれますから」

この言葉にスペランツァが返事をする前に、窓に音が聞こえた。そっと呼びかける声も。「こんばんは？　こんばんは、そこにいるんですか？」

スミルツォはカーテンの横のすき間から外を覗いて息をのんだ。「アントネッラですよ、ボス！

明かりがついていて警備員がいないことに気づいたに違いない」

スペランツァは天井に目を向け、シッシッと追い払うしぐさを両手でしてみせた。「ここから彼女を追い出せ。おれたちは出かけなきゃならない！」

スミルツォは口を引き結び、首を横に振った。「うーん。いやです、ボス」彼は言った。「そんなことはしたくない」

スペランツァはうめき声をあげた。上着を脱ぐと、サングラスを外してベッドに放り投げ、スミルツォをすばやく部屋の隅に追いやりながら窓をぱっと開けた。

「アントネッラ！」いらだった口調で呼びかけた。「ここで何をしているんだ？」

アントネッラは頭をそらすと、目を細めてスペランツァを眺め、眉をひそめた。

「髪を染めたの、おじさん？」彼女は尋ねた。

スペランツァは夜空を、満天の星々をにらみつけて神に問いかけた。おれにはスリルを得る方法としてこれよりもましなものはなかったのですか、と。

「何か用か？　おれはとても忙しいんだが」

アントネッラは爪先立ちして首を伸ばし、スペランツァの肩の向こう側を物欲しげなまなざしで眺めていた。十歳のころのアントネッラそっくりに見える。動きはぎこちなく、顎を震わせて絶えず不安そうな顔をしていたアントネッラに。

「ダンテはここにいないようね、おじさん」アントネッラは落胆した顔で言った。「彼がマエストロさんと会う予定なのは知っているけど、ここに明かりがついてるのが見えたから、いるのかと思って――」

「そのとおり。いないよ」スペランツァは振り返って壁に掛かった時計をちらっと見ながら言った。七時五十八分。あと二分だ。もう行かなくては。

「でも、彼は何か言ってなかった？」アントネッラはふたたび期待に満ちた表情になった。「あたしが出たシーンを見てくれたかな？　ダンテはいいと思っているの？」

　スペランツァには返事をするチャンスもなかった。突然、スミルツァがすぐそばに来たかと思うと、さっとスペランツァより前に出て窓台に身を乗り出したのだ。

「ぼくは彼と話したよ、アントネッラ《ネッラ》」スミルツァは学生時代のニックネームを呼んで言った。「彼が言うには、きみは――」言葉を切り、空に視線を走らせる。そこに言葉が書いていないかというように。「すばらしい！　きみはすばらしいと言ってたよ」

　アントネッラは息をのみ、小走りでさらにこちらへ近づいた。「そうなの、スミルツァ？　本当に彼はそう言ったの？」

　スミルツァは頷いた。「そうだよ。きみが初めて芝居をしたと知って、感心していた。多くのプロの女優が嫉妬《しっと》するだろうと言っていたよ」

「嫉妬する？」アントネッラは甲高い声をあげた。「スミルツァ、嘘でしょう！」そんなはずはないとばかりに手を振ったが、彼女は満面の笑みを浮かべていた。

　時計によればそれから五十九秒間、アントネッラの演技力の明らかに優れた点をスミルツァが数え上げるのをスペランツァは聞いていた。ダンテ・リナルディ、国際的に有名な映画スターにして、ボール紙製のパネルである彼から伝えられたとされている彼女の長所を。いわく、アントネッラの優美さ。身のこなし。話し方。細部まで注意が行き届くこと。非の打ちどころのない、笑いのタイミング。彼女が第二幕の第三場で発した台詞の独特なやり方。バーにいた男が彼女のドレスを褒めた直後のあの台詞は――

突然、診療所で血圧を測られていたときの自分がスペランツァの目に浮かんだ。〝おやおや〟血圧計のバルブをぎゅっと握り、半月形の眼鏡越しにゲージの針をじっと見ながら医師は言った。〝注意しなければならないですよ、シニョーレ。さもないと、頭が爆発してしまいます〟まさしく医師が言ったとおりのことが起こった。

ドカーン！

「スミルツォ！」スペランツァは怒鳴った。「おしまいにしろ！」

スミルツォはアントネッラの台詞まわしが申し分ないと、滔々《とうとう》と話していたのをやめ、雇い主を振り返った。「すみません、ボス」頬を赤く染めて言った。スミルツォはまたアントネッラのほうを向いた。「もう行かなくてはならないんだ」おずおずと言う。それから、つばをのむと、衝動的に口走った。「ダンテはきみがとてもきれいだとも言っていたよ」

ちょうどそのとき――スミルツォが「きれいだ」という言葉を口にした瞬間――スペランツァは彼の肩越しに向こうを見たため、アントネッラの面長の顔に純粋な驚きの表情が浮かんだことに気づいた。思いがけず、スペランツァは心の痛みを覚えた。これまで彼女は誰からもそんな言葉を言われなかったのか？

そのあとはアントネッラを敷地から追い払おうとする必要もなかった。彼女は自発的に立ち去ったのだ。教会にいるみたいに両手を組み合わせて小声で言いながら。「ありがとう、スミルツォ」畏敬の念に打たれたような口調だった。「そう言ってくれてありがとう」

スペランツァとスミルツォは彼女が立ち去るのを、姿が見えなくなるまで窓から眺めていた。スミルツォは笑顔だった。

「ようやく言いたいことを全部言えてうれしいですよ、ボス」彼は言った。「長い間ずっと言いたかったんです」


スペランツァたちはカフェのぼんやりした明かりのほうへ、人があまり通らないリコリスが咲く小道を通って近づいていった。スミルツォはふてくされていた。カフェへ行く途中、自分のさっきのささやかなスピーチのせいで、アントネッラがさらにダンテを好きになるだろうと気づいたからだった。スペランツァはスミルツォを無視していた。

スペランツァは暗闇をうかがいながらためらい、マエストロの姿を見つけた。スミルツォが電話で取り決めた席に早くもついている。ハイヒールを履いてビーズのついたフラメンコ風のスカートを身に着けたカトゥッツァ夫人もいた。

スペランツァはスミルツォの腕をつかんだ。

「準備はいいか？」切羽詰まった声で尋ねた。「何をすべきかわかっているな？」その瞬間が目の前に迫ってきた今、スペランツァの心臓は胸の中で小鳥がバタつくようにドキドキしていた。

スミルツォは肩をすくめた。「いちおうは」

スペランツァは身を硬くした。こんなやる気のない態度ではうまくいかないだろう。

「いいか、聞くんだ」スペランツァは足を止めてスミルツォの肩をつかんだ。「このダンテの件はでたらめなんだ。ただの茶番にすぎない。アントネッラがダンテに会うことは絶対にないんだ。彼が関わっていると思わせてるだけなのは、わかっているだろう？　アントネッラを喜ばせたのはおまえの言葉だ。おまえの言葉なんだよ、スミルツォ。今回の件がすべて済んだら、彼女を取り戻せるように手を貸すよ。わかったか《ヴァ・ベーネ》？」

　スミルツォは明るい顔になった。「ボスが手を貸してくれるんですか？」彼は尋ねた。「本当に？」

　スペランツァは背筋をしゃんと伸ばした。「手を貸すとも、スミルツォ。名誉にかけて誓う」カフェをちらっと見てサングラスをかけた。「さあ、こいつを成功させるぞ。さもないと、あそこにいる凶暴男はおれをフィレ肉のスペランツァ風《フィレット・ディ・スペランツァ》にしちまうだろう。手を貸してもらいたいなら、おれを無傷でちゃんと動く状態にしておいてくれ」


　二人が近づいていくと、マエストロは立ち上がり、身を乗り出して握手しようとしたが、スミルツォはそれに備えていた。

「本当に申し訳ありませんが、リナルディさんは握手しないほうを好まれるんです」

この言葉を合図に、スペランツァは両手を合わせて軽くお辞儀した。そのしぐさにマエストロは明らかに感銘を受けたようだった。

「映画で見たことがあるぞ」マエストロは有頂天になっているような口調でつぶやき、また椅子に腰を下ろした。

　スミルツォは椅子を調整していた。自分の椅子はマエストロに最も近いものを選び、スペランツァが座る椅子はやや後ろに下げてオリーブの木の真っ暗な陰に入るようにした。「ぼくは何もいりません、奥さん」注文を取りに近づいてきたカトゥッツァ夫人にスミルツォは言った。彼女は誰よりも名誉な客のほうへ期待を込めた視線をちらっと向けたが、ふたたびスミルツォが口を挟んだ。「リナルディさんにも何もいりません。彼はとても厳格なハリウッド流ダイエットをしているんです」マエストロのためにスミルツォはつけ加えた。「そんなわけで、リナルディさんはあなたが思っていたかもしれない姿よりも太めに見えるんですよ、シニョーレ。水着を十枚重ねて着ています。それは昔ながらのハリウッド流減量テクニックなんです」

「ああ！」マエストロは言った。

こんなアドリブの台詞など予想外だったスペランツァは危うく喉を詰まらせかけた。水着を十枚重ねるとは。十枚とはな！

とはいえ、スミルツォはすでにリハーサルどおりに進めていた。手っ取り早くて苦痛のない方法。二人はそう決めた。できるだけ早くカフェを出るのだ。

「あなたの大成功している商売についてはリナルディさんにすべてもう話しましたよ」スミルツォはよどみなく切り出した。「あなたの店が幅広い商品を扱っていることにとても興味を示されました。ご存じのように、リナルディさんは肉が大好きですからね。カツレツ。ポークチョップ。いろいろなミートボール」

スペランツァは着色レンズのせいであまりよく見えなかったが、それでもマエストロの熱心で貪《どん》欲《よく》な顔は見きわめられた。〝こいつは強く確信しているな〟スペランツァは軽蔑の念を込めて思った。〝何もかも自分が望んだとおりに運ぶと確信しているんだろう〟そう、マエストロにノーと言える人間がいるとしたら、それは映画スターだ。

マエストロはこちらとの距離を詰めるように椅子を引きずって動かした。オリーブの木の隣に座って陰になった相手を必死に見ようとする。

「あんたがそう言っているのを聞いてとてもうれしいよ、シニョーレ」マエストロは言った。「おれはあんたのファンだし、あんたはおれのファンだ。実に幸先《さいさき》がいい」

スペランツァはサングラスの奥であきれて目をむいた。ダンテ・リナルディがマエストロの肉屋の一番のファンとはね！　〝今、見ているかな、父さん？〟スペランツァは自分の心の奥にいる父親に話しかけた。父は引っくり返したバケツに座り、卒倒しそうなほど笑っている。

マエストロはふたたび椅子を引きずって動かし、自分とスミルツォとの間に距離を置いた。

「おれにはテレビコマーシャルに関する最高のアイデアがあるんだ」マエストロは話を続けた。一語ごとにスペランツァのほうへじりじりと進んでくる。「最高のアイデアだよ。最高の。おれにとって最高の取引だろうし、あんたにとっても最高の取引のはずだ」

「それについては」スミルツォがとがった鼻先を突き出しながら言った。「あなたのコマーシャルの件についてはすでにリナルディさんに話しました。で、申し訳ありませんが――」

「悪く思うなよ」マエストロは重そうな頭をくるりと回してスミルツォをにらみつけた。「だが、こいつはビジネスだ。本物のビジネスなんだ。お遊びはここまで。おまえにはもう消えてもらう」そしてマエストロはオリーブの木のほうへまた視線を戻した。すべて完了と言わんばかりに。

〝この男は誰かにノーと言われることに慣れてないからな〟スペランツァは思った。分厚く着込んだベロア地の服の中でにやにや笑いながら。こいつはおもしろいぞ。これのビデオ撮影を思いつけばよかったな！　大物気取りのとんでもなく間抜けなマエストロ。あまりにもだまされやすいから、これまでの人生でずっと知っている六十二歳の年寄りを、トレーニングウェア姿の二十五歳の映画スターだと信じ込んでいる。

スミルツォは練習したとおり、またしても巧みに話に割り込んだ。

「リナルディさんは、今夜はぼくにスポークスパーソンを務めてほしいと頼んだんですよ、シニョーレ」スミルツォはきびきびした口調で言い、上着の内ポケットから折りたたんだ手紙を取り出し、テーブル越しにマエストロに押しやった。「現在、リナルディさんはご自身で話すことができません。彼の演技指導者から最低でも三日間、喉を完全に休めるようにと言われてるんです」

マエストロは額に皺を寄せた。「喉を休める？」疑わしげなうなり声をあげる。

「そうです《シ》」スミルツォはうなずいた。「おわかりのように、俳優にとって喉は商売道具ですからね」

マエストロは自分の右側にいるスミルツォから、左側にいるベロア地に覆われた記念碑さながらの人物に視線を向け、聞いたばかりの情報の意味をのみ込もうとしていた。そして口をとがらせた。

「今日の午後、リナルディさんが話すのを聞いたぞ！」急に大声をあげる。「声には問題ないように聞こえたが！」

スミルツォは寛大な微笑を浮かべた。「それはあなたの耳が訓練されていないからですよ」言葉を強調するため、陽気に自分の耳たぶを引っ張ってみせる。

マエストロがぽかんと口を開けたのを目にして、スペランツァはクスクス笑いを抑えるために自分をつねらなければならなかった。ダンテ・リナルディに成りすますだけで、アントニオ・マエストロを笑いものにできるかもと思いつきさえしたら、何年も前に実行したのに！

〝それから、あいつに手紙を読ませるんだぞ、スミルツォ〟大胆な離れ業を計画したとき、スペランツァは助手にそう指示したのだった。手紙は、ローマにあるという設定の架空の法律事務所――マエストロはエージェントというものなど知りもしないだろうが、弁護士ならわかるだろう――から来たことにした、いかにも専門的に見えるレターヘッドがついていて、長々と、だが、それほど脳味噌がない肉屋にでもわかるように明白に述べていた。ダンテ・リナルディはこの世でもあの世でも、永久に肉屋のコマーシャルに出ることはできないし、出るつもりもないと。アーメン。〝おれたちは申し分なく礼儀正しくしよう。丁重にな〟スペランツァはスミルツォへの言葉をそう続けた。〝マエストロと握手してやれ。おれはお辞儀する。そしたら二人で出ていこう〟

そんなふうには事が運ばなかった。

マエストロは手紙をいじくり回し、中を開けようとはせずに、暗い中で目を細めていた。スミルツォは自分のスマートフォンの明かりで手紙を照らそうとしたが、マエストロは彼を叩いて押しのけ、ライターの火をつけた。背中を丸めて手紙にかがみこみ、揺らめく炎の明かりで唇を動かしながら読んでいく。

二分だ。スペランツァは上機嫌で考えた。おれは二分後にはここから出て、もう二十分後にはこの滑稽な扮装を脱ぎ捨て、ベッドに入るだろう。

どちらの時間の計算も彼は間違っていた。第一に、そのときのスペランツァがカフェから急いで撤退するまでにかかった時間はたった三十秒だった。

マエストロは手紙の終わりまで読み進んだ。そのことがスペランツァにわかったのは、マエストロの唇の動きが読めたからだった。〝敬具。ダンテ・リナルディの法定代理人〟それはスミルツォのアイデアだった。〝敬具〟と入れるのは。茫然とした表情がマエストロの顔に浮かびかけた。マエストロは手紙をひっくり返した。裏面に、これはすべてジョークだと書いてあるんじゃないかとばかりに。

スペランツァはスミルツォに合図した。椅子から身を乗り出し、グラスの横を軽く叩くしぐさで。

スミルツォは立ち上がった。

スペランツァも立ち上がった。

「会ってくださって誠にありがとうございました、シニョーレ」終わりが来たのを喜んでスミルツォは言った。「ダンテ・リナルディの代理として、ぼくが申し上げたいのは——」

だが、マエストロはあわてて椅子から飛び上がった。テーブルの上によじ登りそうな勢いだ。「リナルディさん！」マエストロは言った。「リナルディさん、もう一言だけ話させてくれ」マエストロはまだ火がついたままのライターを持っていたが、取り乱して動いているせいで、小さな炎は酔っ払った蛍さながらにあちこち揺れた。あっという間に、マエストロはスペランツァに飛びついてベロア地の袖を引っ張っていた。「リナルディさん！」

そのあとに起きたことをスペランツァは死ぬまで覚えているだろう。

小さな村のイタリア人の肉屋で、最近、インチキな映画プロジェクトに投資した素人投資家のマエストロは前に飛び出した。六十二歳の掃除機の修理人で、滑稽にもワイン色のベロア地のトレーニングウェアを着て、タンクトップが売りの二十数歳の映画スターに成りすましたスペランツァはよろめいた。サングラスが床に落ちる。上着のてっぺんから口髭がぴょんと覗いた。

マエストロは目を見開いた。

「スペーーラン、ツァ？」

スペランツァは半狂乱の脳で考えられる唯一の行動をとった。

バコン！　まともに口を殴ったのだ。


サンタ・アガータの教区司祭館には二つのドアベルがあった。一つは電動式で、一九五六年に取りつけられた。もっと古いもう一つのドアベルは、紐で吊り下げられた普通のベルだった。当時の司祭はそれを取り外さずに、「懺悔《ざんげ》のベル」と改名した。夜のいついかなる時でも、どんな哀れで打ちひしがれた罪びとでも、すぐさま罪のゆるしを得られるようにとそのベルを鳴らすことができた。

「神父様！」スペランツァは何度も何度もベルを鳴らしながら怒鳴った。「おれを殺す気ですか？八時半に寝る人なんていないでしょう？」

二分後、スペランツァは告解室でひざまずいていた。

「お許しを、神父さま、おれは罪を犯しました」告解室のスペランツァがいる側は暗く、向こう側の明るい小部屋にいるドン・ロッコの姿がシルエットとなって見えた。格子窓を通して見える司祭の顔はぼやけていた。「マエストロに見つかったら、これがおれの最後の懺悔になります」

長い間があった。

スペランツァは格子窓越しに目をすがめて向こうを見た。

「今、祈ってらっしゃるんですか、神父様？　おれがここに来るのは久しぶりです。もしかして、懺悔のルールが変わったとか？」

ドン・ロッコはため息をついた。「何が起こっているのか話してもらえませんか、シニョーレ？」彼は尋ねた。「そんなトレーニングウェアだと、コモ湖で休暇中のサンタクロースみたいに見えますよ」

致命的な危険にさらされているのに、スペランツァの口髭は逆立った。「これは申し分なく実用的なトレーニングウェアですよ、神父様」冷ややかな口調で言った。

ドン・ロッコはきまり悪そうな様子をほどほどに示した。「話してください、シニョーレ」彼は言った。「何を悩んでいるのですか？」

スペランツァは一切合財を話した。スミルツォに話したのと同じことを。配管。お金。アルベルトを訪ねた件と彼のアルファロメオ。ジョージ・クルーニー。ダンテ・リナルディ。嘘に嘘、さらに嘘を重ねたことを。最後に、マエストロの口を殴るのに使った手を司祭に示した。

この話の間じゅう、小首を傾げて無言で座っていたドン・ロッコはもう黙っていられなくなった。「わたしは知っていましたとも！」彼は叫び、格子窓の向こうの椅子からぱっと立ち上がった。「この映画の事業について、あなたが何か企んでいるとわかっていました！」

スペランツァは〝コモ湖で休暇中のサンタクロース〟という感想に対してさっき示したような冷ややかな威厳を見せた。「神父様、あなたの振る舞いが聖なるゆるしの秘跡にふさわしいと本当に思いますか？」

だが、ドン・ロッコはこれっぽっちも後悔していなかった。

「どうして配管の問題を話してくれなかったのですか？」ドン・ロッコは尋ねた。「もしかしたら、何かお力になれることがあったかもしれません」

「神父様のまわりに七万ユーロが転がっているんですかな?」

それはない、とドン・ロッコは認めた。

「だったら、力になれることなどなかったですよ」スペランツァはそっけなく言った。

「みんなに話すべきです」司祭は言った。まるで自分たちが神の言葉を伝えているかのように、司祭や尼僧《にそう》だけが用いる容赦のない口調で。「あなたがやったことをみんなに話さなければなりません。嘘をついたことを。今夜話すべきです。そうすると約束するまで、あなたに罪のゆるしを与えるわけにはいきません」

スペランツァはじっくりと考えた。この六週間に起こったすべてを考えた。スミルツォと彼の脚本のことを思った。ヒロインを演じているアントネッラのことを思った。あの狭苦しい肉屋の真ん中で「アヴェ・マリア」を歌っていたエルネストのことを思った。フランコ叔父と見事な円形劇場を思った。ベッタと彼女の冷静な計画を思った。彼女が作ったTシャツやイヤリングや水筒を。ジェンマのことを思った。微笑んでいるジェンマ。声をあげて笑っているジェンマ。ふたたび元気になったジェンマを。

スペランツァは口を開き、そんな約束をするつもりはないとドン・ロッコに告げようとした。誰にも話す気はないし、ドン・ロッコに罪のゆるしを与えられなくてもかまわないと。だが、そのとき、一陣の風が吹いた気がした。この三日間が、そしてここ一カ月半の間、彼の頭に押し寄せていたすべての数字が、頭の底にたまっていた落ち葉のようにじっとひそんでいた数字が、今や風が吹いて、みんなまた一斉にくるくると回り出したようだった。一万六千二百二十五ユーロ……あと十八日……一万六千二百二十五ユーロ……十八日。もうたくさんだ。何もかも、あまりにも手に負えない。

スペランツァは頭を下げてため息をついた。

「神父様がやれとおっしゃったことをやりますよ」つぶやくように言った。「でも、一緒に来てください。司祭様が見ているところではマエストロもおれを殺すまい」


スペランツァとドン・ロッコはホテルへ向かった。スペランツァが着替えをするためだった。ワイン色のトレーニングウェアのままでさまざまな罪や不品行を告白するのはよろしくないだろうというスペランツァの意見に、ドン・ロッコが賛成したからだ。

だが、ホテルの敷地に近づいていくと、この一週間で二度目だが、スペランツァは前方から騒がしい声が聞こえてくることに気づいた。

「もしかしたら、早くも干し草用フォークを持って集まってきた人がいるのかもしれませんね」ドン・ロッコが陽気な口調で言った。「みんなを呼び集める手間が省けるでしょう」

スペランツァは足を速めた。

二人は急いで道を歩いていった。カーブを曲がる。

スペランツァは興奮した人々が群れを成していることを一目で見て取り、立ち止まった。アイスパックをしっかり顔に当てているマエストロが見えた。カーキ色の制服姿の者が半分、ベロア地に包まれている者が半分のマエストロの息子たちも。スミルツォとアントネッラもいる。おしゃべりしているトレッツァ家とビージ家とザンプローニャ家の面々もいた。フラメンコ風のスカートを穿いたカトゥッツァ夫人も見えた。「ロザリオの婦人会」のメンバー五人全員が、フランネルのナイトガウンをまとってそこにいた。ベッタとジェンマ、カルロッタの姿も見えた。

そして彼らの真ん中に、カナリヤイエローのタンクトップを着て、まばゆいばかりの微笑をゆったりと浮かべたダンテ・リナルディがいた。

第二十章　ドン・ロッコが介入する

「本来ならあなたを訴えるべきね」

そう言ったのはダンテ・リナルディのエージェント、カミッラ・ガッロだった。イタリア北部出身の中年女性で、根元を黒くした強烈なブロンドの髪をして、いかにもプロらしいオーダーメイドのスーツを着ている。しゃがれ声はこの何週間もスペランツァが聞いてきた、数えきれないほどの留守電の声と同じだった。彼女はキッチンテーブルでスペランツァがいつも座る席に腰を下ろしていた。まだベロア地のトレーニングウェア姿のスペランツァとスミルツォはガッロの向かい側にがっくりとうなだれて座っていた。彼女のクライアントは集まった群衆にカフェへ連れていかれ、顔をしかめたスペランツァには浮かれ騒ぐ人々の歓声がかすかに聞こえた。

ガッロはタバコに火をつけるとマッチを振り、ベッタが磨き上げた胡桃材《くるみ》のテーブルの天板に放り投げた。すでにガッロはスペランツァたちを見つけた経緯について説明していた。アントネッラの投稿がガッロのウェブフィードに絶えず現れ続け、その度合いがますます頻繁になっていった。はじめのうち、ガッロはそういう投稿をまともに受け取らなかったが、それも商品販売のリンクが張られるようになり、撮影現場からの〝舞台裏〟の映像が出始めるまでのことだった。目下のところ、ガッロは椅子にふんぞり返って腕組みしていた。

「この映画について話して」彼女は言った。

スミルツォが話し始めた。最初はおそるおそるだったが、ガッロがしっかり耳を傾けていると気づき、だんだん生き生きと説明するようになった。スペランツァは天井をにらんでいた。

「ヤギ？　ハッ！　なかなかいいわね」ガッロはカルロッタが幼稚園で作った装飾的な手びねりの器の中でタバコの火をもみ消した。「そのヤギをどこで見つけられるか、知ってるの？」

スミルツォは眉を寄せた。「どういうことですか《スクーズィ》？」

ガッロは別のタバコに火をつけた。「当然、そのシーンをもう一度撮らなきゃならないでしょう。ダンテを入れて。そんなに時間はないのよ」この言葉を強調するかのように、ガッロはいらだたしげに小さな金色の腕時計に目をやった。

スペランツァはスミルツォを見つめた。それからガッロを見つめる。

「つまり」スペランツァはためらいながら言った。「ダンテが――リナルディさんが――この映画に出演したがっているということですか？」

今度はガッロがあきれて天井をにらんだ。「それ以外の理由で、わたしがここにいるはずないでしょう？」彼女は狭苦しいキッチンや外のすべてを指し示すように手を振った。さも嫌そうに顔をしかめながら。

スペランツァの口髭が逆立った。

「確かにここは小さなコミュニティだが――」スペランツァは言い始めた。

ガッロは彼の顔にタバコの煙をぷっと吹きかけた。「冴えないところね」きっぱりと言った。「だけど、わたしのクライアントはスウェーデン人の既婚女性とのゴタゴタに巻き込まれているから、ちょっといいPRをしたいの」

「広報活動、って意味ですよ、ボス」スミルツォがぼそぼそと小声で言った。

「イタリアの若者が自分のルーツに里帰り」ガッロはニュースの見出しを思い浮かべているかのように、片手をさっと振った。「名もなき村で素朴な映画を製作」手びねりの器にタバコの灰を叩いて落とし、肩をすくめる。「うまくいくでしょうね」

「あのですね」スミルツォはおずおずと言った。ここ一ヵ月半の出来事はどれも巧妙な嘘だったと知ったことを、つかの間忘れたらしかった。「うちのボスは何年も前にダンテさんのお父さんと知り合いだったんですよ。炭鉱で」

ガッロは眉をひそめた。「ファビオ・リナルディが炭鉱で働いたことなど一度もないわね。彼は配管工よ」

スペランツァは天井をじっと見つめた。〝もちろんそうだろう〟

眠れない夜だった。スペランツァは真夜中に寝室のドアを叩く鋭い音で目が覚めた。ドアの下の隙間から皺一つない紙が差し込まれる。彼は月明かりの中で目を凝らしながらそれを読み、バンボリーナの刺激臭がするベビーサークルでむこうずねを擦《す》りむいた。紙には「集合時間」と細い字で書いてあった。「九時ちょうど」と。〝ちょうど〟という言葉は大きく書かれ、三本のアンダーラインが引かれていた。「集合場所」と続いている。「肉屋の向かいのあの場所」

肉屋の向かいのあの場所、とは！　父親の遺《のこ》した店をこんなふうに貶《おとし》められてスペランツァはひどく動揺し、午前四時を回るまでふたたび眠りにつけなかった。それから三十分ほど経ったあと、またしても目が覚めた。今度は、ローマから到着したばかりのガッロの撮影監督と照明係が、三階の部屋に泊まれるようにと呼ばれたのだった。

「ありがとう、シニョーレ」撮影監督は言い、肩に掛けているかさばった道具が入った鞄の位置をずらしながら、小さな部屋を値踏みするように眺めた。「つまり、これしか部屋がなければってことだけど……」彼は口ごもり、期待するように廊下のほうを見やった。本当に快適な部屋はすぐそこにあるはずだと言わんばかりに。

目が覚めてしまったし、もう眠りに戻れないほど腹を立てていたから、スペランツァは村の広場へ七時に着いた。カトゥッツァ夫人がカフェの窓辺で身構えているのが見えた。

「何を差し上げますか？」胸のところで腕組みしたまま彼女は尋ねた。

スペランツァは眉を上げた。「おはようございます。炭酸水をもらえないかと――」

「ありません」カトゥッツァ夫人はぴしゃりと言った。組んでいる腕にはさらに力がこもり、小鼻の両側に白いへこみが現れた。「炭酸水はガッロさんが予約済みなんです」

スペランツァは大量に並んだ炭酸水のボトルに目をやって眉を寄せたが、カトゥッツァ夫人から布巾を投げつけられる危険は冒さないほうがいいと判断した。「それじゃ、エスプレッソを」

カトゥッツァ夫人はぶつぶつ言い、コーヒーを淹れ始めた。コーヒーの粉の入った袋をカウンターに音をたてて置き、カップやソーサーをカチャカチャと言わせながら。

「〝へえ、炭酸水があるの？〟」カトゥッツァ夫人はガッロとちっとも似ていない高い声だが、ある程度の特徴をつかんだ口調で独り言を言った。「〝もうびっくり！　炭酸水なんてここでは手に入らないと思ってた〟」

九時になり、時間がさらに経っていった。十時四十五分、スペランツァとスミルツォ、ドン・ロッコ、そして歯科医のベッペ・ゼッロは歯科診療所の前に並べた椅子に腰かけ、向こう側のカフェを見つめていた。カフェではダンテ・リナルディと、やはりホテルに泊まった彼の友人のグループが腰を下ろしている。

「もしかしたら、彼は腕時計を持っていないのかもしれない」ベッペ・ゼッロが意見を言った。

「もしかしたら、腕時計は持っているが、ローマ時間に合わせてあるのかも」スミルツォが言った。

「今、ローマは何時かな？」

誰も返事をしなかった。

「ああ」頬を真っ赤にしてスミルツォは言った。「気にしないでください、ボス」

肉屋のドアが開き、スペランツァは反射的にたじろいだ。昨夜の不運な事件のあと、肉屋とは顔を合わせていなかった。

「心配いりませんよ、シニョーレ」ドン・ロッコが手を上げて押しとどめながら言った。「マエストロは攻撃などしてきません。目には目をという点について、わたしは彼と長い間話したのです」ドン・ロッコはマエストロとの話し合いで、〝目には目を〟に関して〝歯には歯を〟という表現までは具体的に口に出さなかったが、その言葉は二人とも意識していた。あとでわかったのだが、スペランツァがマエストロの口を殴ったとき、力が入りすぎて左の切歯が抜けてしまったのだ。

「本物だった」ベッペ・ゼッロは恐れ入ったとばかりに頭を振りながらみんなに話した。「結局、マエストロのあのきれいな歯は本物だったよ。残念ながら、抜けた歯を元どおりにはできなかったが」

スペランツァはひるんだ。これほど離れたところからでも、マエストロの顔に腫《は》れて紫色になった部分があることはわかる。

「彼は何をしているんでしょうか？」ドン・ロッコが興味津々といったふうに尋ねた。マエストロはドアストッパーを爪先で押してドアを固定させていた。それから中に入ると、すぐにまた出てきた。店の選《え》りすぐりの商品をうずたかく積んだ浅い段ボール箱を抱えて。

「ああ、まさか」スミルツォは目を両手で覆いながらつぶやいた。「見ていられない」

マエストロはダンテ・リナルディと仲間が座っているテーブルへまっしぐらに進んでいった。ダンテは片手を椅子の背からだらりと垂らし、けだるげに座っていた。女性でいっぱいのまわりのテーブルから崇拝の念がこもった注目を浴びていることを意識しているのは明らかだった。マエストロが近づいても、ダンテは身動き一つしなかった。

「マエストロはなんて言っていると思いますか、ボス？」スミルツォは指の間から覗きながら尋ねた。

ダンテと仲間は目を上げてマエストロを見た。マエストロは全然いつもの彼らしからぬ大げさな身振りで説明している。ダンテの友人の一人が身を乗り出し、気乗りしない様子で箱の中に視線を走らせた。それから、ダンテが何か言って例の笑顔を見せると、マエストロは箱を置き、ひょいと頭を下げる奇妙なお辞儀をして前掛けを両手でねじりながら立ち去った。テーブルにいたダンテの一団は歩いていくマエストロを眺めていたが、肉屋のドアが閉まったとたん、どっと声をあげて笑い出した。

スペランツァはドン・ロッコと目を見交わし、顔をしかめた。このダンテという男はボール紙に印刷されたパネルでいたときのほうが、はるかに厄介じゃなかったようだ。

ベッペ・ゼッロもしかめ面をしていた。「なんというか」彼は言った。「あの男は自分をたいした大物だと思っているようだな。しかし、あいつらはうわべだけの人間と言っていい」


十一時半になると、ガッロが必需品らしい炭酸水のボトルを持って現れ、なぜ、ただ座っているのかと歯科診療所の前の一行に尋ねた。

スペランツァは無言で広場の向こうにいる彼女のクライアントを指さしただけだった。ダンテは相変わらずカフェのテーブルについたままだが、マエストロが贈った箱からサイコロ形の燻製パンチェッタの包みを剝がすところまでは進歩していた。そして仲間とかわるがわるパンチェッタのかけらをリスに投げていた。

そのあと、彼らはようやく仕事に取り掛かった。

アントネッラは八時から午前中ずっと〈スペランツァ・アンド・サンズ〉で待っていた。髪は入念にカールさせてスプレーをかけてあり、いつものようにプラスチック製の輪型イヤリングの片方が刺さっている。一同が店に入っていくと、アントネッラは椅子から飛び上がったあと、腰を下ろし、ふたたび立ち上がった。この振る舞いを見てダンテと仲間から笑い声があがると、アントネッラの頰は燃えそうなほど赤くなった。

スペランツァはすばやく割って入った。

「ガッロさん」彼女だけに向かって話した。「うちの主役の女性とお会いしたかどうかわからないが、こちらがアントネッラ・キャプラです」

アントネッラは弱々しい笑みをどうにか浮かべた。

ガッロは水のボトルの首を持ったまま、つかつかと彼女に近寄った。

「こんにちは《チャオ》、ガッロさん」アントネッラはぎこちなく膝を曲げてお辞儀しながら言った。

ガッロは返事をしなかった。アントネッラのまわりを歩きながら、あらゆる角度から値踏みしている。ガッロはスペランツァの机から鉛筆を取ると、アントネッラのたっぷりした髪に差し込み、鼻に軽く皺を寄せながらじろじろ見た。

「完璧」とうとうガッロは言った。ゴミ箱の方角に鉛筆を無造作に投げながら。「彼女なら完璧よ」

アントネッラは軽く震え、スペランツァは無意識のうちに止めていた息を吐き出した。

ガッロは手を叩いた。

「ダンテ！」声をかける。「始めるわよ《アンディアーモ》！　さあ、取りかかって。わたしは早く帰りたいの」

必要最低限の人数しか来ていなかったガッロのスタッフは〈スペランツァ・アンド・サンズ〉ですばやく作業した。家具を全部、壁際に寄せ、折りたたみ式の緑色のスクリーンと三脚に載った巨大な照明で間に合わせのステージを作った。

「ああすれば、どこにでもいるような映像が撮れるんですよ、ボス」スミルツォがささやいた。

「どこであれ、ここではないどこかってことです」

スペランツァは助手の顔を見つめて眉を寄せた。彼らはスペランツァの机の後ろに押し込まれて折りたたみ椅子に座っていた。掃除機の交換用紙パックの回転棚にさえぎられて、ステージの一部が見えない。スミルツォはじっとしていられなかった。撮影用台本を手にしてしょっちゅう筒のように丸め、まるで望遠鏡のようにそこから覗いたり、膝に打ちつけたりしていた。スペランツァは気づいたのだが、スミルツォの視線は部屋の隅にある化粧室の近くに絶えずさまよっていっていた。そこにはダンテとアントネッラが一メートルほど離れて立っている。スペランツァの見る限り、二人はまったく話をしていなかった――ダンテはスマートフォンの内容に夢中のようだったし、アントネッラは不自然に背筋を伸ばして身動きもせずに立っていた。彼女がこれほど静かにしていられるなんて、誰も知らなかったのでは？　スペランツァは驚いていた。スミルツォはそちらのほうへ視線を向けるたび、ほとんど気づかれないほど小さくジャンプし、目をそらしてせわしなくまばたきした。

「そう、こっちに来ているのよ」ガッロの声がした。ショールームを行ったり来たりしながらスマートフォンに向かって話し、灰色の斑点模様でウール百パーセントの、毛足が短い絨毯にタバコの先から灰をまき散らしている。絨毯は一九八三年にルイージ・スペランツァ自身が敷いたもので、この四十年間、彼の息子で跡継ぎのジョヴァンニーノによって入念に維持されてきたのだ。「そう、その女の子に会った」ガッロは話し続けていた。「彼女は完璧よ。ほかのたわごとすべてから完全に注意をそらさせることができるわね。まさに地の塩（新約聖書、マタイによる福音書5章13節に出てくるキリストの言葉。道徳の模範となる人々を指す）とかって感じ」

スミルツォとスペランツァはこわばった笑顔を向け合った。

「よかったな、スミルツォ」心の中ではそう思っていなかったが、スペランツァは言った。「アントネッラにとっていいことだ。彼女のために喜んでやらなくちゃ」

「そうですね、ボス」スミルツォは小声で言った。「よかったです」またしても、夢の男性から百センチ離れたところに立っているアントネッラのほうへ、みじめそうな視線を向けた。

「嘘じゃないわよ。写真を送るから」ガッロはつかの間歩き回るのをやめると、スマートフォンをアントネッラに向けた。写真を撮られていることに気づいていない。

「これでわかった?」ガッロは相手が何か言うのを待ち、それから笑い出した。「そうなのよ」声は大きくなり、ケラケラという笑いになった。

スペランツァとスミルツォは凍りついた。スペランツァが横目で見やると、スミルツォは耳を真っ赤にして顎を震わせていたが、こちらを振り返ろうとはしなかった。あまりにもひどい。突然、時間も空間も消え、生まれた病院からカルロッタが家に来た日になっていて、スペランツァはホテルの外に立っていた。

「ルカ、さあ、しっかりしてくれ」スペランツァは確信ありげで自信に満ちた声を出そうとしながら言っていた。「きみは善良な男だ。おれはきみのお母さんを知っているよ。この新しい命にチャンスを与えてやってくれ。ジェンマにはきみが必要だ。赤ん坊にはきみが必要なんだよ」スペランツァは自分の左側にある居間のカーテンが揺れているのに気づき、娘が見守っているのだと知った。

「きみはジェンマを愛してないのか?」スペランツァは声を高ぶらせてきつい口調で尋ねた。

あの瞬間がスペランツァの脳裏から永久に離れない。今でもときどき、真夜中に目を覚ます原因となっている。ルカ・リッチ。あの愚かでうぬぼれた男はここにいるガッロと同じように頭をのけぞらせ、声をたてて笑ったのだ。

今、店の中で、スペランツァは椅子から飛び出して机をひっくり返し、出ていけ、消え失せろとみんなに叫びたい衝動をふいに感じた。だが、何年か前のあのときと同じことが起こった。ぞっとする事態に、理解すらもできない事態に直面して、口を開いても言葉が出てこなかったのだ。

「ボス」スミルツォはかすれた声で言った。すでに立ち上がっていて、椅子と机に挟まれたところからどうにか滑り出ようとしている。彼はよろめいてつまずき、姿勢を立て直した。「家に帰らなくてはなりません、ボス」


ドン・ロッコのフォークは、食べていたトマトサラダの上で止まった。「何か悩み事ですか、シニョーレ？」

「え？」スペランツァは言った。二人はカフェのいつものテーブルについていた。スペランツァは料理に手をつけていなかった。カトゥッツァ夫人はオリーブの木に水をやったばかりで、彼らの横の地面からはまだ湯気が出ている。空気はチキンスープのようなにおいがした。

「よくないことが起こっているように見えるのですが」司祭は眉を寄せながら言った。

スペランツァはため息をついた。長い失意の一週間だった。スペランツァたちの映画──夏じゅう作ってきた映画──は事実上消えてしまった。元はスミルツォが主役だったあらゆる場面はダンテを主役にして撮り直された。一つを除いて。

「セット・ピースは削除されるらしいですよ、ボス」不機嫌なスミルツォは報告した。「ヤギの協力を得られないからだとか」

まさにそのとおりだった。スペランツァ自身、ガッロの風変わりな撮影監督のアンジェロが大通りでヤギに追われている光景を目撃していた。彼には助けてくれるスミルツォもいなかった。

「おれたちの撮った映像を使えないのか？　おまえの顔を出さなければ――」

スミルツォの頰が赤く染まった。「ダンテのスタントダブルとして、ヤギのほうがぼくよりも真に迫った演技ができると言われましたよ」

アントネッラもみじめな思いをしていた。

「元気《チャオ》か、アントネッラ」この前、アントネッラが撮影現場に来たときにスペランツァは声をかけた。

アントネッラは仔馬のようにびくついて飛び上がった。「元気よ、おじさん」腕組みしてまばたきしながら言った。目は不自然なほど輝いていた。「あたしは元気」

それにビジネスのことがあった。ガッロと撮影班は完全にスペランツァの職場を乗っ取った。存在がなくなりそうなほど消し去ったのだ。あるとき、スペランツァはビージの店の乾湿両用バキュームクリーナーの症状を突き止めようと、店の電話で小声で話していた。すると、ガッロが長い爪をした指で電話を切ってしまった。

「ここをどこだと思ってるの？」彼女はにやにや笑いながら注意した。

もちろん、かなり多くの物事がうまく運んでもいた。映画はまぎれもなく体裁がよくなり、スペランツァたちが作ったものと違って、本物のまともな映画らしく見え始めた。撮影班とダンテの取り巻きたちのおかげで、ガスが腹にたまるポメラニアンを勘定に入れなくても、ホテルはここ数年の間で初めて満室になった。それに配管の問題があった。〈スペランツァ・アンド・サンズ〉の金庫にある金は相変わらず〈水委員会〉に払わなければならない額の七万ユーロには足りなかったが、その状況すら好転しそうだった。商売繁盛のカトゥッツァ夫人は滞納していた税金のうちの相当な額を払った。そして昨日、ガッロはダンテとアントネッラが頬を寄せ合って立っている写真を撮った。ダンテはかぶせものをしているという噂がある異様に白い歯を見せて物憂げに笑い、アントネッラは曖昧な微笑を浮かべていた。彼女はその写真をダンテの公式のソーシャルメディアアカウントに投稿し、試写会チケットの売り上げは急増した。実を言うと、今や少なくとも二百人分が予約超過になっていたが、その点はスペランツァも心配していなかった。それが屋外で上映する映画館の利点だ。席に座れない観客は芝生に座ればいいだけである。つまるところ、プロメットの借金をまかなえる以上の金が貯まるだろう。高揚した気分になっても当然だったのに、スペランツァは奇妙なほど気が抜けていた。

「大勢来るそうですね」友人の心を読んだかのように、ドン・ロッコは優しく言った。トマトの塊をフォークで刺す。「駐車場所のことを心配しているんですか？」

スペランツァは片手を振った。「いや、神父様。駐車場に関する問題なら、聖女フランチェスカ・カブリーニがすべて対処してくださるとご存じでしょう」

ドン・ロッコは咳をするそぶりをして水を飲んだ。駐車場の守護聖人が週末の間、プロメットの駐車場の案内係として活躍するかもしれないという考えに彼が異議を唱えなかったのは、スペランツァとの友情の証拠であり、現在の状況が重大だからでもあった。

「記者たちが来ると思いますか？」代わりにドン・ロッコは尋ねた。

スペランツァはまたしてもため息をつき、肩をすくめた。「わかりませんね、神父様。ガッロさんに尋ねたらいい。たぶん、彼女なら知っていますよ」

ドン・ロッコはしばらく黙っていた。ナプキンで口を拭い、それを膝の上でたたむ。

「一度も尋ねないのですね、シニョーレ」ドン・ロッコは静かに言った。「あのお金をわたしがあなたにあげた理由を。あなたが嘘をついているとわかっていたのに、千三百ユーロを差し上げました」

頭から倦怠感《けんたい》が消え、スペランツァはきちんと座り直した。そう、尋ねたことはなかった。疑問すら感じなかったのだ。お金をもらった当時はただもううれしかったし、それからほかに頭を悩ませる問題が多くなりすぎて、違う場合なら抱いたかもしれない好奇心がすっかり押しやられてしまっていた。

「わたしがあのお金を差し上げた理由はですね、シニョーレ」ドン・ロッコは冷静な口調で続けた。「あなたがこの村をどれほど愛しているかを知っているからです。それに、あなたがお金を必要としているのだとしたら、よいことのためだとわかっていました」

スペランツァはいつの間にかうなずいていた。

「それと、友人や隣人の姿を目にしました」ドン・ロッコは左右を指し示すしぐさをした。「彼らは長い間眠っていたあとに突然、目覚めたかのようでした。教会へ来る老婦人たち。フランコ叔父さん。アントネッラ。向こうにいる、あなたの店のスミルツォ。エルネスト・マエストロ――歌うとはね！　神が彼に与えたもうた声で歌っていましたよ。それで思ったのですが――今回の件は、ここにとっていいことです」

スペランツァは喉に塊がこみ上げるのを感じた。いいこと。そうだとも。

ドン・ロッコは向こうにある、折りたたみ式のスクリーンで正面の窓が隠されている〈スペランツァ・アンド・サンズ〉をちらっと見て、暗い表情になった。

「今ではああやって新しい人たちが来ています」ドン・ロッコは眉をひそめながら言った。「そして、またみんなが眠りについたように見えるのですよ」

スペランツァはけげんそうに目を細めた。頭の中で歯車が回っている気がする。

「おれが何をすべきだと思いますか、神父様？」スペランツァはゆっくりと尋ねた。

ドン・ロッコは肩をすくめた。「わたしは、永遠に生きられる人はいないと言っているだけです。だからこそ、神からチャンスをいただけたときに何をすべきか選ぶことは大事なのです」司祭はまともにスペランツァを見つめた。「あなたもそう思いませんか、シニョーレ？」

ドン・ロッコが帰ってからもスペランツァはぐずぐずとテーブルに残っていた。晩夏のよく晴れた美しい午後だった。空はどこまでもどこまでも青く、もくもく湧き上がった白い雲は青空を背景にした浮き彫りみたいにくっきりしている。目を閉じれば、揚げ油と日焼け止めローションのにおい、それと枝にずっしりと重く実った熟しすぎのベルガモットの香りがする。遊んでいる子どもたちの声は小鳥のさえずりのようだ。こうした物音やにおいが相まって、スペランツァの胸の中に不思議な気持ちがふと浮かんだ——自分が永遠に生きるかもしれないというだけでなく、ずいぶん長い間生き続けてきたという確信めいた感覚だった。今日はそんな日なのだ。だったら、と彼は眉をひそめて考えた。なぜ、大切なものをすべて失う寸前にあるように感じるのか？

「お父さん」

スペランツァは顔を上げた。ジェンマだった。本当に忙しすぎて、ダンテのパネルが本物の彼だと初めてみんなに思われた日から娘に会っていなかった。もっとも、ジェンマとカルロッタは昨夜ホテルに戻ってきていたのだが。

「ここで何してるの、お父さん？」ジェンマは言った。「やることがないの？　それとも、お母さんに何もかもやらせるつもり？」

スペランツァは娘の声にからかうような響きを聞き取り、微笑んだ。

ジェンマは椅子を引っ張り出し、スペランツァの隣に座った。「あの人たちが、お父さんとスミルツォがやったことを全部変えたって聞いた」彼女は目隠しされた〈スペランツァ・アンド・サンズ〉の窓々に頭を傾げ、同情のこもった表情をした。「エルネストが話してくれたのよ」

スペランツァは両手を上げた。「だから？　おれに何ができるというんだ？」

「お父さんに何ができるか、ですって？」ジェンマはにやりと笑い、一瞬、カルロッタそっくりの顔になった。「たぶん、お父さんがやりたいことは何でもできる」

その言葉を聞いてスペランツァは仰天し、何も言えなくなった。つかの間、思考がすべて干上がってしまったのだ。けれども、ジェンマは気にするふうでもなかった。こっそり娘のほうを盗み見たが、ただ座っているだけで、穏やかな顔で空を眺めている。スペランツァも空を眺めた。

ややあって、近くのテーブルから声が聞こえてきた。

「お父ちゃん《バッボ》」

スペランツァはそちらに視線を向けた。小さな男の子――一度も見たことがない小さな男の子――が父親に話している。

「バッボ」その子はまた言った。「これはぼくのアイスクリーム店なんだよ。ご注文は何ですか?」男の子は想像上の鉛筆とメモを持って、父親の横にまじめな顔で立っている。

スペランツァとジェンマは目を見交わした。〝覚えているか?〟彼はそう言いたかった。〝レストランごっこをよくやったものだな?〟実際には口に出さなかったが、娘が同じことを考えているとわかった。

二人は少年の父親を振り返った。自分自身が少年のような若い父親は熱心な顔つきでテーブルに身を乗り出していた。「そうだな」彼は言った。「紫のユニコーン味を一スクープ、水玉模様の味を二スクープ、歌うカンガルー味を三スクープ、コーンでください」彼は息子を見やり、ほかのテーブルを見回した。自分自身の途方もない想像力にうっとりしているのは明らかだったし、期待ではちきれそうな様子だった。

小さな男の子はしかめ面をした。

「あるのはチョコレートとバニラとイチゴなんだけど」男の子は言った。

最初に笑い出したのはジェンマだった。声を震わせ、ヒステリックな歓声に近い笑い。スペランツァも加わった。二人があまりにも大声で激しく笑ったものだから、ほかのテーブルからも笑いが起こった。若い父親は目を上げ、驚きながらも恥ずかしそうだった。

スペランツァは自分とドン・ロッコの勘定分の紙幣をテーブルに無造作に置き、帰ろうとしてジェンマと立ち上がった。「お子さんと楽しんでください!」出ていきながら、戸惑っている若い父親に声をかけた。「息子さんと楽しむといいですよ!」

そういうことだったのだ。今やスペランツァは自分が何をするつもりかわかっていた。〈エンポリオ〉で袋入りの焼き栗をたっぷり買うつもりだった。そして家に帰りながらジェンマと栗を分け合い、かなり昔によくやったみたいに、包み紙をベッタから隠してしまうのだ。それから、カルロッタとあのいまいましい仔犬と遊ぼう。ガッロも〈水委員会〉も、ほかのどんな人間も手出しはできない。それ以外のことについては——そう、何か考えなければならない。

第二十一章　計画その一

　いつから映画がそれほど重要になったのか、スペランツァにはわからなかった。ただ、重要だということはわかっていた。なぜ、大物の一団がこの村へ来て、自分たちの目的のためにここを利用しなきゃならないんだ？　なぜ、みんなが苦労して作ったものを、奴らは何の意味もないみたいに取り上げて投げ捨てなきゃならないのか？　まるでゴミみたいに？　スペランツァはメイクアップ用のテントで笑っていたジェンマのことを考え続けていた。うんと目を細めれば、あるいは目を閉じて見れば、少しはハンフリー・ボガートに似ていなくもない、気の毒なスミルツォのことを考えていた。セット・ピースを撮影した日を、午後の空に打ち上がった花火を考え続けていた。

　翌週、スペランツァは〈スペランツァ・アンド・サンズ〉で傍観者として自分の机の後ろに押し込まれて折りたたみ椅子に座りながら、こういったことをみな考えていた。ガッロや撮影スタッフやダンテの声が背後に遠ざかっていく中で、『コンペンディアム』の各ページに指を走らせながらじっくりと読みつつ、考えていた。戦いの準備向けの守護聖人である大天使聖ミカエルのところへ来ると、指を止めた。そうだ。満足すると、音をたてて本を閉じた。まさにそれだ。

試写会の前日の夜、スペランツァの祈りに対して答えが得られた。

「ニーノ！　何をしているの？」ベッタは半分寝ぼけながら、目の上に手で庇を作って起き上がろうとしていた。彼女の横にはバンボリーナが気持ちよさそうに寝ている。この一週間、バンボリーナはベビーサークルからじりじりと抜け出し、まんまとベッドのスペランツァ側に寝床を確保した。そしてスペランツァは床に置いたキャンプ用の折りたたみベッドに追いやられたのだ。

スペランツァはすっかり着替えて寝室の戸口に立ち、ドアを細く開けて廊下を覗いていた。静かにしろとベッタに手で合図する。

「邪魔者はいないようだな」彼は小声で言った。「今がチャンスだ」

ベッタは体を起こしていた。「ニーノ」腕組みする。「何かばかなことをするつもりじゃないわよね」

スペランツァは両手を振り上げ、静かにしようとしていたのを忘れた。「やれやれ《マドンナ・ミーア》、ベッタ《エリザベッタ》！自分の行動はわかっているよ！」

ベッタはあきれ顔になった。「逮捕はされないでよ」

スペランツァはこっそりホテルを抜け出して村の向こう側まで歩いていき、午後十一時きっかりにスミルツォの家の玄関をノックした。助手がどんな格好で寝ているのかなんて考えたことはなかったが、こうしてわかってみると、思わず夜空を見上げてしまった。〝主よ、スミルツォはわざとこんな格好をしているのですか？〟懇願するように尋ねた。

「ボス？」スミルツォは目を細くすがめながら言った。フランネル地のナイトガウンの広い袖口で目をこする。ナイトガウンは痩せこけた足首よりもたっぷり十センチは上までの丈しかなかった。

ナイトガウンにぴったりのナイトキャップについた房が前後に揺れている。

「スミルツォ」スペランツァはこわばった口調で言った。「そのナイトガウンはどこで買ったんだ？」

スミルツォは驚いたふうに自分を見下ろした。「これですか、ボス？　父のものだったんですよ」

スペランツァは眉を寄せた。「お父さんの服でほかに着られるものはないのか？」

スミルツォはぎくっとした。「いえ、ボス。父は――」ナイトキャップの両側から突き出している耳が真っ赤に染まった。「――父はこれ以外のものを全部持っていってしまって」

そしてスミルツォは床に目を落とした。ガリガリの白い足首をした彼があまりにも悲しそうでばかげて見え、スペランツァは口髭がピクピクするのを感じた。父の服が何かないかとクローゼットを引っかき回して探しているスミルツォの姿が目に浮かんだ。見つかったのはぽつんと一着、ハンガーにかかっていたこの滑稽なナイトガウンだけだったのだろう。そう思うと、スペランツァの喉は締めつけられた。

「そうか」スペランツァは言った。弱々しくつけ足す。「とてもいいじゃないか」

「ボス」スミルツォはさっきと反対の目をこすりながらまた言った。「何かまずいことでもあったんですか？」

スペランツァは背筋を伸ばし、深く息を吸った。「ああ」そう言った。「そいつを修正しよう」

十八時間も経てば、ダンテ・リナルディの驚くべき映画試写会のために四百五十三人がプロメットへやってくるだろう。彼らはおそらく駐車場の守護聖人である聖女フランチェスカ・カブリーニの助けを得て車を止め、建設されたばかりの円形劇場の座席に列を成して入っていくか、座席の近くの芝生に腰を下ろす。そして自分たちのアイドルの間抜け面が銀幕いっぱいに現れるのをワクワクしながら待つだろう。だったら、とスペランツァは厳しい顔で考えた。奴らは好きなだけ待つがいい。

彼とスミルツォはサンタ・アガータ通りを忍び足で進んだ。どの建物の照明も消えていたが、教会の中のどこかでぽつんと一つ、光を放っている灯火と、夜空に押された牛の焼き印のようなマエストロの店の「ＦＲＥＳＨ（鮮新）」というオレンジ色のネオンサインは別だった。

スペランツァはすぐ後ろにスミルツォを従えて〈スペランツァ・アンド・サンズ〉のドアにこっそり近づいた。この一週間、窓という窓を覆っている緑のスクリーンが取り外されていないのと、不要な光が入ってこないように肉屋用の茶色の包装紙でドアが目張りされているせいで中は見えなかった。

「そんなに時間はかからない」スペランツァはささやいた。

彼は鍵を外してドアを開けた。ガッロの撮影監督のアンジェロが椅子で眠っている姿がぼんやりと見え、すばやくドアをまた閉めた。

「ボス！」スミルツォは小声で呼び、通りを駆けていく雇い主を小走りで追った。「どうしたんですか？」

「プランＢだ！」スペランツァは振り返って言った。

イヴァーノ・マエストロは腕組みして椅子にふんぞり返っていた。

「あんたはおやじの顔を殴ったじゃないか」

スペランツァの口髭は端から端までピクピク動いた。「確かに殴った」しかつめらしく頭を下げながら言った。「それについては本当にすまなかったと思っている」

「おやじは金歯を入れることになっている」イヴァーノは顔をしかめながら言った。「たぶん、海賊みたいに見えるだろうな」

スペランツァは危うく吹き出しそうになった。ただでさえマエストロはひどく海賊を連想させる顔つきだ。本物の金歯を入れるのは、いかにも当然の運命《さだめ》というものだろう。だが、笑いが浮かぶのを隠そうとうつむいたとき、一家が飼っている果敢なドーベルマンのうちの二匹が油断なくこちらを凝視していることに気づいた。大きなダイニングテーブルの下をひそかに動き回っている犬を見て、たちまちスペランツァは真顔になった。

「もし、おれたちが手を貸したら」イヴァーノは話し続けた。「エルネストの歌をまた映画に使ってくれるんですか？」

スペランツァは十五人のマエストロ兄弟がいる磨かれたテーブルを見回した。誰もが期待のまなざしでこちらを見ていたが、エルネストだけは膝に置いた自分の手にじっと視線を向けていた。

「必ずそうする」スペランツァは言った。「必ず使うとも」

二十分後、スペランツァとスミルツォは、エルネストとピエトロのマエストロ兄弟と並んで肉屋の中で身をかがめていた。イヴァーノは広場の向こう側、〈スペランツァ・アンド・サンズ〉の屋根に立ち、こちらからの合図を待っている。

「いいぞ」スペランツァは言った。「今だ」

ピエトロは「FRESH」のネオンサインを三度、つけたり消したりした。そしてスミルツォはメガホンをわずかに突き出せる程度に肉屋のドアを細く開けた。

「アンジェロ――――――――!」スミルツォは叫んだ。声が広場を越えて反響する。

「アンジェロ――――――――――――!」

はじめは何も起こらなかった。

「さあさあ、来い」スペランツァは自分の店のドアをにらみながら小声で言った。そこで、チリンというかすかな音が聞こえた。ドアが開き、眠たげで不思議そうな顔をした撮影監督のアンジェロが現れた。

「さあ! 今だ!」スペランツァはささやいた。

まさにぴったりのタイミングでイヴァーノは釣竿《つりざお》についた長い紐を下ろした。紐の先にくっついて不気味に揺れているのは、スミルツォの母親が作ったトイレットペーパーにかぶせる人形だった。トイレットペーパーがない状態で宙を見つめている人形の目や、奇妙に膨らんでいるピーチ色のかぎ針編みのスカートは、薄気味悪いネオンの明かりの中でますます異様に見えた。

アンジェロは恐怖で目を見開いた。広場に駆け出していく。腕を回転翼のように振り回したり、脚をピストンのように上下に動かしたりしてくれと期待されなければ、とても速く走れることがわかったイヴァーノが、プロメットのあちこちの店の隣り合った屋根をひょいひょいと伝ってすばやく追いかけた。だから、気の毒なアンジェロはトム・クルーズみたいに肩越しに振り返るたび、トイレットペーパーにかぶせる人形が執拗に追ってくるのが見えるのだった。

「急げ！　行くぞ！」スペランツァは言った。スミルツォとすばやく広場を渡ったとき、教区司祭館に明かりがついたことを、急ぎながらもぼんやりと意識した。二人は〈スペランツァ・アンド・サンズ〉に勢いよく入っていった。スミルツォは奥にあるパソコンへ突進し、その間スペランツァは開けたままのドアで見張りをしていた。

スミルツォは独り言をつぶやきながらパソコンの電源を入れ、ファイルを探している。スペランツァはアンジェロが戻ってくる気配がないかと広場に視線を走らせ、通りのあちこちを見ていた。

〝さあ早く！　早く！　早く！〟スペランツァは心臓の鼓動に合わせて思った。

「やりましたよ、ボス！」スミルツォが声をあげた。興奮した口調だ。「ダンテのファイルを消しました！」

「よくやった！」スペランツァは言い、振り返った。「今度はおれたちの映画が正規のものだとするラベルをつけるんだ」

「オーケイ、ボス」スミルツォはふたたびパソコンに身をかがめたが、いきなり体をまっすぐ起こした。今浮かんだ考えに驚いて。「でも、ボス――間違った映画を上映していると気づいたら、彼らはやめさせようとするのでは？」

スペランツァは片手を振った。「明日だ！」彼は言った。「そのことは明日、どうにかする！　さあ、急げ！」

スミルツォは小細工したファイルを保存し、パソコンの電源を切った。

「よし」スペランツァは小声で言った。「もう行くぞ」

ちょうど脱出しかけたとき、息を切らして苦しそうにあえぎながら走ってくるアンジェロの姿が見えた。

スペランツァはドアをぱっと閉め、その裏にスミルツォとしゃがんだ。

「どうします、ボス？」スミルツォが悲鳴のような声をあげた。

「シーーーッ！」スペランツァはドアを覆っている茶色の紙の端を剝がし、外を覗いた。アンジェロは十メートルほど離れたところにいる。あと五メートル。三メートル。スペランツァの心臓は気が触れた小鳥が籠に体をぶつけているみたいに打っていた。どうしたらいい？　どうする？　鍵を掛けるか？　トイレに隠れる？

広場の向こうから耳をつんざくような音がした。スペランツァとスミルツォは耳をふさいだ。アンジェロも耳を覆い、どこから音がするのかと振り向いた。

サンタ・アガータ教会の玄関に明かりがついた。そこにエルネストと一緒にドン・ロッコが立っている。司祭はスペランツァのメガホンを持ち上げて叫んだ。

「おーい、映画のお方《かた》！　わたしの友人の歌を聞いたことがありますか？」

すると、増幅装置などなくても、宇宙までも声が届きそうなエルネストがオペラの『道化師』中の「衣装をつけろ」をいきなり歌い始めた。撮影監督のアンジェロが戸惑いつつもうっとりと魅せられている隙に、スペランツァとスミルツォは彼の横をこっそり通り過ぎることができた。やったぞとばかりに、司祭が控えめに親指を立てていることすらアンジェロは気づいていなかった。

第二十二章　計画その二

夜明け少し前、スペランツァは少年だったころの夢を見た。ジェンマの夢を見たときと同じように、スペランツァは現在の自分ではなかった。離れたところから眺めている、忘れられた記憶の縁を爪先立ちで歩く侵入者だった。

「ジョヴァンニーノ！　ごはんができたよ《エ・プロント》！」祖母のデルフィーナだった。暖炉のそばの簡易コンロのところでせっせと働いている。

半ズボンにサスペンダーをした小さなジョヴァンニーノが台所に駆け込んできた。片手を深鍋に突っ込もうとする。

デルフィーナおばあちゃんは声をあげて笑い、ジョヴァンニーノを叱って追い払った。「手を洗《ラヴァティ・》うんだよ《ル・マーニ》、仔ネズミちゃん《トポリーノ》」

スペランツァが眺めていると、子どもの彼は洗面台までちょこちょこと走っていき、ポンプを上下に動かした。小さな男の子は流れる水にさっと手を出したが、あまりにもすばやかったのでわずかに濡れる程度だった。そしてズボンからはみ出したシャツの裾でぞんざいに拭った。スペランツァはくつくつ笑った。手を洗うときは確かにああいうやり方だったな。あんなふうだったよ。覚えている。

「さあ《オーラ》」デルフィーナおばあちゃんが声をかけた。「おばあちゃんを手伝っておくれ《アイウータ・ラ・ノンナ》」

ジョヴァンニーノは慌ててコンロまで駆け寄り、素直にそしておおいに集中してスープが入ったボウルを二つ、小さな木のテーブルへ運んだ。用事が終わると、ジョヴァンニーノはいつもやっていたことをした。年老いたジョヴァンニーノ自身は今まで忘れていた行動だった。彼は祖母の右手を指さした。彼女の右手は脳卒中のせいで麻痺し、雛鳥の羽根さながらに体の横にくっついたままだったのだ。

「手を出してよ」幼いジョヴァンニーノは小さな領主のように尊大な口調で言った。一人っ子で、人生での野心をこれまでかなえられなかったことがなかった者の口調だった。「ぼくが治してあげる」

デルフィーナおばあちゃんは頭をそらして笑い、倒壊した塀に一つだけ立っている杭みたいに一本だけ残った歯が見えた。「わかったよ、トポリーノ先生《ドットーレ・トポリーノ》。治してください」彼女はいいほうの手で、悪いほうの手を持って差し出した。

スペランツァはゆっくりと近づいて眺めた。心臓が喉に詰まった気がする。

子どものジョヴァンニーノは口の横から舌を突き出しながら祖母の手をじっくり調べた。どこも悪いところなんかないみたいだ、と彼は思っていた。素直で正直な顔からは、そんな考えがはっきりとうかがえた。ジョヴァンニーノは注意深く、祖母の指を一本一本こじ開け、一歩下がって自分がやったことの出来栄えを見た。デルフィーナおばあちゃんのてのひらは開いたままだ。

ジョヴァンニーノは歓声をあげ、ぴょんぴょん跳んだ。「治ったよ！　治ったんだ！　ぼくが治したんだよ！」

祖母は大笑いした。忘れていた美しい笑い声がスペランツァの心をかき乱した。「バカなネズミちゃんだね《トポ・ショッコ》！」彼女は言った。花びらが閉じるように、祖母の指はゆっくりとまた丸まってしまった。ジョヴァンニーノの小さな頭のてっぺんにキスする。「バカな仔ネズミちゃん《トポリーノ・ショッコ》」

突然、フィルムが終わってしまった古い映写機のように夢が傾いた。ぼんやりした台所が消え、スペランツァは店にいた。ガッロがそこにいて笑っている。「トポリーノ・ショッコ！」ガッロが嘲った。「あなたが何かを直せるはずなんてないでしょう？」

すると店が消え、彼らは崖っぷちに立っていた。ガッロがスペランツァを押しやる。スペランツァが落ちていくと、ガッロは頭をのけぞらせて甲高い声で笑った。手が空をつかみ、スペランツァは悲鳴をあげた。

スペランツァが目を覚ますと、カルロッタがそばに立って見下ろしていた。

「マンマが言ったの。今夜の映画に行くとき、本物のヘアスプレーをあたしが使ってもいいんだって、ノンノ」カルロッタは告げた。朝の六時だった。話し始めたころからカルロッタが絶対にやめようとしない習慣は、眠っている人間に、まるでその人が目を覚ましているかのように話しかけることだ。今、カルロッタは母親の部屋着を着てスリッパを履き、スペランツァのベッド脇に立っていた。小さな頭からあらゆる方向にホットカーラーと金属製のヘアピンが突き出している。
「おまえもヘアスプレーをかけてもらいたい？」カルロッタはヌテラとジャムを塗ったトーストをかじりながら、ノンノ・グイドに話しかけた。手に負えない日和見主義者のこの犬は、トーストが落ちてこないかと相変わらず下で見守っている。「おまえがそうしてほしいなら、ママに頼んであげるね」

セット・ピースを撮影した日からまだ実現していなかった、スミルツォの予言した雨がとうとう夜のうちに降ってきて、スペランツァがノンノ・グイドを外に出そうとしたときは霧雨になっていた。犬は戸口の敷居で立ち止まり、ぴょんと跳んで家の中に戻ると、警告するように吠えた。
「何をするんだ《ケ・コーザ》、頑固者め《テスタ・ドゥーラ》」スペランツァはつぶやき、ノンノ・グイドを引きずって外に出したが、犬は雨に濡れるなり心底から怯えた声でキャンキャンと鳴き、主人の脚をよじ登ろうとした。

何が起こっているのかがわかると、スペランツァは犬をすくい上げた。「大丈夫だ」小声で言い、静かに笑って小さな犬の頭に鼻をこすりつけた。考えてもみろよ、と彼は思った。こいつはこの世に生まれたばかりの生き物で、水が空から落ちてくるところなど見たこともなかったんだ。

そのすぐあと、スミルツォの母親が訪ねてきた。Aラインのワンピース姿のスミルツォみたいな彼女は、夜のイベントで着てくださいと、かぎ針編みのディナージャケットをスペランツァにプレゼントしてくれた。彼は目に涙を浮かべたいと切望する必要もなかった。監督用の椅子カバーのせいで膝の裏にみみず腫れができたことを思い出すだけで、涙はひとりでに出てきた。
「本当に、こんなことをしてくださらなくてもよかったんですよ」スペランツァはどうにか涙をこらえながら言った。「本当に、本当にこんなことまでしてくださらなくても」

そのあとはとんでもない状況になっていった。十時、ガッロのスタッフの一団がホテルに押しかけてきた――メイクアップ・アーティスト、スタイリスト、テント設営係、ケータリング業者、会場の設営係、それに大勢の芸能レポーター――スペランツァはこっそり抜け出してサンタ・アガータ教会での秘密の会合に向かった。たぶん自分は大きな間違いを犯したのだという、胃にぽっかり穴が開いたような不安を覚えながら。

スペランツァ、スミルツォ、ドン・ロッコ、マエストロ兄弟は正午に薄暗い教会で落ち合った。「どうやらこれは非常に大規模になりそうですね、シニョーレ」ドン・ロッコが心配そうに言った。司祭は広場を覗きながらドアのところに立っていた。広場にはやはりガッロのスタッフたちが入り込み、そのうちの一人がコーンを立てて複雑な通路を作っている。二人の男が教会の裏からはるばる円形劇場まで長いレッドカーペットを広げていて、別の二人はいくつもの巨大な豆電球の固まりのコードをほどいていた。

イヴァーノはやるべきこと以外に目もくれなかった。外での出来事は無視し、まっすぐにスペランツァを見つめている。「何をしたらいいか教えてほしい」彼は言った。

実にシンプルだった。やるべきなのは、映画が始まる前にダンテ・リナルディとガッロを試写会から帰らせることだ。しかも、彼ら自身の意思で。

「そうすれば」スペランツァは言った。「おれたちの、おれたちの映画――おれたちが作った映画――を上映できるし、誰からも止められないだろう」

イヴァーノ以外のマエストロ兄弟から小さく歓声があがり、スミルツォは顔を輝かせた。だが、イヴァーノは信者席に背中をもたせ掛け、疑わしげに目を細めて腕組みしていた。「で、具体的にはどうやってそれを成功させるんですか？」

　スペランツァはスミルツォに合図した。スミルツォはバックパックの中を引っかき回し、二つのものを取り出した――赤いボタンが一つだけついたリモコンと、光が点滅している小さな黒い箱を。

　そのとき外からカタカタという物音が聞こえ、みんなは飛び上がった。ドアが開き、信者席を横切って斜めに光が差し込んできた。

「マリアンナ！」バルバロ夫人のかすれた声がした。中を覗き込み、肩越しにペドゥラ夫人に呼びかけている。「見て！　イエス様がいらっしゃるわ！　それに十二使徒たちも！」

　よろよろと歩いてくるペドゥラ夫人の姿が見え、同じように中を覗いた。彼女は両手を大きく振り上げた。

「ああ！」そして叫んだ。「なんて《ケ》・すば《ベ》らしい《ッ》の《ロ》！」

　計画はできた。イヴァーノは午後七時くらいにさりげなくダンテとぶつかる予定になっていた。ダンテがレッドカーペットを歩き出す直前に。そうすれば、たぶん三秒から五秒間はダンテの注意がよそへそれるだろう。その隙に、イヴァーノの弟のイグナチオが光の点滅する黒い箱をターゲットの上着のポケットに滑り込ませる。そうしたら、ぴったりの瞬間が来るまで待つことになるだろう。集まってきた観客やマスコミの前にダンテが完全に姿を現して、装置を作動させるのに最適の瞬間を。

「マイクが何本もあったらどうなりますかね、ボス？」スミルツォが尋ねた。もはや平静ではいられなくなって、クスクス笑いを抑えられずにいる。「マイクがたくさんあったらどんな音がするか、想像してみてくださいよ」

「わたしたちが正しい行動をとっていることを願いますよ、シニョーレ」集まっていた面々が解散すると、ドン・ロッコは不安そうに言った。「正しい行動だと思いますか？」

スペランツァは祭壇に目をやった。この祭壇の前で彼はベッタと結婚し、母は父と結婚した。そしてこの聖なる洗礼盤でカルロッタやジェンマ、またスペランツァ自身も含めたすべてのプロメットの赤ん坊が百五十年にわたって洗礼を受けてきたのだ。スペランツァは一列目の信者席にひざまずいているバルバロ夫人とペドゥラ夫人を見つめた。今は無言でロザリオを持って身をかがめ、ひざまずいている老婦人らしい祈りを捧げていたが、彼が立っているところから見るとあまりにも小さくて子どもみたいだった。

「そう思いますよ、神父様」スペランツァは心から言った。「だが、本当のところはおれにもわかりません」

教会で共謀者たちと別れたあと、スペランツァは腕時計で時間を確かめた。一時十五分。最近の宣伝が功を奏し、今朝の時点で〈スペランツァ・アンド・サンズ〉の金庫には七万二千百七十五ユーロ入っていた――必要な額よりも多かった。急げば、今夜のイベントが始まる前に金を回収し、レッジョにある〈水委員会〉の事務所まで一時間半ドライブして配管の修理代を払い、留守にしていたことを誰にも気づかれないうちにプロメットに戻ってこられるだろう。

「ぎりぎり間に合うってところだな」スペランツァはわずか三日後に迫った月曜日の支払期限を考

えながら、険しい顔でつぶやいた。急ぎ足で広場を横切り、店のドアの鍵が開いていることに気づいた。慎重にドアを押し開けると、頭上でベルがチリンと鳴った。

「スミルツォか？」いぶかしく思いながら呼んだ。教会を出てから、スミルツォはどういうわけかおれを追い越したのだろうか？

だが、スミルツォはいなかった。

「あら、よかった。あなただったのね。ちょうど電話をかけようとしていたのよ」ガッロだった。店の奥にあるスペランツァの机に向かって座り、退屈そうに『コンペンディアム』のページをめくっていた。真っ赤なマニキュアを塗った爪同士が当たる音がする。「こんなもの、どこで手に入れたの？」彼女は訊いた。「すごく笑える」

〝笑える？〟スペランツァの頬はカッと熱くなった。急いで机まで行った。

「申し訳ない」そう言って、ガッロの手が届かないように本をさっと奪い取った。「お邪魔になるところに私物を置いておくべきじゃなかった」おれの店の中になと、スペランツァは激怒しながら心の中でつけ足した。『コンペンディアム』を持った手を背中に回す。「何かご用ですか？」彼は尋ねて、壁の時計にちらっと視線を向けた。〈水委員会〉と道路の渋滞について考えながら。「今夜の準備をなさっているかと思いましたが？」

ガッロは声をあげて笑った。スペランツァの回転椅子の背にもたれ、とがった爪をした人差し指を振ってみせる。

「何か忘れているものがあるわよ、シニョーレ」彼女は言った。からかいと脅しのこもった、さえずるような声で。

スペランツァは鋭いまなざしをガッロに向けた。何の話をしているんだ？　視線を机にそらしたスペランツァはスミルツォのノートパソコンに気づいた。〝このパソコンだ〟パニックに駆られながら思った。たぶん、彼女は今夜の試写会前に映画を最後にもう一度点検しようとここへ来たのだろう。もしかしたら、見つけてしまったのかもしれない。おれたちが――

「ダンテの出演料よ」ガッロの言葉がスペランツァの思考を切り裂いた。

彼は凍りついた。握っていた手から力が抜け、『コンペンディアム』は指から滑り落ちて背後の床に音をたててぶつかった。スペランツァの口はカラカラになった。

「しゅ、出演料？」ささやくように言い、つばを飲み込んだ。

ガッロはふたたび笑い声をあげた。「わたしたちがここで何をしていると思ってるの？　慈善事業？」彼女は回転椅子をくるりと回して金庫に向き合った。「さて、これはどうやって開けるの？」小声で言った。

スペランツァは足元の床がぐらりと傾くのを感じた。まさか。こんなことはあり得ない。こんなことが起こるはずはないんだ。

「ガッロさん、どうか」あえぎながら前に飛び出した。「われわれはとても小さなコミュニティです。それほど金はない。そんなものを望まれても――」

ガッロの背中がこわばった。彼女は座り直し、こちらに向きを変えた。ただでさえ冷酷な顔は石さながらに変わっている。机に手を載せて組み合わせた。

「理解していただきたいわね」いやに静かな口調で彼女は言った。「あなたのやったことは刑務所行きのものよ。この金を今日――今すぐに――払わないなら、あなたを訴えてやる。あなたの妻も訴えてやる。娘も。あなたのあのかわいい小さな孫娘も訴えてやる。神に見捨てられたこの村の人間全員を訴えてやる」ガッロはスペランツァを凝視した。目には冷たい炎が燃えている。「わたしにそうしてもらいたいの？」

次の数分間は何が何だかわからないうちに過ぎ、それが終わったとき、スペランツァは父が遺した店にたった一人でいた。空になった金庫を見つめてすすり泣きながら。これで終わりだ。あれほど苦労して、やるべきことをやったのに。プロメットはもうおしまいだった。

＊

その日の夕方五時、スペランツァは試写会のために身支度をしながら寝室の鏡に向かっていた。とうとういろんなことが終わりになる。プロメットは死にかけていて、スペランツァ自身も死にかけているように感じていた。何を言うべきだろうかと思った。今際《いまわ》の際の台詞をこれまでさんざん考えてきた――有名な臨終の言葉を集めた本すら一冊、店に置いてある。掃除機のマニュアルや電話帳や業界誌に挟まれたどこかにあるはずだ。いつも感嘆していたのは、長くてひたすら文法的に正しい、死の間際の言葉だった。たとえば、サー・アイザック・ニュートンのもの。〝自分が世界からどう思われているかは知らない。しかし、自分にとって、わたしは海辺で遊んでいる少年のような存在にすぎない。ときどき普通よりも滑らかな小石やひときわ美しい貝殻を見つけて楽しんでいるだけだ。真理の大海原はすべてが未発見のまま、わたしの前に広がっているのに〟いったいどうやって、ニュートンはそんなことを言えたのだろう？　それに誰かが、おそらく速記の専門的な訓練を受けた人間がそばにいて、彼の言葉をすべて書き留めたのだろうか？　スペランツァはいつも思っていた。命の終わりが近いと悟ったサー・アイザックは臨終の言葉をあらかじめ書いておいた紙を読むと、口をぴしゃりと閉じて、その言葉が公表されるのを待っただけだろうと。想像してみろ。もし、臨終時に誰かが部屋に入ってきたせいでニュートンが驚き、その結果、最後の言葉が「ドアを閉めろ」なんてくだらないものになったとしたらどうする？

スペランツァは自分の最期が来たら、何か深遠なことを言う力があるだろうかと常々思っていた。だが、今週の始めに借りておいた、上着以外のタキシードを身に着けながら考えていた。自分自身の死だけでなく、自分にとって大事なすべての死を予期している今、気の利いた最後の言葉などひとかけらも浮かんでこないと。

「こんなことはやりたくないよ、ベッタ」スペランツァはうつろな口調で言った。「今夜から先は、何もかもこれまでと変わってしまうんだ」

「とてもハンサムに見えるわよ、ニーノ」ベッタはかつてジェンマの結婚式で着ようと考えていた、淡いグレイの絹のドレスを身に着け、柔らかく輝いている。母親の形見だったダイヤモンドの花がついたヒンジ式のイヤリングをつけていた。

「もうみんなに話さなければならない」そう言ったスペランツァの目は熱い涙でいっぱいになった。

ベッタは夫の肩に顎を載せた。自分たちの姿を鏡で見て、ため息をつく。「今夜はそれについて考えないようになさいな、ニーノ。明日の問題ということにしましょう。いい？」

明日。スペランツァは嘆息した。明日、みんなに配管の件を話さなければならない。明日、自分は村の全員から憎まれるだろう。

スペランツァはたたんで化粧台に置いてあった、ちくちくするかぎ針編みの上着に手を伸ばした。

「これが今日の問題だ」彼はかぎ針編みの上着を着ながら皮肉な口調で言った。

ちょうどそのとき、ガッロの仕事仲間の一人で、ミラノから来た若い衣装デザイナーが軽快な足取りで通りかかり、急に戸口で立ち止まった。

「なんておしゃれなジャケットなの、シニョーレ！」彼女は叫んだ。皮肉な響きはかけらもない口調だった。「ヴェルサーチェのものですか？」


サンタ・アガータ通りは人であふれていた。ここがこれほどにぎわったのをスペランツァは見た覚えがなかった。もっとも、彼が生まれる前にローマ教皇が訪れたときの混雑ぶりを父親から聞いたことはあったが。

「そういうわけで、おまえがここにいるんだよ、ジョヴァンニーノ」ルイージ・スペランツァは息子に話して聞かせたものだった。「母さんとおれは赤ん坊を授けてほしいと必死に祈っていた。すると、教皇様がいらして村を祝福してくださった。だから、こうしておまえはいるわけだ」

かぎ針編みの上着を着てレッドカーペットをのろのろと歩いている今、スペランツァはその話を思い出していた。ベッタとジェンマとカルロッタは前方の人ごみのどこかにまぎれてしまった。左側に〈スペランツァ・アンド・サンズ〉があったが、もはや自分の店のようには思われなかった。見知らぬ人だらけの海のようなこの中では、一切が違うものに見える。

「こういった状況をどう思う、父さん？」スペランツァは声に出してつぶやいたが、心の奥のどこかで父が返事をしたとしても、聞こえなかった。

「ちょっと不安になってきましたよ、ボス」隣を歩いているスミルツォが言った。スミルツォは身をひそめているかのように肩を丸めたままだったが、突然、もぐらたたきみたいに跳び上がって首を伸ばし、人ごみに視線を走らせた。「イヴァーノを見ていないんですが、見かけましたか?」

「ちゃんと来るだろう。心配するな」スペランツァは言ったが、本当の話、彼もひどく不安になりつつあった。これほどの観客がどんな反応をするだろう。ダンテ・リナルディが出演する映画をはるばる観にきたのに、スミルツォ版の映画を観させられたら?

歩いている人の列が止まり、前方から歓声があがった。何事なのかを見ようと、スペランツァもスミルツォも必死になった。ダンテだった。カメラマンの列の前で立ち止まったのだ。今度は驚いているアントネッラのウエストをつかんで抱え、ぐいっと後ろへ倒してみせた。

「あれは芝居だ、スミルツォ」助手がたじろいだのに気づいてスペランツァは言った。「何もかも芝居なんだ」

間もなく円形劇場から三十メートルほど離れたところにある一種の待機場に着いた。白いテントが建てられ、正式なショーが始まる前に、俳優や裏方にカクテルやオードブルが提供されている。これにかかった金で何本の配管が修理できるだろう? テントに入り、エアコンの風に驚くとともにほっとしながら、スペランツァは思った。テントの向こう側からイヴァーノが合図してきたので、不安の最悪の部分は消えた。

ベッタがスペランツァに気づいて手を振った。「カルロッタを連れて何か食べてくるわ、ニーノ」彼女は言った。カルロッタに引っ張られたベッタがいなくなり、スペランツァとスミルツォだけになった。カンパリソーダを載せたトレイを持った給仕係が通りかかると、二人ともグラスを取った。テントの中は人々がおしゃべりする楽しそうなざわめきや、皿やグラスが触れ合う音で満ちていた。

スミルツォはカンパリソーダをぐいっと飲み干した。「彼女はまだあいつが好きなんだと思いますよ、ボス」手の甲で口を拭い、不穏なまなざしでアントネッラをじっと見つめる。彼女は五メートルほど離れ、ちょっとした集団に囲まれたダンテの隣にいた。アントネッラは話をしていなかった。冷えているせいで結露したグラスを右手に持ち、左手は右の前腕をきつく握っている。会話に耳を傾けながらうなずいていた。アントネッラはひどく居心地が悪そうだとスペランツァは思った。

「おれには彼女があいつを好きかどうかわからんな、スミルツォ」スペランツァは眉を寄せながら言った。

カンパリソーダを載せた二回目のトレイが通り過ぎると、スミルツォはまたグラスをつかみ取った。一気にそれを飲み干す。

「ぼくはあちらへ行きますよ、ボス」スミルツォはきっぱりと言い、空のグラスをスペランツァに渡した。

「スミルツォ、そんなことはやめたほうが――」スペランツァは助手の上着を後ろからつかもうとしたが、一歩遅かった。「なんてこった《オッディォ》」彼はつぶやき、テントの天井を見上げた。「主よ、この大騒ぎの中でおれの声が聞こえますか？」

カトゥッツァ夫人が彼の横にそっとやってきた。

「ここの料理を召し上がりましたか？」不快そうに鼻に皺を寄せて尋ねる。カトゥッツァ夫人はスパンコールのついたイブニングドレスを着ていたが、カフェで使っている布巾は相変わらず片方の肩にかかっていた。折りパイを指先でつまみあげる。「これを食べなければならないんでしょうかね?」

「ニーノ!」ベッタが血走った目をしてこちらへ突進してきた。「どうやら問題発生みたい」

スペランツァはハッとして我に返った。ベッタが指さしているほうを見る。

「オッディオ」彼はまたつぶやいた。

スミルツォがダンテ・リナルディと争っているところだった。軽くふらつきながらアントネッラのほうを身振りで指し示し、ダンテの胸元に指を突きつけている。あいにく、この騒ぎをもっとよく見ようとしてリナルディの取り巻きが彼らの君主の後ろに群れ集まっているせいで、事実上、マエストロ兄弟のその一と二が人工のおなら発生器をダンテのポケットに入れるという、打ち合わせどおりの作業は妨害されていた。

スペランツァはうめいた。〝スミルツォの奴め!〟

「入れられなかったですよ」イヴァーノはみじめな口調で言った。全員、テントを出てオープニングセレモニーのために円形劇場へ行くように指示されたとき、のろのろ歩く人ごみの中にスペランツァを見つけたのだ。「ちゃんとそばに寄れなかった」

「そいつをくれ」スペランツァはにこりともせずに言い、光が点滅している箱が手渡された。

スペランツァとドン・ロッコは熱気と人ごみの騒々しさから逃げて、教会のひんやりした前庭に避難した。

「これでうまくいくと思いますか、シニョーレ?」ドン・ロッコが尋ねた。心配そうにうろうろしている。

スペランツァは答えなかった。

「テープ」彼は手を伸ばしながら、器具の名を口にする外科医さながらにきっぱりと言った。

「鋏」

作業が済むと、スペランツァは作品の出来栄えを眺めた。

「わかりますか、神父様？」彼は胸を張って言った。「神はこれほど邪悪な物体ですら、神の平安の道具に作り替えられるんですよ？」

ドン・ロッコは眉を寄せた。


スペランツァとドン・ロッコは教会の裏口からひそかに抜け出し、岩や藪《やぶ》を越えて、発育不全のイチジクの木が立ち並ぶ林を通り抜けた。そうやって、円形劇場に道路から入ろうと待っている人々の列を迂回《うかい》し、反対側へまわった。

「ボス！　神父様！　どこへ行ってたんですか？」円形劇場の格納式スクリーンの横にある舞台袖で彼らが合流すると、スミルツォは非難のこもった口調で言った。レッドカーペットはここで出し抜けに終わっていた。ガッロが持ち込んだ巨大なスピーカーがステージの両側に置かれ、中央にはスタンドマイクが据えられている。ダンテとアントネッラは腕を組み、そのマイクに向かって歩いていた。

「ボスの言うとおりでしたよ！」スミルツォは目を輝かせながら小声で言った。「彼女はあいつを好きじゃないんだ！　今夜が過ぎたら、ダンテ・リナルディの名前なんか二度と聞きたくないと言ってます！」スミルツォはゆがんだ微笑を浮かべた。「ぼくはあいつに言ってやった。タンクトップ姿が売りの世界的に有名な俳優にしては、たいして演技がうまくないなって」

スペランツァは感心して助手を見つめ、背中をピシャリと叩いた。「よかったな、スミルツォ。おまえを誇りに思うぞ」彼は言った。「さて、おしゃべりは終わりだ」絶妙のタイミングをとらえなければばならないのだ。

ダンテがアントネッラを紹介し始めた。

「みなさまの中にはこちらの主演女優をご存じの方もいらっしゃるでしょう」ダンテは例のわざとらしい物憂げな口調で言い、一瞬、片目の上に髪を垂らしてみせた。

空気が揺らめくように歓声があがった。観客の声は炭酸飲料水のように軽やかではじけそうだった。スペランツァは何列も何列も並んだ人々に視線を走らせた。たいしたものじゃないか？　この光景に軽くめまいを覚えながら思った。これだけの人間が全部このプロメットに、おれの叔父が建てた円形劇場にいるなんてなかなかのものじゃないか？　すごいことだろう？

ダンテはアントネッラの紹介を終えた。そして、レッドカーペットにいたときにカメラの前でやったようにまたアントネッラを抱いて少し後ろに倒し、くるっと彼女を回してステージから降りさせた。

「あのろくでなし」無事に舞台袖に戻ってくると、アントネッラは髪を整えながら言った。「あいつは超ろくでなしよ」

スミルツォは晴れ晴れとした笑顔になった。

「わたしのエージェントのカミーラ・ガッロにも感謝を申し上げたい」ダンテは反対側の舞台袖の

ほうへ軽く頭を傾げた。そこには体にぴったり密着した、まばゆいほどのゴールドのドレスを着たガッロが立っていた。こちらへ来てほしいとダンテに招かれ、ガッロが登場した。手を振り、控えめな態度でお辞儀する様子は実際の性格と正反対だった。

「いつですか、シニョーレ？」待たされることに耐え切れなくなったドン・ロッコがきしむような声をあげた。「いつ？」

「もうすぐですよ、神父様」スペランツァはきつい口調で言った。「せかさないで」

スペランツァはガッロが向きを変えて舞台袖に戻ろうとするまで待った。鼻持ちならない作り笑いをダンテが浮かべるまで。ダンテが両手でマイクを握り、ガッロがリハーサルを命じて〈スペランツァ・アンド・サンズ〉のショールームで練習するのをスペランツァが聞いたスピーチをまくしたてるまで待った。

「この映画はわたしにとって情熱を注いだプロジェクトでした」ダンテが話し始めると、観客は水を打ったように静かになった。「わたしは自分のつつましいルーツに戻りたいと思いました。そして素朴な普通の人々と共演したいと思ったのです。あちらにいるアントネッラのような人たちと」

彼は言い、アントネッラたちがいるほうに漠然と笑顔を向けた。

アントネッラは腕組みした。「ろくでなし」怒りもあらわに言う。

「そしてこの村ですが――」ダンテは続け、曖昧に手を振った。「どう言ったらいいのでしょう？」

スペランツァはかがんで、光が点滅しているスミルツォの黒い箱をてっぺんにテープで留めた、ドン・ロッコのルンバを床に置いた。正しい方向へそっとルンバを押しやり、成功を祈った。ポケットからリモコンを取り出す。
「こいつをお願いしてもいいですか、神父様？」スペランツァは言った。
ドン・ロッコは首を横に振った。「いえ、シニョーレ。その栄誉はあなたのものです」

二百十四人。スペランツァは数えた。それがダンテ・リナルディと取り巻きたちが激怒して罵《のの》りの言葉を吐きながらぞろぞろと立ち去ったあと、残った観客の数だった。二百十四人――プロメットの住民の数よりも二人だけ多かった。もっとも、暗闇の中で見回したスペランツァにはその余分な二人が誰なのかわからなかったが。テクノロジーのすばらしい奇癖のせいか、半ば奇跡的な神の介入のせいで――そのどちらなのか、ドン・ロッコとスペランツァの見解は分かれたが――スミルツォのリモコンのボタンは故障していた。そして従来の標準的なものなら、無作為のパターンを描いて掃除し始めるはずだったのに、ルンバはダンテ・リナルディのすぐあとに続いてしつこく断固として追いかけ回した。とうとう彼の姿が見えなくなり、声も聞こえなくなるまで。
円形劇場ではスミルツォ版の映画が上映され、最高だった。出演した全員のことを、全員が知っていたからだ。スクリーンにタイトルが映し出されると観客は歓声をあげた――『プロメットより愛を込めて』だった。「ジェームズ・ボンドの映画のタイトルと掛けてみたんですよ、ボス」スミルツォがささやき、スペランツァはうなずいて微笑した。「完璧だよ、スミルツォ。申し分ない」カトゥッツァ夫人はみんなに食べ物を持ってきていた。そして子どもたちが叩いて音をたてられるようにポットや鍋、スプーンを配った。映画の中でスミルツォとアントネッラがキスしたとき、観客の間にいた実際のスミルツォとアントネッラもキスすると、みんながやんやとはやしたてた。映画が終わって、誰かが手持ち花火を配った。「いい仕事をしましたね、叔父さん」スペランツァは言い、叔父の背中を軽く叩いた。「叔父さんのせいでおれたちはみんな貧乏になってしまったが、それでも――本当にいい仕事をしましたよ」

フランコ叔父はうなずき、自分が作り上げた作品を見渡した。年老いた皺だらけの顔はちらちらと揺らめく花火の光の中で悪びれた様子もなく、幸せそうだった。「おまえもいい仕事をしたぞ、ジョヴァンニーノ。父親も母親もおまえを誇りに思うだろう」

もう自分の考えに耳を傾けられるようになったから、スペランツァは心の奥にいる父を訪ねてみた。父はトウガラシの上に身をかがめていた。「母さんに伝えてよ。母さんが恋しいって」スペランツァは小声で言った。「おれがそう言っていたと、母さんに話してくれよ、父さん」

ドカンという音に続いてヒュ～ッという音がして、教会の庭から一連の花火が上がった。誰もが立って一緒に見上げている。自分たちの空を、自分たちのささやかな創造物の上に広がる空を。

「明日だ」スペランツァは花火がすべて終わると、ため息をついてベッタに言った。腕の中で眠っているカルロッタを抱え直す。「明日になったら――」

「シーッ」ベッタは言い、小さな女の子の髪を撫でた。「家に帰る時間よ、ニーノ」

エルネストがこちらへ近づいてきた。後ろからジェンマが幸せそうについてくる。「カルロッタは重すぎはしませんよね、シニョーレ？」エルネストは尋ねた。「ですが、よかったら、ぼくがこの子を家まで運んでいきますが」

スペランツァは鋭いまなざしでエルネストを、マエストロ家の山脈の一部をなす、この厚かましい男を見上げた。言い返すつもりだったが、その瞬間、言葉が出なかった。この二週間で二度目だったが、またも思い出してしまったのだ。ルカ・リッチがスペランツァのホテルの外に立って娘を嘲笑い、孫娘に会うことすら拒んだ、あのおぞましい日を。この瞬間は奇妙なほど、あのときの状況に似ている気がした。だが今度の場合、ジェンマが見守っているのはルカではなく、エルネストだった——エルネスト・マエストロ。力強くて頼りになり、幸福になるための二度目のチャンスをジェンマにあげてほしいと無言で訴えている。

「ありがとう、エルネスト」スペランツァは自分がそうつぶやいていることに気づいた。「とても助かるよ。ありがとう」そして孫娘をエルネストに渡した。

暗がりの中でジェンマの顔が輝いた。

観客はほうぼうへ散っていった。丘のふもとにある教会のそばで、スペランツァはドン・ロッコに会った。

「明日ですよ、神父様」スペランツァは言い、胸に十字を切った。

ドン・ロッコはうなずいた。「力になりますよ、シニョーレ」そう約束した。

キーッときしむような大きな音に続いてドーンという音がした。みんな一斉に飛び上がった。

「また花火ですか、神父様?」眉を寄せてスペランツァが尋ねた。

「いいえ、シニョーレ」ドン・ロッコはいぶかしげな表情で言った。「そんなはずは——」

ドン・ロッコは最後まで言う暇がなかった。言い終えることができなかったのは、まさにその瞬間、下級配管検査官の、世界が終わるような悲惨な予言と判断が正しかったと、ついに証明されたからだ。七十五年以上前に設置され、そのうちのいくつかは風船ガムで継ぎ当てされたかもしれないし、されなかったかもしれない、サンタ・アガータ通りに沿った何本もの配管が同時に、そして華々しく破裂したのだった。

第二十三章　半年後

「しかめ面をしないのよ、ニーノ」ベッタがささやいた。二月だった。二人はマエストロ家の玄関ポーチに立っていて、ベッタはラザニアが入ったオーヴン用のガラス皿を持ち、スペランツァはスパークリングワイン《プロセッコ》のボトルを持っていた。半年間ずっと満室になっているホテルは、疑問の余地があるスミルツォの母親の管理に任せてきた。楽しそうに臨時の勤務にやってきた彼女が抱えていたブロケード織の鞄から突き出ているものを見て、スペランツァは身震いした。編み物用のかぎ針が二本。「心配いりませんよ」スミルツォの母親はスペランツァの肩越しに向こうに目をやりながら言った。たぶん、カバーで覆われていないトイレットペーパーがないかと探していたのだろう。

「すべてわたしに任せてください」

「しかめ面なんかしていない」スペランツァは腹を立てて言った。それまでよりもさらに眉を下げ、漫画に出てくる雄牛みたいに鼻の穴から冷たい息を吹き出しながら。

「あの子たちが来るわ」ベッタは叱るように言った。「静かにして」

ドアが開き、みんなが叫んだ。「おはよう!」そしてスペランツァとベッタを家の中に押し込んだ。

「ノンノ！」カルロッタが甲高い声をあげて駆け寄ってきた。ジェンマがクリスマスのために買ってあげた、背中にリボンがついた赤いベルベットのワンピースを着て、タイツに包まれた脚で駆け回っている。ステッキにつけた黄色のリボンをひらひらさせたカルロッタの傍らをノンノ・グイドが走っていた。カルロッタのいとこにあたる、全員が男の子のマエストロ家の一団もリボンのついたステッキを持ち、騒々しい音をたてながら走っていった。カルロッタは大声でわめきながら、彼らを追いかけた。

スペランツァの口髭がピクピクした。「見たか、ベッタ？　何が起こっているか、見たか？　あいつらはカルロッタをごろつきにしているんだ」

「シーッ！」ベッタは言った。夫のあばら骨を肘でつつく。「マエストロさんが来たわよ。行儀よくして」

スペランツァは目を剝いて天井に向けた。

「チャオ、シニョーレ！」ベッタは陽気に言い、招待主の両頰にキスした。「ちょっとこれをキッチンへ置いてきますね」彼女はラザニアの容器を持ってすばやく立ち去った。

スペランツァとマエストロはパーティ会場の真ん中に立ち、見つめ合った。スペランツァはベッタからこんなふうに話せと言われたことを懸命に思い出した。〝軽い調子で話すのよ、ニーノ〟彼女はそう言ったのだった。〝言葉を交わすだけ。議論はだめよ〟

スペランツァの口髭が逆立った。

「寒いな」彼はぽつりと言った。

マエストロが小さくうなった。

もっと話題を思いつかないかとスペランツァは近くに視線を走らせ、ドアの隣に置かれた折りたたみ式テーブルに気づいた。ジェンマとエルネストのために、来客からのベビーシャワーの贈り物が山のように積んである。五カ月前、この同じテーブルには結婚式の贈り物が山積みされていた。

「生まれてくるのは女の子だろう」スペランツァは肩をすくめながら言った。

マエストロは頭をのけぞらせて吠えるような声をあげた。金歯が一本、鈍く光ったのが見えた。

「男の子だ、スペランツァ」マエストロは言った。「そうに決まってる」

「おふたかた《シニョーリ》！」ドン・ロッコがタンブラーを手にして近づいてきた。「調子はいかがですか《コメ・スタイ》？」

「ボス！」スミルツォが大きく手を振って叫んだ。彼は部屋の反対側にいて、〈ベータマックス・ベータムービー〉のレンズを通してスペランツァの姿を目に留めたのだ。「家の外に出て、もう一回入ってきてもらえませんか、ボス？　ぼくは気づかなかったんですよ」

プロメットの住民のほぼ全員がジェンマとエルネストのベビーシャワーに来ていた。フランコ叔父はクリスマスの直前に亡くなってしまったが、赤ん坊が生まれるという話を聞いてからだった。その知らせを聞いて、フランコ叔父は喜んでいた。

自分たちの映画を上映したときにいた、プロメットの住民以外の二人が誰だったのかをスペランツァは後日知った。リッラ・バーリとマテオ・フィオーレという、娯楽雑誌の記者とカメラマンだった。まさにあの週末、彼らはプロメットの素朴で小さなプロジェクトやフランコ叔父の見事な円形劇場についての話を記事にした。そのあと、何もかもがすっかり変わったのだ。

「収益源と呼ばれる奴の問題なんですよ、ボス」スミルツォは自分専用の回転椅子に心地よく座り、いたずらっぽく説明してくれた。今や彼の机は店の奥にあるスペランツァの机と並んでいた。「このあたりにはほかに映画館がないから、われわれの独占状態ってことなんです」

気づいたときにスペランツァはやや驚いたのだが、最近のスミルツォは〝われわれ〟という言葉をやたらと使うのが好きになっていた。おそらくスペランツァ自身の軽はずみな決断のせいだろう。父親のお古のナイトガウンを着た姿を見て感情が動かされ、スミルツォを事業のパートナーにしてしまったのだ。そんな決断の結果として、今や店の外の日除けには読みにくい字体でこう記されている。「スペランツァとスミルツォの掃除機保守および修理の店兼大手映画製作サービス合同会社」と。

しかし、意外にも〈水委員会〉も状況をスミルツォと同じように考えて、プロメットに二度目のチャンスを与えてくれた。今度は下級配管検査官も〝ローン可〟というスタンプをプロメットの書類に押してくれたのだ。電話をかけたドン・ロッコに説得されて、また来たときに。

「ここにいたとき、検査官の告解も聞いたんですか、神父様？」スペランツァは興味を覚えて尋ねた。「ああいう仕事をしている人間なら、人並み以上の罪を抱えていると思うんですが」

「シニョーレ！」ロッシがスミルツォと同じように部屋の向こう側から手を振った。「悪い知らせなんだ」ようやくスペランツァのところへ来ると、ロッシは言った。

スペランツァは眉根を寄せた。当然、こんな日が来るのはわかっていた。この不確かな世の中で一つだけ確かなことがあるとしたら、それはシュナウザーの繁殖率だ。

「新しい群れか？」スペランツァは険しい顔で尋ねた。

ロッシはうなずいた。「あの状態のうまい表現方法だな」彼は両手を揉み合わせながら言った。

「新しい群れとは」

スペランツァはじっくり考えた。これまでかなりの間、バンボリーナとシュナウザーたちの問題に頭を悩ませてきた——半年以上だ——そして、解決策を見つけたかもしれないと思っていた。アイデアの種は最初、数週間前にカルロッタととりわけ腹立たしい話をしたときに生まれた。マエストロ家のいとこのうちで最も鼻持ちならないロベルトが答えを知っていると、カルロッタが言い張ったときに。

「わかった」スペランツァは無愛想に言った。「その名高きロベルトは何て言ったのかな？」

カルロッタはぱちぱちとまばたきした。「バンボリーナの問題を解決するのなんて簡単だって言ったの。シュナウザーたちを怖がらせるけれど、バンボリーナのことは怖がらせないものを見つければいいんだよって」

「ほう！」スペランツァは言った。「ロベルト教授様はそういうものに何か心当たりでもあるのかな？　バンボリーナが特別な種類の犬じゃないと知っているのかい？　ロベルトはそれを知っているのかな、大切な子《カラ・ミーア》？」

カルロッタは催促するようなこういう質問など意に介さず、肩をすくめた。ロベルトが完全無欠ではないまでも、人並みの祖父よりは少なくとも物知りだとすっかり信じ込んでいたのだ。

「急いで行かなくては」スペランツァはロッシとスミルツォ、そしてドン・ロッコに言った。「もし、おれがベッタに捕まったら、あきらめてくれ」

「おれも行く」マエストロは拳で胸を叩いてきっぱりと言った。スペランツァは一瞬だけ神に相談し、マエストロを止めようとはしなかった。

山の頂上はよく晴れて寒かった。ボスコ・ディ・ルディナは霧に覆われていて、ロッシ家のストーブの煙突からは薪を燃やした煙が渦を巻いて立ち上っていた。ちょうどこんな日だった。四十年前、駅から旅立ついとこのパオロをスペランツァが見送ったのは――この地を去るチャンスをスペランツァが逃した日だった。

〝ここを出ていきたいとは思わないのか、ジョヴァンニーノ？〟そう言ったパオロの目は遠い地平線にぴたりと据えられていた。早くもここを離れて遠くの地にいるかのように。〝おまえもこの土地に窒息死させられる前に出ていきたくはないのかい？〟

〝思わないな〟スペランツァは今、朝の新鮮な香りがする空気で肺を満たし、衰退しつつある土地を眺めた。彼の父親のものだった土地、その前には彼の祖父の、そして何代も何代も遡る長い年月、祖先のものだった土地を。スペランツァはまさしく自分がいるべきところにいるのだった。

ロッシ家の網戸がきしみながら開いた。

「それはバンボリーナに害を与えないだろうな？」ロッシは不安そうに尋ねた。

「大丈夫だと保証するよ」スペランツァは言った。「バンボリーナは全然気にしないだろう」

彼らはバンボリーナを冷たい地面に置いた。ロッシは考え直したらしく、家の中に駆け込んでバンボリーナのために毛布を持ってきた。準備は完了した。

「こんな間抜けなものは見たことがないぞ、スペランツァ」マエストロはぶつぶつ言った。

「あんたほど間抜けなものをおれは見たことがないよ」スペランツァは小声で言った。

マエストロの大きな鼻の穴が膨らんだ。「何か言ったか？」

スペランツァはいらだたしげに手を振った。「何も。スミルツォ、用意はいいか？」

スミルツォは〈ベータマックス・ベータムービー〉を肩に担いだ。「いいですよ、ボス」

「アクション！」

ドン・ロッコは隣人の犬用出入り口を軽く叩き、そっと口笛を吹いた。はじめは何も起こらなかった。それから、シュッシュッというかすかな音がだんだん大きくなってきた。三十二匹のシュナウザーの仔犬たちがリノリウムの床を駆けてくる音が。次の瞬間、犬用出入り口の扉が開いた。

ロッシは悲鳴をあげかけ、指の関節を嚙んでこらえた。

「シニョーレ――」ロッシは言った。

スペランツァは彼の声を聞いていなかった。シュナウザーたちに視線をじっと据えていた。犬たちは一つの塊となって動いている。ちょうどその瞬間、シュナウザーたちの大胆なリーダーが毛布の上にいるバンボリーナをちらっと見たことにスペランツァは気づいた。柔らかくてふわふわの標的目がけてシュナウザーたちは猛スピードで走り始めた。あと少しでバンボリーナのところだ！

スペランツァはリモコンを持っていた。まさしくピッタリのタイミングで、一つしかない赤いボタンを押した。

ブウーーーーーーーーーッ！

シュナウザーたちはすっかり慌てふためき、ボウリングのピンみたいにてんでバラバラになった。なんだかんだ言ってもそんな騒音に慣れていたバンボリーナは、陽光を浴びながら眠っていた。

バンボリーナの問題を片づけ、スペランツァとほかの面々はパーティに戻った。お祝いが終わると、ベッタはコーヒーを飲みながらパーティの一切合切をジェンマとマエストロ夫人とおしゃべりするために残った。カルロッタは祖父とホテルに戻って、以前の自分の部屋に一晩泊まる許可をもらった。

「あたしがちっちゃい子どもだったときからのお部屋よ、ノンノ」カルロッタはしかつめらしくスペランツァに言った。引っ越したのはつい五カ月前なのに。

スペランツァとカルロッタは湿気があって寒い海岸沿いの道を選んだ。カルロッタは立ち止まり、ステッキの先で砂に自分の名前を書いた。

「おじいちゃんの名前も書いてほしい、ノンノ?」カルロッタは尋ねた。

スペランツァは口を開いて「Giovannino《ジョヴァンニーノ》」という綴りを言おうとしたが、カルロッタのほうがはるかに早かった。「NONNO《ノンノ》」と大きな不揃いの文字で書いたのだ。

スペランツァは砂の上にたどたどしく書かれた自分の名を見て、声をあげて笑った。子どもにとって、「マンマ」は単なる「マンマ」だということを忘れていた。おじいちゃんは、単なる「おじいちゃん」なのだ。そんなふうに考えるのがどんなものか、スペランツァは忘れていた。

二人は去年の二月のやはりじめじめしたあの日のように山を登っていった。そして前と同じように、ぼろぼろの村の標識に来た。

〈プロメット

人口:二百十二人〉

「フランコ叔父さんがまだこの中に入っているんだな」スペランツァは数字を指しながら言った。

「明日にでもスミルツォに書き替えさせよう」

カルロッタは首を横に振った。「そんなことしなくていいよ、ノンノ。もうじきあたしの弟か妹がこの村に生まれるでしょう。そうしたら、数字はまた正しくなるもん」

スペランツァは胸が締めつけられ、突然、夢を見ているんじゃないかという気持ちになった。主よ？　そう尋ねて、曇った空を見上げた。何の答えもなかったが、降り出した雨が一粒、目の中に入った。スペランツァは悲鳴をあげ、目をこすった。こんな話をする二度目のチャンスをどれほど長い間望んでいただろうか？

「だが、それでいいと思うかい？」スペランツァは慎重な口ぶりで言った。「今はフランコ叔父さんが赤ん坊の場所を占めていてもいいのかな？　もしかしたら、赤ん坊はそれが気に食わないかもしれないぞ」

カルロッタはあくびをして肩をすくめた。「赤ちゃんはそんなの気にしないよ、ノンノ。赤ちゃんにはやらなきゃならない、もっと大事なことがあるもの」カルロッタは両腕を差し上げた。今よりもずっと小さかったころにやったようなしぐさで。「すごく疲れちゃった」哀れっぽい声をあげた。

スペランツァは笑い、カルロッタをすくい上げると、肩に乗せた。彼は歩き続けた。入れ替わっていく人生の数を記した標識を通り過ぎ、ホテルに向かって。心は軽く、良心は晴れ晴れとしていた。未来に何があるかはわからないが、今のところプロメットは無事だし、それだけがスペランツァの望みだった。

〝ありがとうございます《グラッツィエ》、神よ〟スペランツァは空を見上げながら心の中で言った。〝本当にありがとうございます《ミッレ・グラッツィエ》〟

謝辞

この本を楽しみながら書いたわたしと同じくらい、読者のみなさまが楽しんでくれたことを願っている。滑稽《こっけい》な物語ではあるが、書いてあることの多くは事実だ。まず、わたし個人の経験から断言できるが、ミニチュア・シュナウザーの髭からナメクジを取り除くのは本当に大変である。もっとまじめな話をすると、目を閉じてわたしの物語の主役を思い浮かべれば、イタリアの作家、故ジョヴァンニ・グァレスキが見えてくる。わたしは彼から名前と同様に、スペランツァの見事な口髭を拝借した。『コンペンディアム』も実在するもので、パブロ・リカルド・キンターナによるすばらしい『*Comprehensive Dictionary of Patron Saints*』（『総合守護聖人事典』邦訳なし）がある。これは砲弾による死からの守護聖人として明確に特定されている聖女バルバラを見つけることができた唯一の書物だ。この称号は包装紙の発明と同じくらいばかげているが、楽しいものである。

プロメットも本物だ。場所や地形的な特徴は、祖父母が生まれた村であるカラブリア州のフェッルッツァーノに基づいている。わたしはこの村を写真でしか見たことがない。幸いにも、祖父母はアメリカのニュージャージー州クリフサイド・パークへ移住したとき、ここの写真をどうにか荷物に詰めて持ってきた。わたしは祖母をカトゥッツァ夫人ということにしてカフェの経営をさせた。第十四章でドン・ロッコが食べている「パーネ・パチオ」または〝おかしなパン〟は祖母が考案したものだ。祖母の「非常用リコッタチーズ」も物語に登場させたかったが、ちょうどいい場面が見つからなかった。それは文字どおりのものだ——手元にリコッタチーズがない場合、牛乳と酢をリコッタチーズにするためのレシピだが、本当に非常の場合に限られる。もし「パーネ・パチオ」を作ってみたいなら、使用するパンはすべて硬くなるまで待つこと。それから、インターネットによるとソースパン《ソートゥーズ》という名前らしい、浅くて側面がまっすぐな鍋で、鍋肌全体を覆うよりも少し多い程度のオリーブオイルを熱してほしい。一カップほどのブラックオリーブと賽《さい》の目に切ったエシャロットを適量加え、五分間から七分間、炒める。その間に、十五オンス入りのトマトソースの缶を開けよう。トマトソースを鍋に加え、だいたい缶一杯分の水で薄めること。バジルと細かく刻んだ少量のトウガラシで風味をつける。十五分ほど経ってソースがグツグツ煮えてきたら、パンの大きな塊を入れ、何分間か浸してから皿に盛りつける。うまくいかなくても心配いらない——イタリアのおばあちゃんのレシピはそんなものなのだから。レシピには分量なんか書かれていない。わたしがもうひとりの祖母と話したことの中には、スペランツァが父親と対話する場面に着想を与えてくれたものがあった。バーベおばあちゃんが亡くなってからしばらく経つが、なぜかわたしたちにはいつでも彼女の声が聞こえるからだ——祖母にはふさわしい。生前の祖母はいつも何か話していたのだから。

　わたしの母、ポーリーヌ・ラゴスタにお礼を言う。母は一九八〇年代から九〇年代の間、見つけられそうなビバリー・クリアリー、L・M・モンゴメリーのあらゆる作品、ナンシー・ドルーもののすべての本を探し出していた。そしてわたしが考案した、ある言葉を言い、そのあと思いつける限りの類義語を大声で並べるという、母親しか喜ばない、なんともウザいゲームに大喜びしてくれた。さらに母は祖父母から聞いたいろいろな話を教えてくれたので、プロメットの滑稽な登場人物たちに趣を与える助けとなった。父のジョー・ラゴスタにも感謝している。父はどんなものでもおもしろおかしく話す天才である。それにいつでも、わたしたちが好みそうな映画を見つけてくれるのだ。姉のジーナにも感謝を。わたしが執筆の目標を達成するたびに牛のあばら肉の蒸し煮（この謝辞を読んだら、また作ってくれるよね）を作ってくれ、フェイクファーつきのドレッシングガウンを着たわたしがマライア・キャリーよりも、ブロンクスでナンバー賭博の胴元をやっているマダムに似ていると指摘してくれる。兄や弟たちにも感謝する。ジョーはわたしが書いていると思ったものの彼なりのバージョンを考え出してくれた。また、基本的にこれまで作られたあらゆる映画について、マイケルが示してくれた洞察に感謝する。それに、ロバートは専門知識の範囲内で、わたしが行き当たりばったりに電話で質問するたびに答えてくれた。梯子の上とか、屋根のてっぺんに立っていたときでも。ジェイソンとダナ、チェルシー、クイン、レイチェル、エバリー、ビアンカ、ジョーイ、チャーリーにも感謝を捧げる。カレン、エド、イブリン、オードリーにもお礼を申し上げる。

わたしの夫、ショーンにも感謝している。仕事のことや物語の問題解決について、何時間も話してくれてありがとう——仕事がこれほどおもしろくなるなんて驚きだ。ジャックにも感謝を。人物造形について他の追随を許さない技で、わたしに刺激を与えてくれた——あなたならバケツ一杯のフィッシュクラッカーと手桶一杯のジュースをもらえても当然よ。ジュリエット、ありがとう。本に載せる著者用の写真を撮ってくれたし、わたしが歯科医へ行かなければならないときにわたしのためにパーティを開いてくれたことにお礼を言う。ゾーイもありがとう。途方もなく感動的で、ほんの少しだけ攻撃的なあなたの激励に感謝する——あなたの説教を食らったあとは、仕事を片づけないわけにはいかなかった。最後に、エミリー・クレア・サイモンにお礼を申し上げる。エミリーはほかの人と混同されることを避けるため、彼女の社会保障番号を載せようとしたわたしにやめるようにと教えてくれたのだ。そしてこっそりお菓子を持ってきてくれたり、メールを更新してくれたりした。また、わたしがゴミみたいな原稿を書いて一日を過ごさないように、いわば品質管理をしてくれた。

はるばる大西洋を越えてエージェントのヘリー・オグデンと連絡をとるために、〈クエリトラッカー〉が助けになってくれた。このおかしくてささやかな物語の可能性を最初に発見してくれたのはヘリーだったし、彼女はすばらしい力を持っている。愛すべき大胆なアメリカのエージェントであるアリソン・ハンターに、この作品を紹介してくれたのはヘリーだった。アリソンにも心から感謝している。そして担当編集者のダーシー・ニコルソンにもお礼を申し上げる。最初にズームで会ったときから、わたしは彼女に好意を持った。ダーシーはプロメットのすべてをきちんと準備するために何をすべきか正確に把握していた。今やわたしのお気に入りとなっている、物語の中のあらゆる印象的な場面を引き出したのはダーシーだ。わたしは肉屋でエルネストに「アヴェ・マリア」を歌わせようなどとは、考えてもみなかった。また、彼女のおかげで適切に考えられなかったら、教会で子どもみたいに祈っているバルバロ夫人とペドゥラ夫人をスペランツァが思いに沈んで見つめるシーンも思いつかなかっただろう。こういった場面をわたしはとても気に入っている。スフィア社のチーム全員に感謝を。特にタリア・プロクターとルース・ジョーンズにお礼を申し上げたい。

著作権部門にもお礼を申し上げる。原稿整理担当のリンダ・マックイーンに心から感謝を。言葉が洗練されるように磨きをかけてくれた、校正係のアデル・ブライメーコムにも感謝する。大西洋の両側にいる著作権エージェントのヤンクロフ・アンド・ネズビットに感謝を。特に、ナタリー・エドワーズ、カースティ・ゴードン、リアンナ・ブレイクマンにお礼を申し上げたい。また、愉快なアメリカの編集者であるケイトリン・オルソンにも感謝する。あなたがたは初めて本を出す作家が自信を持ち、穏やかでいられるように手をつくしてくれた。

映画と映画製作の世界に多大なる感謝を。わたしは『ウェイクアップ！ ネッド』をたまたま見たとき、この本とかなり違うバージョンの作品に没頭して一万五千語を書いていた。ジャッキー・オシェアとマイケル・オサリバンがひたむきに目標を追うという、この映画のプロットがあまりにも単純明快だったので、翌朝、わたしは書いたものすべてを捨てて書き直し始めた。わたしを導いてくれたほかの二つの映画は『フル・モンティ』と、最高にお気に入りの『シェフとギャルソン、リストランテの夜』だ。もし、リゾットを注文した婦人に少量のスパゲッティを添えてくれとセコンドがプリモに頼んだような場面を書くことができたら、プロとしてのわたしの目標はすべて実現するだろう。わたしはまた、『10のストーリー・タイプから学ぶ脚本術』（廣木明子訳、フィルムアート社、二〇一四年）の著者であるブレイク・スナイダーに感謝している。本書を金の羊毛（ギリシア神話に登場する、聖なる森で竜が守っている金の羊の皮）にするきっかけを与えてくれたことをありがたく思う。

ここまで少なくともダンテ・リナルディのスピーチと同じくらい長々と述べてきたので、執筆と想像力そのものに感謝して、謝辞を終わりにしたい。わたしはこの小説を食料品店以外はどこにも行けなかったロックダウンと初期の隔離期間中の四十三日間に執筆した。その間に得られたこの逃げ場をいつまでもありがたく思うだろう。わたしは幸せなときのプロメットが一番好きだが、パンデミックのときにこの村がどんなふうになるかも想像できる。マスクのせいで見事な口髭が乱れたとき、スペランツァがどれほどうろたえるか、目に見えるようだ。ドン・ロッコの「ロザリオの婦人会」の婦人たちに、スペランツァがステッキの先に食料の入ったバスケットをつけて運ぶ姿が目に浮かぶ。最後に、彼が〈スペランツァ・アンド・サンズ〉の机に向かって座り、地元の人たちのためにソーシャル・ディスタンスを説明しようと、「最重要公報」を書いているところが見える。

〝わたしの事業のパートナーであるスミルツォのことをみなさんに想像していただきたい〟と、スペランツァは飾り書きで書くだろう。〝スミルツォが横向きになって、宙に浮かんだところを想像していただきたい。われわれは常に、相手との間にスミルツォ一人分の空間をあけなければならないのです〟そして、この公報がプロメットの社会で自然に進化していく様子も想像がつく。人口が二百十二人のこの奇妙で小さな村にとって、〝スミルツォ〟は距離を測るための標準的な単位となるだろう。それから、わたしはいきなりこの村に戻って、声をあげて笑っているはずだ。ありがと《グラツィ》う《エ》、シニョーレ。

著者紹介

クリスティーヌ・サイモンはとても人数が多くてとてもやかましいイタリア系の家庭で育った。数えきれないほどのきょうだいやいとこたちの間で大きな節目として考えられていたのは、おばあちゃん《ノンナ》の四フィート十インチ（145センチメートルくらい）という堂々たる身長を超えることだった。クリスティーヌはやっぱりとんでもなくやかましい夫と四人の子どもたちと暮らしている。クリスティーヌにとって人生の最高の業績は編み物パターンを読む方法を学んだことと、その他の点ではお行儀の悪い飼い犬のミニチュア・シュナウザーに、外に出たいときはベルを鳴らすように教え込んだことだ。

訳者あとがき

クリスティーヌ・サイモン『嘘つき村長はわれらの味方』（原題：*The Patron Saint of Second Chances*）をお届けします。小さなコミュニティに起こった事件やさまざまな人間模様をお楽しみいただけたでしょうか。

本書の舞台となるのは人口が二百十二人のイタリアの小さな村、プロメット。映画館のような娯楽施設など何もなく、店と言えば狭い広場に並んだ数軒だけという、このささやかな共同体で人々は平和に暮らしてきました。ところがある日、村の存続を揺るがすような事態が発生します。長年の使用で劣化した配管をすべて修理しなければ、村への水の供給が打ち切られることになったのです。七万ユーロ（二〇二二年十一月現在、日本円で一千万円ほど）という修理費用は、今のプロメット村にとって払える額ではありません。住民たちの経済事情は思わしくなく、税金を滞納している人も大勢いるため、村の金庫にはお金がないのです。しかも、何の産業も資源もないので、村は支払費用のローンを受けることもできないと、村長のスペランツァは配管検査官から告げられます。

六十日後までに七万ユーロ全額を用意できなければ、水道はすべて止まり、全住民が村を出ていくしかなくなります。スペランツァはその事実を住民たちになかなか告げられません。ただでさえ、ふさぎがちなシングルマザーの娘のことや、九十三歳で一人暮らしをしているフランコ叔父のことに悩んでいたスペランツァは、短期間に多額の金を調達しなければならないという難問に頭を抱えます。

そんなとき、プロメットと同じように活気がなかった村、オリヴェートに住んでいた友人を訪ねたスペランツァは村の変貌ぶりに驚愕します。オリヴェートには観光客があふれ、なんとマクドナルドまでできているではありませんか！　友人のアルベルトは景気よくアルファロメオなんかを乗り回しています。いったいこれはどういうことなんだ？　いぶかるスペランツァにアルベルトは、オリヴェートにある家をスターのジョージ・クルーニーが購入するらしいという話が雑誌に載ったのだと告げます。どうやらその話が広まって観光客がやってきたらしいのです。ジョージ・クルーニーが本当に来るかどうかはさておき、アルベルトの村が栄えていることは間違いありません。プロメットにも有名人が来てくれれば、経済が活気づき、住民が税金を払えるようになって、配管修理の費用も捻出できるだろうに。村で唯一の金持ちである肉屋のマエストロにも寄付を断られ、万策尽きたスペランツァは映画スターがプロメットに来ることを妄想します。そう、たとえば若い女性に大人気である、タンクトップ姿が売りのセクシーな俳優、ダンテ・リナルディとか。そしてスペランツァは思わず……。

二カ月ほどというタイムリミットで、大金を用意しなければならなくなった村の村長であるスペランツァの奮闘ぶりが、個性的な脇役たちとともにユーモラスかつ温かなまなざしで書かれた作品です。「謝辞」にもありますが、著者はコロナのロックダウンと初期の隔離期間中の四十三日間にこの本を書いたのだとか。肖像権侵害の問題はないの？　そんなことをしてバレないはずがあるのか？　などと、いろいろとツッコミを入れたくなりながらも、この先はどうなるのかとハラハラドキドキしながら物語の世界にのめり込んでしまうのではないでしょうか。

ちょっと昔気質で時代の進歩に乗り遅れていながらも、愛すべきおじさんであるスペランツァをはじめ、とがった鼻が特徴的なスミルツォや、いかにも怖そうなマエストロといった、ユニークな人々が登場します。さらに、人間だけでなく、犬たちにもご注目。ポメラニアンの老犬であるバンボリーナやミニチュア・シュナウザーの仔犬のノンノ・グイドは、この物語の重要なキャラクターなのです。個性的な犬たちの活躍ぶり（？）には思わず笑いを誘われてしまうでしょう。年老いてお姫様さながらの扱いを受けているバンボリーナの描写には、愛犬家ならうなずけるところがありそうです。

ここで、本書の原題にもあり、スペランツァが何度も調べたり祈りを捧げたりしている「patron saint（守護聖人）」について少しご紹介しましょう。『広辞苑　第七版』（岩波書店）によれば、守護聖人とは「キリスト教で、個人・教会・都市・国などをそれぞれ保護するとして崇敬される聖人」ということです。守護聖人にはそれぞれ祝日が決まっていて、三百六十五日（閏年ならば三百六十六日）のいずれかの日に割り振られています。聖人カレンダーというものもあり、自分の誕生日がどの聖人の祝日に当たっているかが調べられるそうです。また、各守護聖人には担当する守護分野があり、その守護分野に属する職業や身分の人を守ってくれるのです。そんなわけで、スペランツァは『コンペンディアム』でいろいろと聖人を調べているのですね。ちなみに、「謝辞」で紹介されているように、この『コンペンディアム』のモデルとなった本は実在します。著者はPablo Ricardo Quintanaで、二〇二二年十一月現在、ペーパーバック版も、Amazonの電子書籍版も購入できるようです。どんな聖人が、どの職業を守っているのかを調べてみるのもおもしろいかもしれません。

この本は著者のクリスティーヌ・サイモンのデビュー作になります。Authorlink®のインタビューによると、クリスティーヌは「まじめな」物語を書こうとして長い間苦労していたけれども、自分が愛するのは「コメディ」だと気づいて、この本を書いたそうです。好きな作家はルーシー・モード・モンゴメリーとアレグザンダー・マコール・スミスだと語るクリスティーヌ。現在は夫と四人の子どもとの暮らしを楽しみながら、おもしろくて心温まる作品に取り組んでいるそうです。クリスティーヌらしいハートウォーミングな世界がまた書物となってみなさまの前に現れることでしょう。それを楽しみに待ちたいと思います。

最後になりましたが、編集者の吉見世津氏をはじめ、本書の訳出の上で大変お世話になったみなさまに心からの感謝を捧げます。

二〇二二年十一月

※本書の訳出および訳者あとがきの執筆にあたっては、以下の本を参考にしました。

『聖人３６６日事典』（鹿島茂、東京堂出版、二〇一六年）

『聖者伝説』（茅真為、学習研究社、一九九五年）

Quintana, Pablo Ricardo. *The Comprehensive Dictionary of Patron Saints.* Bloomington : iUniverse, 2014. Print.

訳者略歴　英米文学翻訳家　訳書『クリミナル・タウン』サム・マンソン（早川書房刊），『セルリアンブルー　海が見える家』T. J. クルーン，『わたしの体に呪いをかけるな』リンディ・ウェスト，『マリア・シャラポワ自伝』マリア・シャラポワ，他多数

嘘《うそ》つき村長《そんちよう》はわれらの味方《みかた》

2022年12月20日　初版印刷
2022年12月25日　初版発行

著者　クリスティーヌ・サイモン

訳者　金井真弓《かないまゆみ》

発行者　早川　浩

発行所　株式会社早川書房
東京都千代田区神田多町2－2
電話　03－3252－3111
振替　00160－3－47799
https://www.hayakawa-online.co.jp

印刷所　株式会社亨有堂印刷所
製本所　大口製本印刷株式会社

Printed and bound in Japan

ISBN978-4-15-210196-9　C0097

乱丁・落丁本は小社制作部宛お送り下さい。
送料小社負担にてお取りかえいたします。